過香積寺
향적사를 찾아가다

향적사 어딘지 알지 못하여
구름 봉우리 속으로 몇 리나 들어간다
고목 우거져 사람 다니는 길 없건만
깊은 산 속 어딘가의 종소리
샘물 소리 가파른 바위에서 흐느끼고
햇살은 푸른 소나무를 차갑게 비치고 있네
해질녘 고요한 연못 굽이에 앉아
편안히 참선하며 잡념을 걸어 낸다네

不知香積寺　數里入雲峰
古木無人徑　深山何處鍾
泉聲咽危石　日色冷青松
薄暮空潭曲　安禪制毒龍

노병귀환 8

남궁훈 新무협 판타지 소설

초판 1쇄 찍은 날 § 2005년 7월 22일
초판 1쇄 펴낸 날 § 2005년 8월 2일

지은이 § 남궁훈
펴낸이 § 서경석

편집장 § 문혜영
편집책임 § 김민정

펴낸곳 § 도서출판 청어람
등록번호 § 제1081-1-89호
등록일자 § 1999. 5. 31
어람번호 § 제2-0657호

주소 § 경기도 부천시 원미구 심곡1동 350-1 남성B/D 3F (우) 420-011
전화 § 032-656-4452   팩스 § 032-656-4453
http://www.chungeoram.com
E-mail § eoram99@chollian.net

ⓒ 남궁훈, 2004

ISBN 89-5831-647-0 04810
ISBN 89-5831-324-2 (SET)

노병귀환
老兵歸還

■ 남궁훈 新무협 판타지 소설
Fantastic Oriental Heroes

8 천명(天命)
완결

도서출판
청어람

목차

第七十三章
의심

의심

아직도 모르겠습니다
당신이… 충신이었는지… 역적이었는지…

남경의 더위는 살인적이다. 오죽하면 무창, 중경과 함께 중원에서 가장 덥다는 삼대화로의 하나로 꼽히겠는가. 아직 여름의 초입에 불과한 시절이었지만, 남경 하늘에 작열하는 태양은 도시 전체를 거대한 가마솥으로 만들고 있었다. 어쩌면 장강을 끼고 도시가 만들어진 이유가 이 살인적인 무더위 탓일는지도 모를 일이었다.

철웅 일행이 배에서 내린 곳은 중산포구라 불리는 곳이었다. 양청의 말이 옳다면 남경성 인접 포구 중 그나마 기찰이 심하지 않은 곳이어야 했다.

"거참, 기찰 한번 엄청 양호하네. 형님, 날도 더운데, 기찰 두 번만 더 했다가는 칼부림 나겠소?"

투덜거리는 곽부의 목소리에 양청이 쉽게 대꾸하지 못했을 정도로 남경의 경비는 삼엄했다. 벌써 몇 번째 기찰인지 몰랐다. 만약 양청이 나서 해결하지 않았다면, 걸어서 반나절이면 될 길이 얼마나 지체되었을지 예상할 수 없을 정도였다. 일행은 또 한 번의 기찰을 받고 난 후 걸음을 멈췄다. 염통을 쥐어대는 더위에 지친 것인지, 계속되는 기찰에 짜증이 솟은 것인지, 일행은 촉박한 일정에도 별다른 이견 없이 가까운 다루를 찾아 더위를 피하고 있었다.

"뭔가 이상합니다. 아무리 국상 중이라 하더라도, 이토록 기찰이 심할 이유가 없습니다."

양청의 말에 철웅이 고개를 끄덕여 보였다. 그 역시도 내심 이상타 여기고 있었지만, 십여 년 만에 찾아온 도성이었는지라, 그런 변화를 쉽게 감지하지 못했던 것이다.

"기찰이 엄하다는 것은 외부를 경계한다는 뜻도 되지만, 내부를 단속한다는 뜻도 된다."

현 조정은 북평의 연왕을 경계하고 있다. 풍문을 듣자니 황제의 임종 직전, 영지를 가진 군왕은 황제의 사후, 도성으로 들지 못하게 한다는 어지까지 내렸다지 않은가. 만에 하나 연왕이 야망을 품는다면, 조정 내부에서도 그를 따를 자가 적지 않을 것이 분명했다. 어쨌거나 그는 황제가 총애한 황자였고, 장성 너머를 정벌한 일세의 군왕이었으니까.

"내부를 단속한다는 것은, 결국 도성에서 일어날 일이 외부로 퍼지는 것을 막겠다는 뜻 아닙니까?"

"문제는… 이 정도의 움직임을 보일 수 있는 권력자가 그 음모의 중심에 있다는 것이 문제지."

열 명의 사내는 너나 할 것 없이 한 사람을 떠올리며 이를 갈고 있었다.

"어떻게 하시겠습니까? 일단 남경 내부로 들어가시겠습니까?"

"아니, 남경의 일도 급하지만, 그것을 찾는 것이 먼저다."

양청의 물음에 철웅이 고개를 저으며 답했다. 아직은 그 누구에게도 주작홍기를 찾아야 하는 이유를 밝히지 않았다. 사람들은 막연히 소소라는 아이를 찾기 위해 그 물건을 찾는 것으로 알고 있었지만, 철웅은 또 하나의 이유가 생겼음을 숨기고 있었다.

'모든 일에는 선후가 있다. 어쩌면 이미 내가 남경에 들었음이 그들의 귀에 들어갔을 것⋯⋯.'

철웅은 남경으로 오는 동안 자신이 생각했던 것들을 다시금 차분히 정리하고 있었다. 어느 정도 정리가 되고 나서야, 자신의 생각을 일행에게 전했다.

"지금부터 내가 하는 말을 잘 듣도록 해라."

철웅의 전음에 양청이 귀를 쫑긋 세웠다. 제법 긴 침묵이 이어지는 동안, 철웅의 전음이 빠르게 사람들 사이로 퍼지기 시작했다. 등상사가 노강에게 전음을 전하는 것을 끝으로, 철웅의 계획이 모두에게 전달되었다.

"거참⋯ 너무 위험한 거 아니오?"

한참의 시간이 지난 후, 곽부가 불만 어린 목소리로 철웅에게 말했다. 하나 철웅은 가만히 미소 지을 뿐이었다.

"일단 대장의 말을 따른다. 네 말대로 조금 위험하기는 하겠지만, 이미 각오했던 일 아니냐?"

"내가 뭐라 했수? 대장 혼자 나서는 게 찝찝해서 그렇지. 막말로 대장이 이런 일에 들고뛰고 할 나이는 아니잖소? 밑에 애들도 많은데……."

곽부가 눈을 부라리며 사람들을 둘러보았다. 그의 눈과 마주친 사람들은 나나 할 것 없이 헛기침을 하며 눈길을 피했다. 그 모습에 양청이 웃음을 지으며 그를 나무랐다.

"대장밖에 할 수 없는 일이지 않느냐. 그리고 너도 내일모레면 지천명이다. 동생들도 불혹을 넘기지 않은 녀석이 없는데, 언제까지 쥐 잡듯 잡을 셈이냐?"

양청의 말에 사람들의 얼굴에 희색이 돌았다. 하나 곽부의 의미심장한 한마디에 결국 희색 어린 표정 그대로 질려 버리고 말았다.

"흐흐, 내가 뭘. 그렇게 나 꼴 보기 싫으면 장가나 보내주든가. 혹시 또 아우? 떡두꺼비 같은 아들 하나 생기면 성질 죽이게 될지."

"형님… 진심이오?"

금 선생 일성이 자못 진지한 표정으로 묻자, 곽부가 악다문 입술 그대로 고개를 끄덕였다.

"당연하지. 대장도 재희 소저 같은 아리따운 처자 꿰차고 장가갈 준비하는 이 마당에, 나라고 못할 게 뭐 있냐?"

곽부의 말에 철웅마저도 너털웃음을 터뜨리고 말았다. 이곳저곳에서 야유가 오가고 있었지만, 그들 모두 곽부의 실없는 농지거리가 앞으로 벌어질 일들에 대한 긴장을 풀기 위함임을 잘 알고 있었다.

'고맙다.'

철웅은 자신과 함께 자리한 동료들을 보며 미소를 지울 수가 없었다. 가장 나이 어린 일성이 불혹을 넘긴 지 두 해가 지났다. 그들이 자신을 외면한다 하여도, 철웅으로서는 외마디 불평도 하지 못할 것이다. 죽음을 등에 지고 살아온 전장의 전우들이었지만, 이번 싸움만큼은 철웅으로서도 필승을 자신하기 어려웠다. 최선만이 최상의 결과를 가져온다는 사실을 잘 알고 있는 철웅이었지만, 이번만큼 자신의 능력이 부족해 보인 적은 없었다.

'…최선을 다하는 수밖에.'

해가 질 무렵, 석양 속으로 저물던 다루 앞에 열 개의 그림자가 길게 늘어져 있었다. 간단한 인사를 마지막으로 그들은 자신에게 부여된 임무를 수행하기 위해 걸음을 옮겼다.

어둠 속으로 멀어지는 발걸음은 각기 달랐으나 어느 발걸음 한줄기에서도 두려움의 흔적은 찾아볼 수 없었다. 역모라는 태풍의 눈을 향해 스스로 걸어 들어가고 있음에도.

*　　　　*　　　　*

섬이 죽어 있었다. 비록 세인들의 눈을 피해 연혼진이라는 절진 속에서 살아야 하는 연화도였지만, 그럼에도 어느 대도(大都) 못지않게 생기가 있었고, 활력이 넘치던 곳이었다. 그런 연화도가 죽어 있었다.

지하 총단으로 걸음을 옮기는 동안 여덟 번의 신분 확인을 해야 했다. 대계의 발동이 가까워졌으니 일견 당연하게 볼 수도 있는 조치였지만, 교도들의 팔뚝에 매여진 하얀 광목을 보고 나서야, 패는 섬이 침묵하고 있던 이유가 대계 발동의 긴장 때문이 아님을 알 수 있었다.

적유는 새하얀 장포를 두르고 있었다. 상복. 당금 황실을 생사대적으로 여기는 그가 황제의 붕어에 상복을 입었을 리는 없다. 돌아온 패를 맞이한 것은, 십 년간 준비한 대계 발동의 희열이 아닌, 백련교주 한림아의 죽음이었다.

'부디…….'

패는 지전조차 태우지 못했다. 노예라는 신분은 그를 제단 가까이 다가서는 것조차 허락하지 않았다. 그저 멀리서 망자의 안식을 비는 것이 그가 할 수 있는 전부였다. 그리고 이내 자신의 주인을 찾고 있었다.

한수는 상주의 자리를 지키고 있었다. 아비를 보낸 자식, 핼쑥해진 얼굴과 굳어진 표정은 그의 침통함이 얼마나 큰지 잘 말해 주고 있었다. 그의 반대편에는 좌사 적유가 십 년은 더 늙은 듯한 얼굴로 자리하고 있었고, 그 뒤로 아홉 명의 인물이 침묵하고 있었다. 구대봉공. 교주 한림아의 죽음은 반 은거하다시피 한 절대고수 구마마저 세상에 나오게 하였다. 구마는 전대 백련교주였던 한산동의 휘하 고수들로, 구마의 일인 일인이 구대문파의 장문인과 대등한 경지에 올라 있다 칭해지는 절정의 고수들이었다.

"좌사, 이젠 일어나셔야 하지 않는가?"

구마의 둘째인 검마(劍魔) 능광(凌光)의 말에 적유는 가만히 고개를 내저었다.

"조금만 더 있다 가겠습니다……."

"이보게, 적 아우. 천겁영이 이미 움직이고 있다 들었네. 대계의 수레바퀴가 이미 구르기 시작했어. 자네가 이대로 주저앉아 버린다면 대계의 주재는 누가 하겠는가?"

구마의 첫째, 백마(伯魔) 종리강(鐘離綱)의 안타까운 목소리에도 적유는 고개를 저을 뿐이었다.

"제가 자리를 비운다 하여 틀어질 대계가 아닙니다. 어차피 천겁영은 소모품, 진정한 대계는 주원장의 사십구재가 끝날 무렵 시작될 것입니다."

"아무리 소모품이라고는 하지만, 자네는 대계의 주관자가 아닌가?"

"저는 대계의 완성을 위해 힘써왔을 뿐… 진정한 주관자는 저곳에 누워 계십니다……."

적유의 시선이 붉은 포단으로 덮여 있는 길고 거대한 관에 가 닿았다.

'조금만 참지 그러셨습니까… 새로운 세상을 보고 가시지 그랬습니까…….'

적유의 눈시울이 또다시 붉어지고 있었다. 하나 그 반대편에 앉아 있던 한수의 퀭한 눈동자는 사람들의 시선을 피해 빛을 발하고 있었다.

'그대도 어쩔 수 없는 노물일 뿐. 내 아버지와 주원장의 죽음은 그대들의 시대가 끝났음을 알리는 신호와도 같다. 이제부터는 나의 시대다. 새로운 백련의 시대란 말이다…….'

호느끼던 한수의 입가에 미소가 걸리고 있었다. 그의 등 뒤로 강자량이 다가오고 있었다.

"무련군의 대부분을 강호에 흩어놓았고, 그중 이백을 추려 남경으로 잠입시켰습니다."

백련에서 기르고 기른 일천의 청년 고수들. 그들은 무련군이란 이름으로 한수의 명을 따르고 있었다.

"천겹영 일대가 소림으로 향했고, 다른 사 개 대도 목표를 향해 이동 중입니다."

"벽력탄과 천화통은?"

"좌사의 눈을 피해 모두 지급했습니다."

한수의 고개가 살짝 끄덕여졌다. 그를 유심히 바라보고 있던 구마의 넷째 잔마(殘魔) 흑규(黑圭)의 눈초리가 한수와 강자량을 감싸고 있었지만, 한수의 충복이나 다름없는 강자량의 행동에 눈살을 찌푸리는 것이 전부였다.

"일차 공격이 본래의 계획과 달랐음을 알게 된다면, 분명 좌사가 문제 삼을 것입니다. 물론… 계획된 일이긴 하지만……."

"때를 잘 맞춰야 하오. 개방에 정보를 흘리는 일은 어찌 되고 있소?"

"모두 순조롭게 진행되고 있습니다."

"황산 총단의 완성에 전력을 다하시오."

"물론입니다. 대계의 가장 큰 열쇠가 될 곳인데……."

"대를 위해서는 소의 희생이 따르는 법. 미륵께서도 용서해 주실 것이오."

"알겠습니다. 그리고… 교권 이양의 건은 이번 일이 끝나는 대로……."

한수와 강자량의 대화는 거기서 멈췄다. 맞은편에 앉아 있던 구마가 자리를 털고 일어섰기 때문이다.

"적 아우… 아니, 좌사, 한시라도 빨리 털고 일어서시오."

백마 종리강이 안타깝다는 듯한 한마디를 던지고는 자리를 떠났다. 그의 뒤를 따라 여덟 명의 거인이 함께 사라졌다. 적유의 시선은 붉은 포단으로 치장된 관에서 떠나지 않고 있었다. 강자량의 시선은 그런 적유를 놓치지 않고 있었고, 한수는 그 어느 곳에도 시선을 고정시키지 않고 있었다. 그의 머리 속에는 오로지 그의 대계만이 그려지고 있을 뿐이었다.

"강가 놈과 소교주의 밀착이 너무 두드러져 보입니다."

잔마 흑규의 말에 검마 능광이 고개를 저으며 말했다.

"그게 어디 하루이틀 전의 이야기인가. 교주께서 떠나신 지금, 소교주 중심의 권력 재편성은 당연한 이치. 우사가 원래 발이 좀 빠른 인물 아닌가."

"그게… 아무래도 심상치 않습니다."

그들의 말을 받은 것은 구마의 다섯 번째이자 교의 순찰교령인 혈마 우중생이었다.

"뭐가 이상하다는 말인가?"

"교의 내사 중에 이상한 점이 몇 가지 발견되었습니다."

"이상한 점?"

맏형인 백마 종리강의 눈빛이 반짝였다. 자신이 알고 있는 우중생은 직감이 남달리 탁월한 사람이었다. 다른 사람들은 얼핏 모르고 지나칠 수 있는 작은 모순 하나로도, 그 뒤에 가려진 잘못을 예리하게 찾아내 곤 하였다.

"적기당주 염승이 죽고 난 뒤, 그 후임으로 범척(范拓)이란 자가 등

용되었습니다."

"범척? 생소한 이름이군."

"본래 범척이란 자는 교 내부의 인물로 철기당의 부당주로 있던 자였습니다."

"병기를 양산하는 철기당의 부당주가 화기를 만드는 적기당을 맡는다?"

의아하지 않을 수 없었다. 냉병기와 화기는 그 성질이 전혀 다르다. 더군다나 적기당의 경우는 재화 염승이 교로 영입된 이후 생겨난, 염승 일인의 당이라 불려도 과언이 아닌 그런 곳이었다. 한데 염승이 죽고 난 뒤에도 적기당은 와해되지 않았다.

"혹시……."

"…적기당으로 꽤 오랜 기간 동안 화기의 재료가 반입된 것 같습니다. 물론… 비밀리에……."

"이미 천화통과 벽력탄은 충분히 보유하고 있을 터인데? 그러하였기에 염승을 교외로 보내는 것도 허락했던 것이고……."

검마 능광의 말에 우중생의 목소리가 조금 낮아졌다.

"교의 누구도 적기당을 신경 쓰는 이는 없었습니다. 저 역시 얼마 지나지 않아 사라질 것이라 생각했었는데… 강자량이 손을 쓴 것 같습니다. 재료의 반입만 확인하였지, 그 후의 일은 확인할 수가 없었습니다."

이번에는 능광도 놀라지 않을 수 없었다. 우중생은 교의 순찰교령이다. 그가 포착하지 못하는 일이 교에서 일어나고 있다는 것은 정녕 큰 문제가 아닐 수 없었다.

"재료가 들어갔다면, 무언가 결과물이 있어야 할 터. 우사는 독자적인 힘을 가지고 싶어한 것인가?"

백마 종리강의 말에 좌중의 인상이 살짝 찌푸려졌다. 직권 남용의 문제는 둘째 치더라도, 도대체 화기 따위를 몰래 만들어 무엇에 쓰려고 한단 말인가?

"하나 우사의 휘하라고 해봐야 호위대 일백이 전부입니다. 주작홍기가 사라져 무격들을 부릴 수 없게 된 이상, 그가 움직일 수 있는 병력은 그것이 한계입니다. 화기가 아무리 많다고 해봐야……."

말을 잇던 능광이 고개를 돌려 맏형인 종리강을 바라보았다. 하나 종리강은 고개를 내저으며 말했다.

"소교주의 지시라 하더라도 마찬가지. 그렇다면 결국 그것 역시 교를 위해 쓰여질 것이 아닌가? 적기당의 일은 크게 문제 삼지 말도록 하세."

얼마나 만들어졌는지는 모르지만, 화기들이 소교주에게 전달되었다면, 그것을 운용할 병력은 오백, 혹은 그 이상으로 불어나 버린다. 교에서 키워낸 일천의 젊은 영재. 그들은 소교주를 전폭적으로 지지하고 있었다. 게다가 천겹영이라 불리는 외부 영입 고수들 역시 우사와 소교주의 영향 아래 놓여 있었다. 화기를 지닌 일백은 교의 힘만으로도 제압할 수 있으나 일천이 화기를 지니면 명 황실과 전쟁이라도 할 수 있다. 하나 소교주는 차기 교주의 위를 이어받게 될 몸. 종리강은 소교주의 힘이 늘어난다 하여 그리 걱정할 일은 아니라 생각하고 있었다.

"또 하나 의심 가는 것이 있습니다."

"음?"

종리강의 시선이 또 한 번 우중생에게 향했다. 우중생의 표정은 적기당을 언급할 때보다도 더욱 어두워져 있었다.

"…사실… 이것은 단순히 제 심중일 뿐입니다. 아무런 물증도 증인도 없지만……."

"뜸 들이지 말고 말해 보게."

능광의 말에 우중생은 다른 형제들을 한번 둘러보곤 천천히 말을 이었다.

"…저는… 신탁을 의심하고 있습니다."

"……?"

놀랐다기보다는 어이가 없다는 듯한 표정들. 신탁은 한 치의 오차도 없이 맞아떨어졌다. 황제의 죽음을 예견한 신탁은 다시 한 번 신녀궁의 위력을 실감케 하였다. 한데 신탁이 의심스럽다니?

"그저 심중일 뿐입니다만… 신녀궁의 동태가 수상합니다."

"신녀궁이?"

"황제의 죽음을 예견한 것은 분명 신녀궁의 신명을 증명한 것이 분명합니다. 그로 인해 대계가 차질없이 준비될 수 있었고… 한데 신녀궁은 그런 큰 공을 세웠음에도 침묵하고 있습니다. 그게 석연치 않습니다."

"음… 신녀궁의 조 궁주가 원래 명리를 탐하는 사람이 아니지 않은가?"

능광이 반박을 하듯 입을 열었지만, 우중생의 의심은 그것뿐이 아니었다.

"조 궁주의 인품은 저도 잘 알고 있습니다. 그런 사람이 우사를 가까이한다는 것이 제 의심을 부채질하고 있는 것이고요."

"지금 우사라 했는가?"

잔마 흑규가 서늘한 목소리로 물었다. 흑규와 강자량은 둘도 없는 앙숙 관계였다. 강자량의 이름 석 자만 나오면 이부터 가는 흑규였으니 당연한 반응일 수도 있었다.

"제일 처음 신탁이 내려온 것을 알린 사람이 바로 우사였습니다. 그가 교주님과 소교주님에게 그 사실을 알렸지요."

"하나 그런 이유만으로 그를 의심하기엔……."

능광의 말에 우중생이 고개를 가로저었다. 무언가 답답하다는 표정이 우중생의 얼굴에 가득했다.

"황제의 죽음을 한 달 전에 예견한 신녀궁입니다. 그런 신녀궁이 교주님의 죽음을 예견치 못했다는 것이……."

"설마……."

사람들이 숨을 죽였다. 불경한 말이었다. 신탁을 의심하는 것은 교를 의심하는 것이나 진배없었다.

"이번만큼은 다섯째의 말을 쉽게 믿을 수가 없군. 교주님의 죽음을 감추었다 한들, 그에게 무슨 이득이 있을 것인가? 신녀궁은 미륵의 계시를 받는 몸. 비록 예견하였다고는 하나 그도 미륵이 알려주지 않으면 알 수가 없는 것이 신탁이네. 어쩌면 미륵께서 알려주지 않으셨을지도……."

"그럴지도 모르지만……."

우중생도 자신의 예감을 자신하지 못하고 있었다. 그의 말마따나 심중일 뿐이고 정황일 뿐이다. 그것이 어떠한 문제로 발전한 것도 아니니, 물고 늘어질 것도 없었다. 단지… 그의 직감만이 무엇인가 알 수 없는 일이 일어나고 있음을 말해 주고 있었다.

"혹시나 어떠한 문제가 생긴다 하더라도… 우리가 주시하고 있는 한, 우사도 쉽사리 경거망동하지는 못할 것이야. 다섯째는 너무 염려하지 말게."

종리강은 걱정하지 말라는 말만을 남긴 채 걸음을 옮기고 있었다. 우중생은 또다시 지하의 모처로 사라지는 형제들을 바라보며 낮게 속삭였다.

"저는 우사를 의심하는 것이 아닙니다… 우사를 움직이는… 그의 심중을 믿지 못할 뿐이지요……."

우중생은 오늘따라 순찰교령이라는 이름이 무겁게만 느껴졌다. 지금이라도 당장 교령을 반납하고, 형제들을 따라 어둠 속으로 잦아들고 싶은 마음뿐이었다.

'일단 남경으로 가봐야겠다. 그자가 무슨 짓을 꾸미고 있는지, 내 눈으로 직접 확인해 봐야겠다.'

문득 우중생은 자신이 아직 심중을 털어놓지 못한 사람이 있다는 것을 깨달았다. 하나 그는 총단을 떠날 때까지 자신의 마음을 털어놓지 못했다. 자신의 짐을 덜어주어야 할 그가, 죽은 주군의 곁을 떠나지 못하고 있었기에.

＊　　　　＊　　　　＊

철웅은 소리없이 움직이고 있었다. 그가 찾은 종산은 한밤중이 다 되어서도 분주히 움직이는 사람들로 인해 몹시도 소란스러웠다. 달리 금산이라고 불리는 이곳은, 홍무 십사 년부터 시작된 황릉 축조의 대공사로 사시사철 인부들의 발길이 끊이지 않는 곳이었다. 이미 십여 년 전에 태조의 정실 부인인 효자고황후 마씨(孝慈高皇后 馬氏)가 묻힌 이후, 일반인들에게는 금역이나 다름없는 곳. 물론 지금의 소란 역시 붕어한 태조의 장례를 준비하느라 수많은 인부들이 산을 오르내리는 까닭이었다. 그런 사람들의 이목을 피해 철웅은 은밀하게 종산을 오르고 있었다. 항시 오천여 명의 병사가 진을 치고 있는 황실의 성지였지만, 화산의 비전신법 암향표를 시전하는 철웅이 그들의 눈에 잡힐 리 없었다.

'아직도 이해하지 못하겠습니다. 역모를 준비한 당신께서… 이곳을 안식의 장소로 선택한 이유를……'

철웅은 종산의 서쪽 능선을 따라 움직이다 신형을 멈추어 섰다. 그가 멈추어선 나무 위. 남경의 전경이 한눈에 보이는 그곳에서, 철웅은 만감이 교차하는 눈빛으로 황성과 궁성을 굽어보고 있었다.

'아직도 모르겠습니다. 당신이… 충신이었는지… 역적이었는지……'

자신의 기억 속에 남아 있던 아비는 분명 충신이었다. 언제나 당당하였고, 자신의 의지를 실천함에 주저함이 없었으며, 황실의 안위를 그 어떤 의지보다도 우위에 놓았던 대명 황실의 개국 공신. 백만 황군의 우상이었으며, 태조황제의 오른팔로서 대명제국의 수호신을 자청하던 사람이었다. 하나 패가 일깨워 준 기억은 그런 모든 기억을 부정해 버렸다. 당신이 역적의 도당으로 공인된 백련의 우사였으며, 그들의 교리를 따라 역모를 준비하고 있었다는 사실. 청천벽력과 같은 일이었지만, 이제는 두 가지 상반된 진실 중에서 어느 하나를 택할 수도 없게 되었다.

'…이미 모두 지나간 일인 것을…….'

철웅은 잠시 상념에 잠겨 있다가, 발아래에서 들린 인기척에 숨을 죽였다. 그가 밟고 서 있던 나무 아래. 마 황후의 안식처인 효릉과 불과 백여 장 남짓을 격한 곳이었기에, 번을 서는 병사들의 동선이 이곳까지 미쳐 있는 모양이었다. 그들이 멀리 사라지고 나자 철웅은 몸을 날려 나무 아래로 내려섰다. 바닥을 딛는 진동은 물론 미세한 기척조차 없는 것을 보니, 암향표의 진전이 생각보다 많이 이루어진 모양이었다.

'네 어깨에 앉은 흔적을 보니, 지난 세월이 새삼스럽기만 하구나.'

장정 둘이 팔을 맞잡아야 닿을 듯해 보이는 거대한 암석. 이미 십팔 년이란 세월 속에서 그의 손길이 닿은 흔적은 모두 지워져 있었다. 철웅은 조심스레 암석의 한편으로 돌아섰다. 그리고 전신으로 내력을 보내며 천천히 거대한 암석을 밀어내기 시작했다. 혹시 사람들의 이목을 끌까 매우 조심스러운 움직임이었지만, 철웅의 팔뚝에 힘줄들이 솟아나자 거대한 암석이 이내 천천히 밀리기 시작했다. 잠시 후 한 사람이 비집고 들어갈 틈이 생기자 철웅은 조심스레 그 안으로 들어섰다.

"…아버지……."

철웅은 탄식 같은 한마디를 남기곤, 이내 무너지듯 주저앉았다. 종산의 외곽에 숨겨져 있던 작은 동혈. 남경이 한눈에 내려다보이던 이 작은 공간이 바로 철웅의 아비, 북평대장군 이정인의 마지막 안식처였다.

생전의 위엄이 느껴지는 듯한 장대한 기골의 유해가, 바위 위에 걸터앉은 채 그를 맞이하고 있었다. 하나 그 당당한 어깨 위에 있어야 할 두개골은 바닥에 떨어져, 절을 올리던 철웅과 눈을 마주하고 있었다.

"…소자… 세민이 돌아왔습니다… 흐흑……."

철웅은 눈물을 흘리며 아비의 두개골을 끌어안았다. 자신이 직접 실과 바늘로 꿰매었던 아비의 머리였으나 세월은 그것을 인정치 못하고 죽은 후에도 몸과 머리를 잘라 역적의 죄를 단죄하였다. 그리고 머리와 몸이 분리된 아비의 모습에, 십팔 년 만에 돌아온 지천명의 자식이 설움을 이기지 못하고 목 놓아 울고 있었다.

자식 앞에서 초라한 모습을 보이기 싫었는지, 그의 앞에 놓여 있던 북평대장군 이정인의 머리 없는 유골은, 돌아온 자식을 향해 가슴을 편 채 꼿꼿이 앉아 있었다. 곧게 선 허리와 쥐어진 주먹도 그대로였다. 살아생전 전장에서 입었던 갑주와 그의 어깨 위에서 휘날리며 북평대장군을 상징하던 검은 장포까지 모든 것이 그대로였다. 철웅은 한참을 울었다. 이제는 눈물을 흘리는 것이 어색한 나이, 누군가에게 눈물을 보인다는 것이 민망스러운 위치에 올라선 그였지만, 죽어 백골이 되었을망정 생전 자신이 믿고 따랐던 아비의 앞이었기에, 지난 세월의 고통을 눈물에 담아 흘려보낼 수 있었다. 흐느낌이 잦아들고 철웅이 일어섰다. 그리고 아버지의 유해로 다가가, 들고 있던 두개골을 어깨 위에 조심스레 올려놓고는 한참을 말없이 바라보기만 하였다. 무슨 말을 하는 것인지는 알 수 없었지만, 철웅은 그의 아비에게 자신의 의지를 분명히 전하고 있었다. 자신이 깨달은 천명을.

"…불민한 소자를… 용서하십시오."

철웅은 깊게 고개를 숙여 보이곤, 이내 조심스레 유해에 걸쳐져 있던 장포의 고리를 풀어냈다. 물러선 철웅의 두 손에는 검은색의 장포가 곱게 접혀 있었다.

"…싸움이 끝나면… 돌아오겠습니다."

긴 시간을 보내진 않았다. 아직은 해후의 시간을 보낼 때가 아니었다. 마지막이 될지도 모르는 시간이었지만, 철웅은 자신이 전했던 의지만큼이나 단호하게 뒤돌아섰다. 그의 아비가 그것을 바랄 것이라 여기면서.

다음날, 철웅이 모습을 드러낸 곳은 남경의 저자였다. 하릴없는 한량처럼 저자를 잠시 배회하던 철웅이 걸음을 옮긴 곳은 성에서 조금 벗어난 작은 송림이었다.

"나오시오."

철웅의 부름에 솔잎들의 떨림만이 답하고 있었다. 하나 철웅은 그자리에 서서 미동도 않은 채 송림을 바라보고 있었다. 그의 눈빛이 가닿았음인지, 아무런 인기척도 느낄 수 없었던 송림의 한편에서, 작은 인기척과 함께 몇 사람이 몸을 일으켜 세웠다.

"어디서 오신 분들이오?"

철웅의 목소리에서 당혹감은 찾아볼 수가 없었다. 마치 그들이 찾아올 것을 이미 알고 있었다는 듯이. 오히려 송림에서 몸을 꺼낸 일곱 명의 적의인이 놀라는 눈치였다.

"조철산이라고 하오. 좌사의 명을 받고 있소."

철웅과 대면하고 있던 자들은 좌사 적유 휘하의 적랑대였고, 선두에 선 이는 적랑대주 조철산이었다. 조철산은 철웅과 마주하며 당혹해하고 있었다.

'사별 삼 일이면 괄목상대라더니……'

마지막으로 그를 보았던 것이 몇 달 전 북평으로 향하는 관도 근처였다. 그가 본 그는 실전 감각이 탁월한 일류고수 정도. 자신과 비교하면 많은 손색이 있던 자였다. 한데 몇 달의 시간을 격하고 만났다고는 하지만, 이제는 필승을 점치기 어렵다 느끼고 있었다.

'주군께서 직접 나를 보내신 이유가 있구나.'

자신은 명색이 마교 서열 오십 위 안의 고수였다. 명분상의 서열이야 누구도 확신하지 못하는 것이기는 했지만, 적어도 그 서열에 이견은 없는 조철산이었다. 그런 자신을 고작 이런 일에 보낸다는 것에 내심 불만이 있었지만, 막상 상대와 마주하고 보니 그것이 얼마나 허튼 생각이었는지 새삼 깨닫게 되었다.

"부탁한 물건을 받아오라 하셨소."

"……"

철웅은 조철산을 바라보고 있었다. 자신이 남경에 모습을 드러내었으니, 접촉을 시도할 것이라고 예상했었다. 남경에서 마교의 시야를 벗어날 수 있다고는 생각하지 않았었으니까. 다른 수하들에게도 그 점을 강조하며 은밀히 움직일 것을 당부했었다. 그들의 이목에 노출시킨 것은 자신뿐, 예상대로 그들은 자신을 찾아냈다.

"…그는 어디 있소?"

"망발하지 말라… 그대에게 그런 식으로 불릴 분이 아니다."

조철산의 눈에서 불똥이 튀었다. 감히 자신의 주군을 일컬어 그라고 부르다니, 이런 불경을 보고 넘어간다면 수하 된 자로 치욕을 감수하는 것이라 느끼는 모양이었다. 하나 철웅은 시종일관 덤덤했다.

"그에게 만나자고 전하시오. 그대가 그의 수하라는 증거도 없고, 데려간 아이의 안전도 보장받지 못했소. 또… 그에게 물어볼 것도 있고."

철웅의 말이 끝나는 순간, 조철산의 허리춤에서 벼락이 일었다. 날렵하게 생긴 월도가 이 장의 거리를 격하고 철웅에게 날아들었다. 하나 철웅은 그럴 줄 알았다는 듯, 신형을 움직여 그의 도를 피해내었다. 발도술 하나만은 교 내에서도 수위를 다투는 조철산이었기에, 자신의 공세를 피한 철웅을 쫓으며 화가 난 듯 새파란 검기를 사정없이 뿜어대고 있었다.

"발칙한! 내 주군께 벌을 받는 한이 있어도, 네놈의 버릇을 고쳐 놓고 말겠다!"

조철산의 도가 달빛 아래 춤을 추고 있었다. 그의 도법은 유연하기 그지없어, 초씨 세가의 황보광과 비견하여도 손색이 없어 보였다. 철웅은 암향표를 시전하며 그의 도를 피하다가, 이내 품에서 검을 뽑아 들고는 그의 도와 맞서갔다.

"그대가 자초한 일!"

타타탕!

검과 도가 부딪치며 섬광을 토해냈다. 조철산의 도가 철웅의 주변으로 수십 개의 잔영을 흩뿌리고 있었다. 하나 철웅의 눈에는 그의 움직임이 천천히 흘러가는 물결처럼 보일 뿐이었다.

'분명한 결이 보인다. 빠른 흐름이지만, 피할 수도, 막을 수도 있다.'

철웅은 회심의 미소를 지으며 연달아 삼검을 뿌렸다. 조철산은 자신의 도세를 끊으려는 일검을 맞받아쳤고, 흐름을 막아서는 이검까지는 막아냈다. 하지만 예측하지 못한 방향으로 흐름을 비집고 들어오는 철웅의 삼검은 미처 막아내지를 못했다.

"허억!"

하단과 중단의 검세를 막고 다급히 도를 회수하려던 조철산의 목 위에 어느새 철웅의 묵검이 올려져 있었다. 조철산은 당황하지 않을 수 없었다. 패배의 굴욕감보다는 당혹감이 밀려왔다.

'검의… 초식이 없다. 두 번의 검은 나의 시선을 혼란시키는 검이었지만… 마지막 삼검은… 예측할 수가 없었다.'

조철산의 당혹감은 이루 말할 수가 없었다. 마치 어린아이가 무심코 던진 돌멩이를 피하지 못한 어른의 심정이랄까. 전혀 예상할 수 없었기에, 되려 우연이 아닌가 의심스러운 일격이었다. 물론 그런 어이없는 일검을 막지 못해 목이 잘릴 위기에 처하게 되었지만.

"내가 한 말을 잘 전해주길 바라오. 그가 바라는 물건은… 소소를 안전하게 넘겨받은 후 주겠소. 나흘 후 현무호에서 보자고 전하시오."

철웅은 천천히 뒤로 물러서며 조철산의 목에서 검을 거두었다. 조철산은 그의 검이 목을 떠났음에도 움직이지 않았다. 그저 분하다는 눈빛으로 멀어져 가는 철웅을 바라보기만 할 뿐. 하나 언제까지 그의 뒷모습만 쫓을 수는 없었다.

조철산은 철웅이 사라져 간 반대 방향으로 신형을 날렸다. 좌사에게 소식을 전하고 총단에서 소소를 데려오기엔, 나흘이라는 시간은 촉박하기만 하였다.

第七十四章

남경(南京)

南京

지금 그 이름을 밝히지 못함은,
이 자리에 떳떳한 자들만 있다 믿지 못하기 때문이오

"호패와 노인을 보여주십시오."

하얀 수의를 갑주 위에 걸친 수문 위사의 부름에, 사내는 급히 품을 뒤져 호패와 노인을 건네었다. 사내의 등 뒤로 길게 이어진 행렬이 수백은 될 듯 보였다. 전국 각지에서 황제의 조문을 위해 올라온 관리들이 분명하였다. 사내의 호패를 보던 수문 위사가 피식 코웃음을 쳤지만, 이내 그의 입궁을 허락하며 호패와 노인을 돌려주었다. 소주에서 이곳까지 달음박질쳐 온 노력은 가상해 보였지만, 고작 종육품 정도의 품계로는 황성에 드는 것이 전부일 터였다. 이미 수천 명의 고관대작들이 궁성 안 황제의 빈소를 찾아 조문을 올리고 돌아갔다. 궁성 안 빈소에 방명을 남기지 못한다면, 다른 이들의 눈에 뜨이기 힘들다. 대부분의 관리들이 높은 벼슬을 하고 있는 자들과 안면을 트고 싶어하는 마음에 남경을 찾았을 테지만, 이 정도의 품계로는 궁성 밖에 만들어놓은 분향소에 절을 올리는 것이 전부였다. 사내는 그런 사실을 아는지 모르는지, 희희낙락한 표정으로 성문을 들어서고 있었다. 하나 사내는 성문의 그늘을 벗어남과 동시에 어리석어 보이던 미소를 지우고 있었다.

'황성 내부의 기찰은 엄해 보이지 않군.'

소주의 말단 관리로 변장한 양청이 좌우를 살피며 걸음을 옮기고 있었다. 가짜 호패와 노인을 만드는 데에 제법 많은 은자가 들어갔지만, 어찌 되었든 남경의 내성인 황성 안으로 들어오게 되었으니 그리 아까운 지출은 아니었다. 한참을 걷던 양청이 걸음을 멈추었다. 그의 앞에 선 돌로 만들어진 사자가 눈을 부라리고 있었지만, 양청은 그 돌사자의 시선을 무시하곤 수문 위사에게 다가갔다.

"무슨 일이시오?"

수문 위사가 양청을 바라보며 말했다. 양청은 한 장의 배첩을 꺼내어 그에게 전달하였다.

"좌첨도어사 어른을 찾아왔소."

좌첨도어사라는 말에 수문 위사는 감히 경거망동하지 못하고 그의 배첩을 받아 안으로 사라졌다. 얼마의 시간이 흐른 후 한 사람이 나와 그를 맞이했다.

"도찰원 감찰호부 곽태보(郭泰保)라고 합니다. 좌첨도어사 어른을 찾아오셨다고요?"

"화산의 양 아무개라고 합니다. 좌첨도어사 어른께서는 안에 계신지요?"

"어른께서는 잠시 출타 중이십니다. 일단 안으로 드시지요."

양청은 곽태보의 뒤를 따라 걸음을 옮겼다. 회랑을 따라 걸음을 옮기자 잠시 후 한 채의 전각에 다다를 수 있었다. 한데 전각 앞에 다다르자 곽태보가 양청을 제압하기 위해 손을 쓰기 시작했다.

"아니? 이게 무슨 짓이오?!"

양청은 갑작스러운 공세에 놀라 뒤로 물러섰지만, 이내 곽태보의 금나수에 금나수로 맞서며 공세를 무마시켰다. 곽태보는 상대의 실력이 생각보다 높음을 깨닫고, 이내 권각을 내지르며 양청을 압박해 갔다.

'설마, 이미 도찰원까지 그들의 마수가 뻗친 것이란 말인가?'

이미 그들의 주위로 도찰원의 무사들이 둘러싸 포위하는 모습이 보였다. 양청은 다급한 마음에 권각을 마주 뿌리며 대항했다. 곽태보의 권각술이 제법 매섭게 몰아치고 있었지만, 연왕의 휘하에서 무공 교두까지 지낸 양청에 비할 바가 아니었다. 비록 수중에 창이 없다고는 하나 그는 신창 양가의 후손, 그의 권각이 녹록할 리 없었다.

퍼벅!

"크윽!"

곽태보의 복부로 양청의 일권이 격중했고, 곽태보는 다섯 걸음이나 물러서고 나서야 중심을 잡을 수 있었다. 고통스러운 표정의 곽태보가 자세를 가다듬고는 다시 달려들고자 하고, 그들의 공방을 지켜보던 무사들이 수중의 검을 뽑아 합세하려고 하던 그때, 장내의 움직임을 중지시키는 외침이 있었다.

"모두 그만!"

도찰원 무사들이 움찔하며 한 걸음 뒤로 물러서고, 양청 역시 목소리의 주인을 찾아 시선을 돌렸다. 무사들의 한쪽이 갈라지며 한 사람이 걸어나왔다. 목소리의 주인, 도찰원 좌영반 마양수였다.

"나는 도찰원 좌도어사 마양수다. 그대는 누구인가?"

"……."

"죽은 좌첨도어사를 찾아온 그대는 누구란 말인가!!"

마양수의 외침에 양청은 놀라 눈을 크게 떴다. 그가 죽었다니, 천하에 권절 언상이 죽었다니… 하나 양청은 이내 정신을 차리곤 입을 열었다.

"…저는 제 주군의 명으로 좌첨도어사 어른을 찾아왔습니다."

"그대의 주군이 누구인가?"

"……."

양청은 입을 다물었다. 좌첨도어사인 권절 언상이 죽었다면, 좌도어사가 그의 죽음에 저토록 노여워하고 있다면, 이미 도찰원에도 모종의 사단이 있었다는 뜻이다. 누구도 믿을 수 없는 상황. 함부로 철웅의 이름을 말할 수는 없었다.

"밝히지 못할 만큼 떳떳치 못한 이름인가?"

"……."

"신분을 밝히지 못한다는 네놈도 좌첨도어사의 죽음과 무관하지 않다는 뜻. 저자를 당장 잡아들여 하옥시키도록 하라. 내 친히 저자를 심문할 것이다."

양청은 마양수의 일갈에 눈을 빛냈다. 자신을 향해 다가오고 있던 위사들의 손에는 날이 선 도검이 들려 있었다. 게다가 이곳은 도찰원의 중심. 자신에게 창이라도 있었다면 모르지만, 지금 당장 힘으로 빠져나가기는 요원해 보였다.

"내 주군의 이름을 밝히지 못함은 떳떳치 못함이 아니오."

양청의 목소리에 뒤로 돌아 걸어가던 마양수의 걸음이 멈춰졌다.

"내 주군은 하늘 아래 누구보다 당당한 분. 지금 그 이름을 밝히지 못함은, 이 자리에 떳떳한 자들만 있다 믿지 못하기 때문이오."

마양수의 고개가 양청을 향했다. 양청은 그의 눈빛을 받으면서도 한 치의 물러섬이 없었다. 마양수는 한참 동안 그를 바라보다 입을 열었다.

"…순순히 오라를 받는다면, 그대의 이야기를 들어주겠다. 죽은… 친우를 대신해서."

마양수의 말에 양청은 고개를 끄덕이며 두 손을 내밀었다. 권절 언상이 마양수와 절친한 사이였다는 것은 이미 천하가 다 아는 사실. 이렇게 된 이상 살아서 이곳을 나갈 생각은 버렸다. 도박과도 같은 일이었지만, 양청에게는 선택의 여지가 없었다. 몇몇 위사가 다가와 그의 팔을 묶었다. 점혈로 내공까지 금제된 이후 양청은 위사들의 손에 이끌려 한 밀실로 옮겨졌다.

밀실에는 양청과 마양수 단 두 사람뿐이었다. 그리고 그들 사이에 있는 서탁에는 문방사우가 올려져 있었고, 그 옆에는 계절과 어울리지 않는 화로가 불꽃을 이글거리고 있었다.

"내공은 금제되었어도 글은 쓸 수 있겠지? 우리 두 사람 모두 누구도 믿지 못하니, 필담을 하도록 하지."

양청은 마양수의 말에 적이 놀랐다. 그의 말은 도찰원의 최고 수뇌

부인 자신조차 이목이 막혀 있다는 간접적인 시인이었다. 마양수는 말을 마침과 동시에 붓을 들어 글을 써 내려갔다.

'그대는 누구인가?'

'양청.'

양청의 대답에 마양수가 조금 놀랐다는 듯 그를 바라보았다. 감찰 기관의 수반인 마양수였으니, 북평 연왕부의 무공 교두 양청의 이름을 모를 리 없었다. 신원 확인을 위한 몇 마디 대화가 더 오갔지만, 마양수는 눈앞의 사내가 양청이 아니라는 증거를 찾아내지 못했다.

'그대가 정녕 신창 양가의 후손인 양청이 틀림없는가?'

'그렇소.'

자신이 알고 있는 양청이 틀림없다면, 눈앞의 인물은 연왕부의 인물이다. 그것도 연왕의 총애를 받아, 연왕부 예하의 정병들을 직접 가르치는 총교두. 두 사람의 대화가 끝날 때마다, 그들이 나눈 필담은 화로 위의 재가 되어가고 있었다.

'그럼 그대를 보낸 사람이 연왕이신가?'

'아니오. 나를 보낸 분은 장철웅이란 분이오.'

'장철웅? 듣지 못한 이름이다.'

'무림의 문파인 화산파의 장로이시고, 연왕 전하의 명을 받고 움직이시는 분이오.'

마양수의 이마가 조금 좁혀지고 있었다. 연왕의 명을 받드는 무림의 인물. 그것도 강호의 거대 세력 중 하나인 화산파의 장로. 쉽게 짐작하거나 단정 지을 수 없는 관계였다.

'언상을 찾아온 이유가 무엇인가?'

'그 사람이 하고 있던 일의 경과를 물어 오라 하셨소.'

'마교와 관련한 그 일 말인가?'

'병부와 관련된 그 일을 말하는 것이오.'

양청은 글을 씀에 신중에 신중을 더했다. 아직은 언상의 친우인 마양수도 믿을 수 없었다. 자신이 해야 할 말을 최대한 가려야만 했다.

'도찰원은 이미 손을 떼었네.'

'…도찰원도 역모에 합류한 것이오?

쾅!

양청의 말에 마양수가 탁자를 세게 후려쳤다. 글보다는 훨씬 강력한 의지 표현이었다. 양청은 가만히 고개를 끄덕여 보이며 다시 글을 썼다.

'내 주군께서 원하신 것은 남경 내부의 변화였소. 병부와 마교의 결탁이 분명한 이상, 지금이 그들이 음모를 펼칠 적기라고 판단하셨소.'

'만약 언상이 살아 있었다면, 그런 정보를 쉽게 건네어주었을 것이라 생각하는가?

'내 주군이 말씀하시길, 남경에서 도움을 받을 수 있는 사람이 있다면, 오직 도찰원의 좌첨도어사뿐이라 하셨소.'

양청의 말에 마양수는 눈을 찌푸렸다. 자신 역시 남경에 흐르는 이상한 기류를 인지하고 있었다. 금의위를 비롯한 상직위친군(上直衛親軍)의 비정상적으로 활발한 움직임, 남경 주위로 조금씩 진진 배치되고 있는 좌, 중군도독부의 병력들, 그리고 병부에 잠입시켰던 간자들의 증발. 내심 사방으로 열려 있던 도찰원의 눈과 귀가 조금씩 닫히고 있음을 깨닫고 긴장하던 그였다.

'그대의 주군이라는 사람은 어디 있는가?'

'알아내는 것도, 찾아내는 것도 어려울 것입니다.'

'좋네. 양청이라는 이름을 믿고 얘기하지. 남경에서 병부와 연관되지 않은 조직은 우리 도찰원뿐이네. 우리 역시 남경에서 일어나는 일들에 대해서 이목이 닫힌 상태, 황제 폐하께서 승하하셨기 때문에 더욱 활동하기가 쉽지 않네.'

도찰원은 황상의 어지로 움직이는 황제 직속의 기관이다. 그런 면에서 금의위는 도찰원과는 달리 하나의 이점을 지니고 있었다. 금의위는 황제의 총애를 받는 집단이면서 상직위친군이라는 군대로 편성되기 때문에, 황제의 부고 시에도 도독이라는 실질적인 명령 체계를 따라 움직일 수 있다. 이 말은 지금 당장 역모가 일어난다 하여도 도찰원은 움직일 명분이 없다는 뜻이었다.

'…도찰원은 역모를 모른 척할 셈이십니까?'

한참을 생각하던 마양수가 붓을 들어 자신의 마지막 말을 적어 내려갔다.

'…자네의 주군이란 사람을 만나고 싶네.'

양청은 그가 써 내려간 서찰을 이내 화로의 불꽃 속으로 던져 넣어 버렸다. 그리고 자신의 두 손을 내밀며 말했다.

"믿겠습니다."

잠시 후 사람들의 이목을 피해 도찰원을 나온 양청은, 남경 저자의 사람들 틈바구니 속으로 자취를 감췄다.

　　　　　*　　　　　*　　　　　*

　"그것이 사실인가?"

　"그렇습니다, 우사. 좌사가 찾는다는 주작홍기의 존재는 확인하지 못했지만, 그의 존재는 제 눈으로 똑똑히 확인한 일입니다. 아마도 장철웅이라는 자와 좌사 간에 모종의 거래가 있었던 것 같습니다."

　강자량은 말없이 전서의 내용을 확인하고 있었고, 그의 곁에는 고욱이 시립해 있었다. 고욱은 주작홍기의 존재를 모른다. 그러니 이렇게 태연히 보고를 올리는 것이겠지.

　'모사재인 성사재천이라더니… 아무래도 하늘은 그대의 편이 아닌가 보오.'

　광소를 터뜨리고 싶은 것을 억지로 참았다. 자신 몰래 좌사와 죽은 교주가 그토록 찾아 헤맸던 주작홍기가, 저절로 자신의 손에 굴러 들어온 셈이었다. 천하 곳곳에 숨죽이고 있는 무격들을 움직일 수 있는 유일한 존재. 백련교의 신물인 주작홍기가 드디어 모습을 드러낸 것이었다.

　"그자는 지금 어디 있는가?"

　"그것이… 종적을 놓쳤습니다."

　강자량은 실책을 부끄러워하는 고욱을 바라보면서도 가만히 고개를 끄덕일 뿐이었다. 그는 조철산을 단숨에 제압한 고수. 저랑대의 척후 여섯으로는 그 뒤를 밟기가 힘들었으리라.

　'이제 며칠 후면 대계가 시작된다. 이런 변수로 대계의 주관자인 내가 직접 나설 수는 없는 일… 그리고 자칫 잘못하다가는 좌사에게 꼬

투리를 잡힐 수도 있고……'

강자량은 자신의 아래턱을 쓰다듬으며 생각에 잠겼다. 그리고 이내 무슨 생각을 떠올렸는지 입가에 미소를 지으며 입술을 달싹거렸다. 그 입술의 달싹거림이 이어질수록 고욱의 표정이 차갑게 굳어져 갔다.

"그것은… 제 실력으로는 도저히……."

"이것을 가져가라."

강자량은 품에서 작은 옥병 하나를 꺼내어 고욱에게 전했다. 고욱은 그것을 받아 들고 의문 가득한 시선으로 강자량을 바라보았지만, 이어진 강자량의 전음을 듣고는 미소를 지으며 고개를 깊이 숙였다.

"…알겠습니다."

"그리고……."

회심의 미소를 짓던 강자량은 이내 두 장의 서찰을 적어 내려가기 시작했다.

"일을 마치고 나면 총단으로 떠나거라. 이것은 소교주님께 전하고, 이것은 좌사에게 전하거라."

"물론입니다, 우사. 한데… 좌사께도 서찰을 전하는 것입니까?"

무엇이 껄끄러운지 고욱의 말이 조금 어눌해졌다. 그 모습을 바라보던 강자량이 코웃음을 치며 말했다.

"무엇이 두려운 것이냐? 이제 얼마 후면 천하의 주인이 바뀌게 된다. 네가 따르는 분이 바로 천하의 주인이 되실 것. 좌사의 노기 따위는 걱정하지 않아도 된다."

"예. 그럼……."

고욱은 내심 씁쓸한 입맛을 다시며 방을 나섰다. 강자량은 고욱이

방을 나가자 이내 참았던 광소를 터뜨리고 말았다.

"하하하!! 그대의 불완전했던 대계가 이제는 완전해질 것이다! 백련의 천하일통은 내 손에 의해 이루어질 것이다. 하하하하!!"

강자량의 광소에 내실이 들썩이고 있었다. 그의 주위로 휘몰아치던 강기의 태풍이 점차 거세어지듯, 천하를 잠식하려는 백련의 대계도 점차 그 형체를 이루어가고 있었다.

＊　　　　＊　　　　＊

"좌도어사가 나를 보자고 했단 말인가?"

철웅의 물음에 양청이 무겁게 고개를 끄덕였다. 철웅도 전혀 예상치 못했던 일이었다. 독보십절의 일좌를 당당히 차지하고 있던 권절 언상이 죽다니… 이렇게 되면 남경에서의 행보에 커다란 차질이 생기고 만다.

'병부를 견제할 수 있는 곳은 도찰원뿐이었는데… 황제 폐하의 승하로 도찰원이 움직일 수 없다면… 조정에서 그들을 견제할 세력은 전무하다.'

낭패였다. 권절 언상이라면, 그가 몸담고 있는 도찰원이라면 어느 정도 그들의 움직임을 파악하고 견제할 수 있을 것이라 여겼건만… 하나 그렇다고 손 놓고 있을 수만은 없었다. 좌도어사인 마양수가 자신을 만나자고 하니 일단은 만나봐야 했다.

철웅이 양청과 대화를 나누고 있던 그 시각, 남경의 성문으로 한 무리의 사람들이 들고 있었다. 수문 위사가 공손히 머리를 조아려 그들의 행차에서 비켜서고 있었고, 수문 위장이 직접 나와 그들의 진입을 유도하고 있었다.

"너무 심려하지 마옵소서, 왕자 전하."

"심려라니 가당치 않습니다. 내 조부께서 승하하셨는데, 손의 도리로 당연히 와야지요."

성문을 지나던 팔두마차 안에는 연왕의 장자인 주고치와 독절이라는 신분을 숨기고 살아온 연왕부 대내총관 왕 집사가 대화를 나누고 있었다. 황제의 칙령은 연왕부로 늦지 않게 전달되었다. 덕분에 연왕부는 연왕의 노기로 인해 한바탕 난리가 났었지만. 결국 황제의 부음을 듣고도, 남경에는 연왕을 대신하여 장자인 주고치와 고구, 고수 세 아들만이 내려가도록 하였다. 물론 그들의 곁에는 추리고 추린 연왕부의 정병 이천과 독절 왕 집사, 그리고 은밀하게 동행한 언상도 함께였다.

"일단은 계획대로 도찰원의 힘을 움직여 보겠습니다."

"그러시게. 아마 함께 온 정병은 궁성 안으로 들지 못할 것이니, 내가 왕자 전하들과 함께 궁성으로 들겠네. 같이 온 정병들은 왕야께서 손수 기른 정병들이니, 만일의 사태에 큰 힘이 되어줄 것이네."

"음… 하나 궁성의 친군도 얕잡아 보아선 안 됩니다. 특히 금의위 같은 경우는 가급적 충돌을 피해야만 합니다. 제가 도찰원으로 돌아가 그들을 상대할 방법을 만들어 오겠으니, 왕 선배께서는 궁성 안의 움직임과 왕자 전하의 안전에 만전을 기해주십시오."

언상과 왕 집사의 대화가 이어지는 동안 그들의 무리는 황성 앞에 다다르고 있었다.

"그럼… 옥체 보중하십시오."

언상이 주고치에게 예를 올리고 사라졌다. 언상은 마차 밑에 비밀스럽게 만들어져 있던 통로를 통해 빠져나가 사람들 사이로 사라졌다. 연왕부의 팔두마차와 그 뒤를 따르던 이천의 정병이 한 번의 정차도 없이 황궁으로 들고 있었다. 대명제국의 실세인 연왕부의 행차는 남경의 대로를 따라 일대 장관을 이루고 있었지만, 그들의 머리 위로 타오르던 붉은 석양은 왠지 모를 불길함을 조용히 흩어놓고 있었다.

*   *   *

조철산은 석양이 지던 창문 밖으로 전서구를 날리곤 자리에 앉았다. 그가 있는 곳은 남경성 외곽의 한 객잔으로, 백련교의 비밀 거점으로 마련된 곳이었다.

"나흘이라… 전서를 받고 아무리 서두른다 해도, 총단에서 이곳까지 기일 내에 도착하기엔 시간이 촉박하다. 아무래도 내가 한 번 더 만나 봐야겠구나."

조철산은 자신의 턱을 쓰다듬으며 다시 한 번 철웅을 떠올렸다. 자신의 도를 비집고 들어오던 그 한 수. 실로 상대의 허를 찌르는 효과적인 공격이었다.

'다시 부딪친다면… 막아낼 수 있을까?'

자신의 도갑을 더듬던 조철산은 이내 고개를 저어 상념을 털어냈다.

"차를 들여오너라."

문밖에 대기하고 있던 시비가 물러서는 것이 느껴졌다. 날이 저물 때쯤이면 수하들이 돌아올 것이다. 오늘은 외당의 고수들이 남경으로 잠입하는 날. 천겁영이라는 광오한 이름을 쓰는 자들이었지만, 개중에는 조철산조차 함부로 말하기 힘든 고수들도 더러 있었다.

　'돈에 몸을 판 자들. 제아무리 무공이 높으면 무얼 할까. 결국 꼭두각시로 움직이다 버려질 운명인 것을……'

　조철산은 낭인이라 불리는 자들을 경멸했다. 스스로 자신의 목에 은자를 매기는 자들. 무도의 높은 뜻을 알지 못하는 천하디천한 자들이었다.

　'살기 위해 몸을 판 자들은, 결국 살기 위해 칼을 거꾸로 쥐는 법이다. 그런 자들과 큰일을 도모할 수는 없는 일.'

　시비가 들여온 차를 마시던 조철산은 천겁영의 최후를 생각하며 쓴웃음을 지었다. 전공을 세운 자는 등용되기도 하겠지만, 그래 봐야 그런 자들에게 허락된 자리에는 한계가 있는 법이다. 또다시 낭인으로 돌아가 어느 집 사냥개 노릇을 하다, 누군가의 칼에 맞고는 이름 없는 들녘에서 진토가 되겠지. 묘비조차 세우지 못한 채.

　'나는 얼마나 행복한가. 천하를 경영하는 주군을 모시며, 그분의 원대한 뜻을 실현하는 선봉으로 살아가고 있으니……'

　조철산은 자신의 처지에 만족하고 있었다. 적유의 벽을 뛰어넘겠다는 꿈 같은 것은 꾸어본 적도 없다. 그저 그의 충성스러운 수하로 살다가 죽는 것이 그의 소박한 소원이었다. 그리고… 그 꿈은 생각보다 빨리 이루어지고 있었다.

　"무슨 일이냐?"

문을 열고 들어오는 자는 적랑대의 부대주 고욱(高旭)이란 자였다.

"대주, 손님이 찾아오셨습니다."

"손님?"

조철산이 이상하다는 듯 고개를 갸웃거리며 자리에서 일어섰다. 한데 그가 자리에서 일어서는 순간, 고욱의 품에서 도가 뽑히며 조철산을 향해 날아들었다.

"헛?!"

채챙!

갑작스런 공격에 놀란 조철산이 다급히 몸을 회전시키며 도갑으로 고욱의 도를 막았다. 허공에서 세 바퀴나 돈 조철산이 바닥에 착지하며 놀람과 분노 섞인 눈으로 고욱을 노려보았다.

"이게… 무슨 짓이냐."

"약효가 좀 늦는 것 같군요. 이럴 줄 알았으면 조금 더 기다렸다가 들어오는 건데……."

고욱의 말에 무언가를 느낀 조철산이 다급히 공력을 끌어올렸다. 한데 혈맥을 통해 용솟음치던 내공이 어느 순간 기세를 잃고 흩어지는 것이 느껴지고 있었다.

"놈… 감히 산공독을……."

"대주의 무공은 누구보다도 제가 잘 알지요. 이 정도의 준비도 없이 어찌 함부로 칼을 뽑아 들 수 있겠습니까? 하하."

고욱의 눈은 자신감과 살기로 뒤범벅되고 있었다. 조철산은 낭패한 표정으로 그를 바라보고 있었다.

"네놈이… 나에게 어찌 이럴 수가 있단 말이냐? 내 너를 그리 아꼈

거늘……."

"너무 억울해하지는 마십시오, 대주. 시대가 변했습니다. 교에서 대주의 목숨을 원하니… 이제 그만 죽어주서야겠습니다."

"뭣이? 그렇다면… 설마 소교주가……."

조철산의 눈이 크게 떠졌고, 고욱은 그 틈을 노려 다시 한 번 도를 휘둘렀다. 조철산은 다급히 그의 도를 막아냈으나 근력에만 의지하던 그의 도는, 도기가 푸르게 서리 내린 고욱의 도를 막아내지 못했다.

챙! 푸욱!

"헙!"

단 일 수 만에 도를 떨어뜨리고 심장을 꿰뚫린 조철산의 부릅뜬 눈이 고욱의 눈을 잡아먹을 듯 쏘아보고 있었다.

"…주… 주군……."

바닥으로 쓰러진 조철산은 억울함으로 인해 눈도 감지 못했다. 그를 내려다보던 고욱이 도에 묻은 피를 털어내며 입을 열었다.

"대주가 날린 전서구는 아마 총단에 당도하지 못할 성싶소. 대신 내가 직접 총단으로 들어가 대주의 죽음을 전할 것이니, 너무 걱정하지 마시오. 그래도 섬서의 파검이라는 그럴듯한 명호를 가진 자에게 죽은 것으로 알려질 테니 죽어서나마 위안 삼으시오. 하하."

조철산의 실수는 그의 부대주를 너무 믿었다는 것과 남경으로 갈 수하의 차출을 부대주에게 일임하였다는 것이었다. 이미 좌사가 아닌 소교주의 편에 선 여섯 명의 적랑대원. 그들은 적유의 대계가 아닌 한수의 대계를 따르기로 한 젊은 교도들이었다.

第七十五章
어긋나는 대계

어긋나는 대계

그도 대계의 수레바퀴가 조금씩 어긋남을 느끼고 있었지만…

적유는 애써 그것을 외면하고 있었다

양청은 남경의 대로인 중산로를 걷고 있었다. 하나 목적했던 도찰원
으로는 들지 못했다. 입부 허가 대신, 낯익은 얼굴이 양청에게 인사를
건네며 마중을 나왔기 때문이다.

"어제는 실례가 많았습니다. 명을 받아 어쩔 수 없었으니, 이해해 주
시길 바랍니다."

곽태보의 인사에 양청도 마주 고개를 숙였다. 어차피 관에 몸을 담
고 있는 처지에 그런 것을 따져 남을 게 없다는 것을 잘 아는 양청이었
다. 양청은 곽태보가 인도하는 대로 중산로를 걷고 있었다.

"어디에 계신 줄은 모르나 이목을 피해 필시 편치 못한 곳에 계실 것
이니, 도찰원의 안가 중 한 곳으로 모시라는 명을 받았습니다."

마양수는 앞뒤를 가릴 줄 아는 사람이었다. 지금 철웅과 양청 등의

처지를 짐작하고는 편히 쉴 수 있는 곳을 제공하고자 하는 것이었다. 하루 전의 모습과는 천양지차. 그리 믿음을 주고받을 만큼 많은 것을 공유한 사이는 아니라 여겼기에, 마양수의 호의가 오히려 부담이 되는 양청이었다. 하나 어찌 되었든 지금 당장은 호굴이라 할 수 있는 남경에서 그나마 믿을 수 있는 사람은 마양수뿐이었기에, 조심스레 그의 뒤를 따르고 있는 것이었다.

"이곳입니다."

곽태보의 걸음이 멈춘 곳은 남경의 남쪽 외곽에 자리한 제법 그럴듯한 장원이었다. 사람들의 이목과도 많이 떨어져 있고, 사방 가까운 곳에 인가도 없어 안가로서는 안성맞춤인 곳이었다.

"양 대인의 주군을 이곳으로 모시고 오십시오. 좌도어사께서도 퇴청 후 바로 이곳으로 오겠다 하셨습니다."

양청은 곽태보의 말에 답하지 않고 가만히 미소 지었다. 그 웃음의 의미를 깨닫지 못하던 곽태보였으나 자신들이 걸어온 길가로 향해 있던 양청의 눈길을 따라가고 나서야 그 웃음의 의미를 알 수가 있었다.

"아… 아니?"

"장철웅이라 하오."

그들의 등 뒤에 어느새 철웅이 다가와 서 있었다. 곽태보는 엉겁결에 인사를 나누곤 안으로 들었다. 자신도 도찰원에서는 제법 인정받는 고수였으나 미행을 당하고 있다는 것은 눈치챌 수 없었다. 혀를 내두를 만한 움직임이었지만, 어찌 되었든 지금은 상관의 손님으로 온 사람이었다.

"이곳에서 잠시 기다리고 계십시오. 다과와 차를 내오겠습니다."

곽태보는 철웅과 양청을 내실로 인도하고는 이내 밖으로 사라졌다. 철웅은 가만히 앉아 무엇인가를 고민하는 눈치였고, 양청은 혹시 모를 만일을 대비하며 주위를 살피고 있었다.

"정원에 매복해 있는 자가 열 명 이상이었고, 이 내실 주위로 포진해 있는 자가 도합 여덟입니다."

"전부 열일세."

철웅의 말에 놀란 양청이 다시금 주변의 기운을 느끼기 위해 이목을 집중시켰다. 가까스로 아홉 번째 인물의 기척은 느낄 수 있었지만, 나머지 하나의 존재는 찾을 수가 없었다.

"창문 뒤 둘, 머리 위 셋, 벽 뒤의 셋… 그리고 바닥에 하나……."

자신이 겨우 찾아낸 마룻바닥까지 짚어내자, 지적당한 곳에서 미약한 기척이 새어 나오기도 했다. 철웅은 인정할 수 없다는 듯한 양청의 행동에, 작게 미소 지으며 입을 열었다.

"찾지 못하는 게 당연하지. 죽은 사람의 기척을 어찌 찾아낼 수 있겠는가?"

웃으며 말하는 철웅의 시선이 문가 한쪽으로 향했다. 양청의 눈이 그의 시선을 따르다 놀라 크게 떠졌다. 그곳에는 한 중년의 사내가 염라차사처럼 서 있었다.

"오랜만이오."

"오랜만에 뵙습니다."

철웅의 포권에 마주 포권하는 사내, 그는 권절 언상이었다.

"어떻게 된 일입니까. 도찰원에서는 언 대협께서 죽었다고 하던데……."

"팔자에 없던 금선탈각(金蟬脫殼)을 좀 했소이다. 허험."

철웅은 언상의 말에 대강의 정황을 이해할 수 있었다. 자신이 몸담고 있던 부에서까지 모를 정도의 계략이라면…….

"무엇을 알아내셨습니까?"

"남경에 곧 폭풍이 몰아닥칠 것이라는 사실만 겨우 알아냈소이다."

언상은 자리에 앉으며 자신이 알게 된 사실을 철웅에게 전해주었다. 금의위에게 거짓으로 잡혀 알게 된 일들과 북평에서 연왕과 상의한 계책들까지.

"하면 왕야께서는 군사를 준비하신다는 말씀이십니까?"

"그렇소. 남경에 사단이 벌어진다면, 후군도독부에 편입되어 있는 정병들을 규합하여 남하하신다 하셨소. 또 지금쯤이면 이천의 연왕부 정병이 황성 주위에 진을 치고 있을 것이고, 왕자 전하와 함께 궁성에 든 독절 왕 선배가 내부에서 호응을 준비 중일 것이오."

연왕의 계책은 실로 거칠 것이 없었다. 남경에서 만약 역모의 기운이 보이기만 한다면, 자신의 영향력 아래에 있는 후군도독부를 움직여 직접 남하하겠다는 것이었다. 함께 보낸 이천의 정병은 왕자의 호위 임무도 맡고 있지만, 실상은 남경 내부에서 혼란을 일으키며 연왕군의 진군을 돕기 위해 파견된 것이나 다름이 없었다. 또한 독절이 궁성과 황성 내부에 독을 풀어 적의 사기를 떨어뜨려 일거에 남경을 함락시킬 것이라는 이야기였다.

"정녕… 그분다운 계책이군요……."

철웅은 이마를 손으로 짚으며 고개를 저었다. 황실과 전쟁을 생각하다니… 아마도 그간 쌓여왔던 분노가 일거에 폭발한 까닭일 것이다.

감히 연왕부에 자객을 난입시킨 전례까지 있고, 아비의 장례에 발길조차 하지 못하게 하였으니, 그 노기가 어찌 하늘을 찌르지 못할 것인가.

"하나 절대 그런 일이 벌어져서는 안 됩니다."

"무슨 뜻이오?"

철웅의 말에 언상이 반문했다. 언상도 지금으로서는 가장 현실 가능한 계책이라 생각하고 있었으니, 반론을 제기한 철웅의 의중이 궁금하였다.

"일단 전략적으로 너무나 열세입니다. 하북과 산서, 섬서로 이어진 후군도독부의 군세를 모아 남하한다 하지만, 멀리 사천, 호광, 복건의 우군과 전군도독부의 병력은 차치하더라도, 산동, 강소의 길목을 지키고 있는 좌군과 안휘, 하남, 호북에 주둔 중인 중군도독부의 병력만 치더라도 큰 열세를 면치 못할 것입니다."

"하나 후군도독부의 병력이야말로 북원과의 전쟁으로 단련된 정예 병사들 아니오? 장강 이남의 병력들이야 둔전으로 하루를 이어가는 평민이나 다름없는 자들인데……."

"손에 칼만 쥐어져 있다면, 병력의 질적 고하는 별 의미가 없습니다. 병력의 열세는 그런 식으로 무마되는 것이 아닙니다."

철웅의 반론에 언상은 크게 반박하지 못하고 있었다. 군과 관련한 이야기야 그리 큰 소양을 지니지도 못했을뿐더러, 철웅의 입에서 나온 이야기는 어디 하나 흠집을 곳이 없는 철저한 분석이었기 때문이다.

"후군도독부의 병력을 움직여선 안 될 이유는 세 가지입니다. 첫째는 장성의 경계는 한시도 늦추어선 안 되는 것이기 때문입니다. 저들은 고작 십여 년의 세월로 중원의 매력을 잊지 않을 자들입니다. 청이,

지금 북원의 지배 세력은 어느 곳이지?'

"아직까지는 원의 후예인 동쪽의 달단부가 우세하지만, 서쪽의 오이라트도 점차 세력을 넓히고 있어 무시할 수 없는 상태입니다. 중원의 허점이 보인다면… 언제라도 연수할 수 있는 자들이고요."

철웅의 말에 양청이 진지하게 답했다. 그들과 수십 번이 넘는 전투를 치러온 양청이었기에 그들을 이야기함에 있어 알게 모르게 적의를 드러내고 있었다.

"두 번째는 아까 말씀드린 대로, 병력의 절대 열세입니다. 북평에서 남경으로의 도하는 불가능합니다. 좌군도독부의 눈을 피해 남하한다는 것 자체가 불가능하기도 하거니와, 좌군도독부의 벽을 어찌어찌 넘는다 하여도, 남경의 궁정숙위(宮廷宿衛)를 담당하는 상직위친군의 이십육 위(衛)를 꺾어야만 합니다. 이들 모두 고르고 골라 뽑은 정예들이기에 다른 도독부의 어떤 정병들보다도 우수한 병력입니다."

후군도독부의 전 병력을 움직인다 하더라도 수세를 펼치는 좌군도독부의 성벽을 넘기 힘들다. 좌군도독부와 최대한 충돌을 피하며 남하한다 하더라도, 남경에 도착할 때쯤이면 중군도독부의 병력이 그들을 맞이하게 될 것이다. 속도가 문제였다. 북평에서 남경까지 남하하는 가장 빠른 길은 역시 대운하였다. 물경 사천오백 리 길. 군마의 이동으로는 병력의 한계가 있고, 도보 이동으로는 때를 놓치게 된다. 군선을 타고 운하를 남하하면 닷새 거리지만, 문제는 후군도독부에는 수군이 없을뿐더러, 이와 같은 사실을 누구보다도 잘 알고 있을 자가 역모의 중심에 있다는 것이었다.

"아마 연왕부의 움직임을 가장 면밀히 살피고 있는 곳이 바로 옥영진 쪽일 겁니다. 놈이 예상할 수 있는 방법으로는… 승산이 없습니다."

군 상부의 지식을 운용해 본 인물이라면 이후의 진로를 예상하기 어렵지 않다. 운하는 봉쇄될 것이고, 좌군도독부의 병력은 미리 길목을 막고 연왕부의 움직임에 대비하고 있을 것이다. 상직위친군이라 하여 다를 것 없다. 지금 남경의 분위기만 보아도 그들이 얼마나 외부의 움직임을 경계하고 있는지 느낄 수 있으니.

"마지막 이유는… 언 대협도 알다시피, 이것이 옥영진, 아니, 마교의 계책이라는 것입니다. 일전의 자객 건도 아마 지금 이 순간을 위한 포석이었을 거라고 짐작됩니다."

"하나 연왕 전하는 역모의 누명을 감수하고서라도 병력을 운용하겠다고……."

"적을 상대로 싸울 수는 있지만… 천하를 상대로 싸울 수는 없습니다."

철웅의 말에 언상이 놀라 작게 입을 벌렸다.

"역모는 천고의 대죄입니다. 그 오명은 결코 지워지지 않습니다. 저는… 그분이 그런 오명을 뒤집어쓰기를 바라지 않습니다."

철웅의 말에 언상은 할 말을 잃고 있었다. 철웅의 말은 자조였고 한탄이었다. 그는 자신의 이야기를 하고 있었던 것이다.

"그분은 군왕이십니다. 역적의 이름은… 그분께 어울리지 않습니다. 그것은 제가 막을 것입니다."

"하면 어찌하면 좋겠소? 지금 당장 역모를 막을 방법이 없는데 무조건 그분의 발길을 막을 수도 없지 않소?"

"방법은 남경 안에서 찾아야 합니다. 연왕 전하께서 움직이셨다가는… 내전이 되고 맙니다. 골육상쟁으로 천하가 도탄에 빠지는 일만은 막아야지요."

옥영진의 계략을 알고 있는 이상, 그의 뜻에 장단을 맞추어줄 수는 없는 일. 연왕이 움직이게 된다면 그날로 역모의 누명을 뒤집어쓰게 된다. 그것만은 막아야 한다. 철웅은 긴 사색에 잠겼다. 언상의 말처럼 당장 뾰족한 방법은 없었다. 하나 어딘가에는 분명 틈이 있을 것이다.

"언 대협이 보시기에 남경에서 황위 찬탈이 일어난다면 어떤 식으로 이루어질 것 같습니까?"

철웅의 물음에 언상도 잠시 생각에 잠겼다. 하나 이내 쉽게 답할 수 있었다.

"일단은 황세손을 억류할 것이오. 이미 약관을 넘긴 황세손이시니, 병환이나 이런저런 이유를 대고 신병을 관리하려 할 것이고. 그 다음에는 그에게 반대하는 주변의 우환 거리들을 처리하겠지요. 그 이후는 방벌(放伐)이냐 선양(禪讓)이냐의 차이일 뿐."

황위를 빼앗는 것을 방벌이라 하고, 물려받는 것을 선양이라 한다. 철웅은 고개를 끄덕이며 입을 열었다.

"옥영진은 선양을 원할 것입니다."

"그의 계획대로 모든 것이 진행된다면……."

그가 방벌을 원했다면, 지난 몇 번의 옥사에 이름을 올렸을 것이다. 어쩌면 옥사가 아닌 역성혁명의 성공으로 이어졌을지도 모른다. 그는 그만한 힘이 있었고, 능력이 있었다. 하나 그는 태조가 죽은 지금을 노리고 있었다. 어린 황세손에게서 황위를 선양받기 위해. 작고 비좁지만… 철웅은 그것이 분명 틈이라 생각했다.

"마교의 움직임이 열쇠일 수도 있겠군요."

"그들은 강호에 혼란을 일으켜 세상의 이목을 흐트러뜨린다고 했소. 아마도 유림과 같은 지자들의 눈을 가릴 심산이겠지."

마교와 옥영진. 두 곳 모두 그들에게는 벅찬 상대였다. 그들의 계획 역시 치밀하기 이를 데 없어, 그에 걸맞는 대책 따위는 찾을 길이 없어 보였다.

"일단 계획은 예정대로 진행하겠소. 궁성으로 들어간 왕 선배가 정보를 보내는 대로 그대에게도 전해주겠소."

더 이상 이야기의 진척이 없자 언상이 자리에서 일어서며 말했다. 그 역시 한시가 급한 상황이었다. 도찰원의 인원도 점검하여야 했고, 남경 내부의 움직임도 파악해 놓아야 했다. 철웅도 고개를 끄덕이며 자리에서 일어섰다. 내일 다시 만나자는 약속만을 남겨둔 채 언상이 내실을 떠났다.

"차라리 옥영진의 목을 베어버리는 것이 어떨까요?"

답답한 듯 양청이 한마디를 뱉어내었다. 그의 말에 철웅이 피식 웃으며 답했다.

"옥영진 하나가 죽어 역모가 막아진다면야 그것도 생각해 볼 수 있지. 하지만 십수 년, 아니, 그 이전부터 준비된 역모다. 그를 따르는 자들 중 하나가 그의 뒤를 잇지 말라는 법도 없고, 또 그가 마교와 연수하고 있다는 것을 잊어선 안 된다."

역모와 같은 대죄를 벌하는 일에는 확실한 물증이 필요하다. 지금처럼 황제의 부고 시에는 더욱더. 차라리 황위를 물려받을 이의 천성이 강직하여 그러한 일에 손수 나설 만한 위인이라면 어찌 기대라도 해보겠지만, 황위 계승자인 황세손은 유약하기로 이미 정평이 나 있었다. 역모의 뿌리를 뽑지도 못한 채 유야무야될 수도 있다. 또한 마교가 어떻게 나올지도 모른다. 두 곳의 움직임을 모두 잡아야만, 역도의 무리를 완전히 소탕하였다 할 수 있는 상태였다. 양청과 철웅이 한참을 이야기 나누고 있던 중, 자리를 떠났던 언상이 다급히 돌아왔다.

"아니… 왜 다시 돌아오셨습니까?"

언상은 잔뜩 굳어진 표정으로 다가와 한 장의 서찰을 내밀었다.

"방금… 도착한 것이오."

철웅은 의아해하며 그 서찰을 받아 들었다. 그리고 서찰의 절반도 읽지 못하곤 언상에게 되묻고 말았다.

"이것이… 사실입니까?"

"나도… 사실이 아니라 말해 주고 싶소."

당황한 철웅의 눈이 다시금 서찰로 향했다. 그리고 그 믿기 힘든 말들을 다시 처음부터 확인하고 있었다.

일단의 괴인들이 소림사를 기습. 소림사 전각 사 할 소실. 사상자 팔십여 명 추정. 방장 혜원 대사 부상, 지객당주 혜윤 대사 사망.

일단의 괴인들이 무당파를 기습. 전각 삼 할 소실. 사상자 육십여 명 추정. 화산팔선 중 현허, 현명 도장 사망.

일단의 괴인들이 종남파를 기습. 전각 오 할 소실. 사상자 일백여 명 추정. 장로 왕청 사망.

일단의 괴인들이 화산파를 기습. 전각 이 할 소실. 사상자 삼십여 명 추정. 다른 제 문파 중 가장 경계가 삼엄하였기에, 초기에 괴인들을 제압함.

일단의 괴인들이 개방 총단을 기습. 사상자 확인 못함.

다섯 곳 모두 야습이었으며, 괴인들 모두 화탄과 화포로 무장하고 있었음. 괴인들 대부분이 사망하였고, 몇몇은 생포 전 자결함.

경천동지할 일이 벌어지고 말았다. 철웅의 손에서 떨어져 내린 서찰이 바닥을 뒹굴고 있었지만, 쥐어진 주먹의 떨림에 놀라 감히 큰 숨도 내쉬지 못하고 있었다.

"이것이었군요. 천하의… 이목을 집중시킨다는 것이……."

철웅의 목소리가 한없이 차가워지고 있었다. 살의가 동할 때마다 나오는 철웅의 버릇. 지금의 그 음성이 가진 한기는 이전의 그것과는 비교할 수도 없었다.

천하가 경악할 일이 벌어지고 말았다. 강호를 지탱하던 열 개의 지주 중 다섯 곳이 불의의 습격으로 엄청난 타격을 입고 말았다. 가히 강호의 한 축이 무너진 것이나 진배없었다.

*   *   *

서찰을 와락 구겨 버린 적유가 자리를 박차고 일어섰다. 그의 곁에는 적랑대의 부대주 고욱이 서 있었다.

"철산이가… 장철웅 그자의 손에 죽었다는 말이냐?"

"속하의 눈으로 똑똑히 보았습니다. 그의 무위에 놀라 함께 죽지 못한 속하를 죽여주십시오."

고욱은 스스로 바닥에 머리를 찧고 있었다. 적유는 고욱의 이마에서 붉은 피가 흘러내리고 나서야 입을 열었다.

"그만 해라."

고욱은 오체투지한 상태에서 고개를 바닥에 처박고 있었다. 적유의 전신에서 뿜어져 나오는 살기로 인해 감히 고개를 들 엄두도 내지 못하고 있었다.

"물러가라."

적유의 말이 떨어지자 엉거주춤한 자세로 방을 나선 고욱이었다. 적유는 떠나는 그를 바라보지도 않았다. 지금의 그는 혈육과도 같은 수하의 죽음을 받아들이는 데에 힘겨워하는 노강호일 뿐이었다.

"너를 그곳으로 보내는 것이 아니었나 보구나. 그를… 그를 잘못 본 내 탓이구나."

적유의 노안이 흐릿해지고 있었다. 복은 쌍으로 안 오고, 화는 홀로 안 온다더니, 이미 구겨진 서찰이 내던져진 곳에는 적유의 노기에 기름을 끼얹었던 서찰 하나가 올려져 있었다.

'대계가 본래의 계획과 다르게 진행되었다. 천화통과 벽력탄으로 무장한 병력으로 정파를 공격하는 것은 계획에는 없었던 것이다. 소교주, 국상 중에 화탄을 사용하고도 역적도당의 이름을 벗고, 마교의 이름을 지워낼 수 있다 생각하는 것이오?'

원래의 계획에 개방과 점창 따위는 들어 있지도 않았다. 무당과 소림만이 천겁영의 목표였다. 일류고수 일백씩이면 그 두 문파에 적지 않은 피해를 입힐 수 있다. 이후의 싸움은 장기전이었다. 대계가 끝날 때까지 천하의 이목을 자신들에게 모아놓기만 하면 되는 일이었다. 그렇게만 된다면 옥영진이 정권을 잡고, 백련의 이름이 소림과 무당을 지우고 호국교로 일어서게 되는 것이었다. 한데… 이것이 무엇이란 말인가? 국법으로 금한 화탄을, 다른 곳도 아니고 소림과 무당에 사용했으니. 대계가 끝난 후에도 두고두고 발목을 붙들릴 실책을 저지른 셈이었다.

'때를 노린 것이오? 정녕 하늘은 소교주의 편이란 말이오?'

너무나 공교로웠다. 신탁을 받고 때가 왔음을 기꺼워하던 것이 불과 몇 달 전이었다. 한데 주원장이 죽음과 동시에 교주인 한림아도 세상을 떠나 버렸다. 소교주는 상중임에도 우사 강자량과 뜻을 나누며 대계에 손질을 가하기 시작했다. 자신과는 상의조차 하지 않은 채. 게다가… 자신의 심복인 조철산까지 죽임을 당했다. 자신의 또 다른 복안이었던 그의 손에.

'그대는… 정녕 그의 자손이 아니란 말인가?'

적유는 철웅의 행적을 뒤쫓았다. 그리고… 하나의 사실을 알게 되었다. 우사의 휘하였던 마흔여덟 명의 무격 중 살아 돌아온 단 한 사람. 우사와 관련한 일체를 함구해 버렸기에, 교칙에 따라 노예로 살게 된 바로 그 사람. 그의 이름이 바로 장철웅이었음을. 그가 우사를 따르던 이라는 것은 자신과 교주만이 알고 있던 사실이었고, 우사의 정체가 바로 북평대장군 이정인이었다는 것을 알고 있는 것도 두 사람뿐이었으며, 우사의 아들이 어디엔가 살아 있다는 것을 알고 있는 것도 교주와 자신만의 비밀이었다. 그리고 이제야 진짜 장철웅의 정체를 알게 되었다. 패라는 이름으로 살아가는 교 내 유일한 무격. 그렇다면… 장철웅의 이름으로 살아가던 그야말로, 행방을 알 수 없게 된 그의 핏줄이 아닐까 의심하고 있던 적유였다. 한데 그의 손에 자신의 심복이 죽었다. 조철산이 죽은 이유는······.

'본 련의 일을 돕지 않겠다는 의지의 표명이라고? 이제··· 소소라는 여아 따위는 필요가 없어졌다고?'

조철산이 죽어야 했던 두 가지 이유 모두가, 적유라는 절대고수를 분노케 하고 있었다.

'네가··· 그의 핏줄이라면··· 결코 이렇게 가벼운 행동은 하지 않았을 것. 너는··· 그의 자손이 아니다. 네가 그의 자손이라 하더라도··· 너는 그의 자손이 아니다.'

적유의 머리 속은 분노와 혼란으로 뒤범벅이 되어가고 있었다. 자신의 분신과도 같은 수양딸 소소를 부정한 자에 대한 분노. 대계의 수레바퀴를 제멋대로 바꾸어 버린 소교주와 우사에 대한 분노. 아꼈던 수하의 죽음에 대한 분노.

그의 분노가 어떻게 표출될지는 아무도 몰랐다. 누가 먼저 그 분노의 대상이 될지 역시······.

*　　　　*　　　　*

소소는 세상이 미친 듯이 변하는 것에도 아랑곳 않고 깊은 잠에 빠져 있었다. 처음 연화도에 들 때보다 많이 수척해진 모습. 기름진 음식과 좋은 환경이 그녀를 살찌우지는 못했나 보다. 하나 그녀의 생활이 어떤지 조금이라도 아는 사람은, 그녀의 모습이 무공을 배움으로 인한 피로라는 것을 알고 있었다. 적유는 알게 모르게 소소에게 빙화가 되기를 강요했다. 그녀가 즐겨 입던 옷을 입혔고, 그녀가 좋아하던 꽃으로 방을 장식했다. 그리고… 그녀가 배우던 무공마저 소소가 배우길 원했다. 소소는 그것을 거부하지 못했다. 그녀에게 무엇인가를 거부할 권리 같은 것은 주어지지 않았다. 그녀를 둘러싼 모든 것이 그녀가 거부하는 것을 원하지 않았기에 소소는 그녀가 바라지 않는 것을, 마치 바라는 것처럼 배우고 익혀야 했다. 나름대로 재능이 있었던 탓인지, 날이 갈수록 늘어가는 모습에 적유는 기꺼워했다. 이 외로운 섬에서 유일하게 자신을 감싸주는 적유였기에, 그의 기뻐하는 모습은 소소에게 작은 기쁨임과 동시에 커다란 짐이 되어가고 있었다. 오늘도 수련에 지쳐 잠이 든 소소였다. 초심자로서는 견디기 힘들 만큼 혹독한 수련이었기에, 침상 앞까지 다가온 인영들의 움직임조차 느끼질 못했다.

"이 아이가 소소로군. 좌사의 양녀라 하기에 내심 이상하다 싶었는데…….."

"그래도… 빙화 아가씨와 정말 닮았어. 무공을 배우는 모습까지도."

두 명의 사내는 잠든 소소를 바라보며 낮게 속삭이고 있었다.

"어서 데려가도록 하자. 혹시라도 좌사께 들키면 목숨이 열이라도 모자를 것이니……."

"너는 아직도 경어를 버리지 못하고 있구나. 이전 주인에 대한 예의인 거냐?"

사내의 경박한 말에 다른 사내는 입을 다물고 소소의 수혈을 짚었다. 잠든 소소를 들쳐 업고 나서는 두 명의 적랑대원을 막는 이는 없었다.

단지… 그들의 움직임을 바라보는 한 쌍의 눈빛만이 존재할 뿐이었다.

*　　　　*　　　　*

소소가 두 명의 적랑대원의 손에 납치되던 그 순간, 적유는 소교주의 처소에 당도해 있었다. 아직은 장례가 끝나지 않았기에, 잠이 들 시간이 되어야 처소로 돌아오는 한수였다. 한수는 피곤한 기색도 없이 자신의 거처에서 기다리던 적유를 보며 입을 열었다.

"좌사께서 어쩐 일이신지요?"

한수의 말에 적유는 말이 없었다. 대신 한 장의 서찰을 꺼내어 소교주에게 건넸다. 한수는 그 서찰을 한번 훑어보고는 이내 흥미없다는 듯 탁자 위로 내려놓았다.

"설명해 주시지요, 소교주."

적유의 냉랭한 말에 한수가 미소를 지으며 입을 열었다.

"설명이 필요합니까? 무엇을 설명해야 하는지 모르겠군요."

"천겁영에게 계획에도 없던 천화통과 벽력탄을 지급한 이유 말입니다."

"글쎄요… 나는 모르는 일이오. 그자들이 목숨이 아까워 밀매를 한 것인지도 모르겠군요."

한수의 말장난에 적유의 눈이 불을 뿜었지만, 상복을 걸치고 있는 한수에게 화를 내지는 못했다.

"그럼 계획에도 없던 화산과 개방, 종남을 친 이유를 설명해 주십시오. 그것도 병력을 억지로 나눠가면서까지……."

"천겁영의 운용은 우사의 재량으로 알고 있소만… 지금쯤 우사는 남경에 가 있을 것이니, 그가 돌아오면 한번 물어보시지요."

"소교주!!"

적유는 결국 호통을 치고 말았다. 아무리 교의 후위를 이을 소교주였지만, 명색이 백련의 좌사인 자신을 이토록 무시할 수는 없는 법이었다.

"이 대계가 얼마 동안 준비된 것인지 아십니까? 자그마치 십 년입니다! 그동안 대계를 위해 희생된 교도가 몇이고, 들어간 은자가 얼마인지 생각해 보셨습니까? 지금 소교주와 우사가 벌이는 일이 어떤 결과를 초래할 것인지 정말 모르시겠습니까?!"

적유의 훈계에 한수의 인상이 살짝 굳어졌다. 하나 이내 신색을 풀고는 탁자 위에 놓여 있던 차를 한 잔 따라 마신 한수였다.

"돌아가신 아버지께서 제게 이런 말씀을 하신 적이 있지요."

"……?"

"내가 상처 입고 반신불수가 되지 않았다면… 나는 미련없이 교의 교권을 좌사에게 넘겼을 것이다. 내가 멀쩡한 몸이었다면 그는 교를 위해 교권을 받아들였겠지만, 내가 쓸모없는 몸이 되었기에 그는 교권을 넘겨받지 않으려 할 것이다. 침 우습지 않습니까? 긴깅힐 때는 줄 수 있고, 오히려 몸을 못 쓰게 되어 줄 수 없다니……."

좌사는 한수의 말을 들으며 인상을 굳히고 있었다. 자신은 맹세코 교의 대권에는 관심이 없었다. 백련의 이름이 양지로 나가는 것만이 그의 지상 과제였고, 삶의 목표였다. 하나 모든 이가 자신의 뜻을 알아주는 것은 아니었다.

"나에게 있어서 가장 큰 벽은 내 아버지인 교주가 아니라, 바로 좌사 당신이었습니다. 교의 미래를 위한 대계가 그대의 머리에서 나왔고, 교의 미래를 위한 준비가 그대의 손으로 이루어졌습니다. 나는 그대가 만들어놓은 세상을 살아야 합니까? 일전 가치도 없는 소교주라는 자리만을 차지하고 있다가, 남이 차려놓은 밥상을 받아 배불리 먹기만 하면 되는 것입니까?!"

한수의 목소리는 격앙되어 가고 있었다. 마지막 외침은 적유의 가슴에 작은 울림마저 전하고 있었다.

'스스로… 스스로를 그렇게 자학하며 지내셨던 것입니까?'

한수의 마음이 어떠한 것인지 적유도 조금은 알 것 같았다. 그의 분노는 한수의 분노와 상쇄되어 조금씩 잦아들고 있었다. 그는 교의 대권을 이양받을 몸. 자신이 일궈낸 백련의 영광을 이어나가야 할 사람이었다.

"대계를 수정한 것은 교의 미래를 위함이오. 그대가 나를 없다 여기고 대계를 만든 것처럼, 나 역시 좌사를 배제하고 대계를 수정하였소. 하나… 내가 교를 위하는 마음만큼은 의심하지 말아주시오. 나는… 백련의 교주가 될 사람이오."

적유는 한수의 말에 할 말을 잃었다. 아니, 스스로를 타이르고 있었다.

'그래… 소교주는… 스스로 일어서고 싶은 것이다.'

적유는 스스로를 타일렀다. 대계에 커다란 차질이 생기지 않는 한,

그의 마음을 꺾어서는 안 되었다. 화탄을 사용한 책임이야 훗날 시간이 지워줄 것이다. 약간의 소문을 내어 공작을 하면, 이내 사람들의 기억에서 지워질 것이다. 소림과 무당만 자신들을 핍박했던가? 개방과 화산, 종남의 무리도 교도들의 심장에 칼을 꽂았었다. 죽이지 못할 이유가 없었다. 그의 잘못은… 사소한 것일지도 몰랐다.

"…추후에는… 미리 언질이라도 주시길……."

적유는 조용히 한수의 방문을 열고 나왔다. 그의 어깨가 유난히 내려앉은 듯 보였다.

'나의 마음에 들지 않는다 하여 그의 뜻을 꺾어서는 안 된다. 그는 백련의 교주가 될 몸. 내가… 따라야 할 사람.'

적유는 스스로를 타이르고 있었다. 적유도 한수에게 자식과 같은 정을 가지고 있었다. 자신이 한림아의 곁에만 있었어도, 자객의 칼에 척추가 베이는 봉변을 당하지는 않았을 것이다. 구사일생으로 목숨을 구한 한림아에게 남은 것은, 철저히 괴멸되어 흔적도 남지 않은 홍건군의 깃발과 세상에 남겨진 그의 일점혈육 한수뿐이었다. 그의 군사를 자청했던 적유는 그 모든 책임을 자신의 앞으로 가져다 놓았다. 결국 이륜거 위에서 생을 마친 한림아도, 자신을 향해 차가운 눈빛을 보내는 한수도 그에겐 못다 한 책임의 결과였다. 한수는 교주 한림아의 자식이었지만 자신의 자식이기도 했고, 백련의 아들이기도 했다. 타이르고 야단은 칠지언정, 자식이 잘못한다 하여… 자식을 벨 수는 없었다. 적유는 자신이 늙었음을 깨닫고 있었다. 어쩌면 죽기 전 백련의 밝은 미래를 보기 위해, 마치 마지막 숙원처럼 매달린 대계였기에 더욱 노했는지도 모른다.

거처로 향하는 좌사의 어깨가 조금 낮아진 듯 보였다. 그도 대계의 수레바퀴가 조금씩 어긋남을 느끼고 있었지만… 적유는 애써 그것을 외면하고 있었다.

第七十六章

혼란

혼란

싸움은 이미 시작되었다

도찰원 안가에 모여 있던 사람들 모두, 무거운 침묵을 어찌지 못한 채 시간만 보내고 있었다. 상석에 몸을 깊게 파묻고 생각에 잠긴 철웅이 침묵을 주도하고는 있었지만, 침묵을 깨지 못하는 이유가 그에 대한 두려움은 아니었다.

"휴우……."

양청의 입에서 긴 한숨이 흘러나왔다. 방 안에 모인 사람들의 심정을 대변한 듯한 한숨에 방 안의 공기는 더욱 무거워져만 갔다. 그 무거운 공기를 짊어진 채 철웅은 사색하고 있었다.

'세의 불리함이 너무나 커 어느 곳부터 손을 써야 할지 모를 지경이다. 게다가 장수의 목을 벤다고 끝날 일도 아니니… 결국 역모의 증거를 잡는 것과 역모의 주모자를 잡는 것이 동시에 이루어져야 한다. 쉽

지 않은 일······.'

"흐음······."

한 가닥 침음성이 새어 나왔지만, 이번에는 자리에 있던 모든 이의 시선이 가라앉지 않고, 한숨의 주인을 찾았다.

"일단··· 마교의 준동이 시작되었으니··· 조만간 남경에서도 그에 호응하는 움직임이 일어날 것이다."

침묵을 끝낸 철웅이 입을 열었다. 사람들 모두 안도의 한숨을 쉬며 그를 향해 귀를 열었다.

"모두 알아온 것을 이야기해 보도록 해라."

"음··· 상직위친군은 남경 북부의 영지에서 출동 대기 상태입니다. 병기 지급이 완료된 것인지 전군 무장 중이었습니다. 경계는 일급, 병사들의 상태도 괜찮아 보이더군요."

등상사가 말을 마치자 일성이 입을 열었다.

"옥영진의 장원은 철옹성입니다. 등청과 퇴청 시 항시 병사 백여 명과 휘하 고수 이십여 명의 호위를 받으며 다닙니다. 그의 장원이 병부와 불과 이백여 장도 떨어져 있지 않아서, 중간에서의 암습은 거의 불가능합니다. 장원 내부는··· 잠입이 불가능했습니다."

잠입이 불가능했다는 말은 그만큼 경계가 삼엄하다는 뜻이었다. 일신의 재간이 뛰어난 일성의 말이니··· 쉽게 볼 수 없는 일이었다.

"황성 주변은 금의위 천지입니다. 금의위 복장을 하고 주기적으로 도는 놈도 백여 명이나 되고, 변복을 하고 있는 자들까지 합치면, 최소 삼백 이상입니다."

황역의 말에 철웅은 고개를 끄덕였다. 그 정도의 움직임은 이미 예상하던 바였다.

"알아본 바로는, 서른 명 이상의 단체가 묵고 있는 객잔만 내성 안에 열다섯 곳입니다. 그중 열한 곳은 강호인들의 무리가 틀림없습니다."

"조구와 함께 더 자세히 알아보도록 해. 너무 가까이 가지는 말고."

위충겸의 말에 철웅이 다시 명을 내렸다. 그들이 마교의 지원 세력인지는 아무도 모르는 일이었지만, 미리 확인해 두어 나쁠 것이 없었다.

"일단 풍호와 노강이 돌아와 봐야 알겠지만, 이미 소림과 무당, 개방, 종남이 큰 타격을 입었다. 다행스럽게 화산에는 그리 큰 화가 닥치지 않은 것 같지만… 마교의 움직임에 틀림이 없다."

사람들은 마른침을 삼켰다. 마교가 두려운 곳임은 이미 들어 알고 있었지만, 설마 구파일방의 다섯 문파에 큰 타격을 입힐 만큼 강대한 힘을 가졌을 줄은 미처 생각지 못했다. 그들의 힘이 한 곳에 모인다면, 구파일방이 아니라 황궁이라도 넘볼 수 있을 것이다. 그런 자들과 싸워야 하는 자신들이니, 두렵지 않을 수 없었다.

"우리의 전력이 너무나 빈약합니다. 우리 일행 열 명과 도찰원이 전부이지 않습니까? 구파일방마저 마교의 일격에 큰 화를 입었으니……."

도움을 기대했던 강호의 세력마저 마교의 습격으로 화를 입었다. 강호는 원한을 잊지 않는다. 조만간 전열을 가다듬은 구파일방과 마교와의 싸움이 벌어지게 될 것이다. 도움의 여력 따위는 기대하지 않는 것이 좋을 상황. 모든 것이 불리하기만 했다.

"어차피 각오한 싸움. 이제 와 피할 수도 없지 않느냐."

"거참… 누가 피한다고 했수? 그냥… 말이 그렇다는 것이지……."

철웅의 말에 곽부가 투덜거리며 말했다. 하나 무엇을 고민하는 것인지, 철웅은 입을 다물고 있었다.

'아무리 생각을 해도 지금의 전력만으로는 그들을 막지 못한다. 결국… 어르신에게 도움을 청해야 하는가…….'

오랜 고민 끝에야 결정을 내릴 수 있었다. 염치없는 일이었지만, 극가 천하에 믿고 의지할 곳은 그리 많지 않았다.

"아무래도… 곽부, 네가 좀 다녀와 줘야겠다."

"에? 어딜?"

"만나야 할 사람이 있다. 내가 직접 가야 도리지만, 지금 상황이 이러니 네가 내 서신을 좀 전해줘야겠다."

"아씨, 서찰 같은 건 애들 시켜도……."

"태산이다. 위험할 수도 있어."

곽부는 태산이라는 말에 다음 말을 삼켰다. 태산이라면 좌군도독부의 관할이다. 그들도 지금쯤 날이 바짝 서 있을 터이니, 성 경계를 넘는 일만도 쉽지는 않을 것이다.

"뭐… 위험한 일이라면……."

곽부는 철웅이 왜 자신에게 이 일을 맡기는지 알 것 같았다. 적어도 모여 있던 사람들 중 자신보다 산에 대해 잘 아는 사람은 없다. 사람들의 이목을 피하는 것은 산행만큼 좋은 것이 없으니, 태산까지 가는 길은 자신이 제격이었다.

"서찰… 언능 써 주쇼. 급한 거 같은데."

철웅은 그제야 엷게 미소를 지으며 서찰 한 통을 내밀었다. 이미 밀봉되어 있는 서찰. 곽부는 그 서찰을 받고는 머리를 긁었다.

"빠를수록 좋을 테니… 지금 가리다."

"태안(泰安)에 벽씨가 운영하는 벌목소가 있다. 미안하구나."

"대장, 간지럽소."

농을 던지던 곽부가 이내 옷매무새를 추스르곤 철웅에게 군례를 올렸다. 장난스러운 기색은 여며진 옷깃 속으로 모두 사라져 버린 듯했다. 철웅 역시 그의 군례를 정중히 받았다. 전장으로 떠나는 자를 배웅하는 듯한 눈빛들. 곽부가 방을 나서자 양청이 낮게 한숨을 쉬었다.

"혁련옹이란 분께 서신을 보내는 것입니까?"

"면목 없지만… 지금은 한 사람의 힘이라도 필요한 때이니……."

"그렇다면… 지금이라도 강호에 청을 넣어보는 것이 어떻겠습니까?"

"……?"

양청의 말에 철웅이 반문하듯 바라보았다. 강호에 청을 넣다니?

"저도… 제 친가에 청을 넣겠습니다."

"자네의… 친가라면?"

양청의 친가는 무가로 이름 높은 신창 양가였다. 군부와 밀접한 연관이 있으면서도, 강호의 세가로 위명이 높은 명가. 하나 철웅은 마음이 내키질 않았다.

"그런 폐를 끼칠 수는 없네."

"제 친가 역시 당당한 강호의 세가입니다. 하지 못할 말을 하는 것이 아닙니다."

"하지만……."

철웅은 무엇인가를 말하려다 입을 다물었다. 하나 양청은 알고 있다는 듯 철웅을 바라보며 이야기를 이었다.

"제 가문이 비록 병부와도 밀접히 연관되어 있지만, 제 가친은 한시도 자신이 강호의 사람임을 잊지 않으신 분입니다. 만약 제 가문이 사리사욕을 위해 국난과 강호의 도리를 저버린다면… 저도 양이란 성을 저버리겠습니다."

양청의 단호한 의지에 되려 철웅이 놀랐다. 성이란 함부로 버리는 것이 아니다. 자신의 뿌리를 버린다는 말이나 다름이 없었다. 남아로서 실로 크고도 위험한 결단을 내린 것이라 할 수 있었다. 그의 말에 화답한 것은 문을 열고 들어오던 언상과 마양수였다.

"그 전갈은 도찰원에서 맞도록 하지요."

"언 대협, 마 대인."

사람들이 자리에서 일어서며 그들에게 포권을 취했다. 수인사를 끝낸 마양수와 언상이 자리에 앉으며 입을 열었다.

"양 대협의 의지에 탄복했소. 나 역시 나의 외척들 중 믿을 수 있는 자를 포섭 중이오. 도찰원은 가능한 한 모든 방법을 동원해서 이번 역모를 파헤치기로 결정했소."

마양수는 죽은 황제의 정실 부인이자 황세손의 조모인 효자고황후의 외척이었다. 모험이라 할 만했지만, 그 역시 이번 일에 사활을 걸고 있었다.

"나도 몇 곳에 인편을 보내었소. 하릴없는 늙은이들 이럴 때나 써먹어야지."

언상은 이미 몇몇 지인들에게 연통을 넣었다고 했다. 자존심 강하기로 유명한 독보십절의 일인으로서 참으로 어려운 결정이 아닐 수 없었다.

"도찰원에서는 이백의 어사를 추려낼 수 있었소. 저들의 이목에 뜨이지 않을 만큼 차출할 수 있는 최대의 인원이기도 하거니와 제법 실력있는 자들로 추리다 보니 이것밖에는 안 되더이다."

마양수의 말에 아쉬워하는 이는 아무도 없었다. 같은 감찰의 일을 한다곤 하지만, 금의위와 도찰원은 그 근본이 달랐다. 금의위는 엄연히 상직위친군이라는 군 조직이었고, 도찰원은 어사대라는 관원들의 조직이었다. 무공을 익힌 자가 금의위에 비해 상대적으로 적을 수밖에 없었음에도 그중에서 이백이나 차출하였다는 것은, 도찰원이 거느리고 있는 거의 전 무사를 뽑아낸 것이나 다름없었다.

"왕 선배에게서도 전갈이 왔소. 은밀히 보내려다 보니 아무래도 빠른 연락은 힘들게 되었소."

궁성의 사정은 그리 급박하지 않다고 했다. 아직은 외부인들이 잠입한 흔적도 없었고, 역모의 움직임이라 할 만한 조짐도 보이지 않는다고 했다. 다만 황성과 궁성을 오가는 이들의 움직임이 매우 분주하여 무엇인가를 준비하는 것은 느낄 수 있었다고 했다. 다만, 황세손도 건강해 보였고, 위협을 받고 있다는 느낌도 없어 보인다고 했으니, 아직은 옥영진이 역모의 독아를 꺼내어 보이진 않은 것 같았다.

"음… 이건 내 생각인데, 너희는 황성에 있다는 이천 정병과 합류하는 것이 나을 것 같다."

철웅의 말에 양청과 일성 등이 눈을 크게 뜨며 바라보았다. 아직은 할 일이 많이 남아 있다는 표정이었지만, 철웅의 뜻은 변함이 없었다.

"그들을 장악해라. 분명 그들을 제압하기 위한 움직임이 있을 것이다. 제압당하지 않고, 제압할 수 있도록……."

"장악하고 말고 할 것도 없습니다. 모두 제가 기른 아이들인걸요."

양청의 말에는 강한 자신감이 있었고, 연왕부의 총교두였던 그의 말을 반박하기란 쉽지 않았다. 철웅은 언상과 마양수가 양청과 무언가를 상의하고 있는 모습을 보며 홀로 생각에 잠기고 있었다.

'내일… 그와 만나 소소만 되찾아 온다면…….'

철웅은 주작홍기를 떠올리며 소소의 모습을 떠올리고 있었다. 주작홍기를 돌려주게 된다면, 마교의 잠재된 힘이라는 무격들이 움직이게 될 것이다. 그들이 얼마나 큰 힘을 가지고 있는지는 모르지만, 분명 자신들의 앞에 커다란 장애물이 될 것이다. 하나 주작홍기를 소소와 바꾸겠다는 마음에는 변함이 없었다.

'너를 무사히 돌려받고자 함이 진정 너를 위한 것인지, 내 마음의 무거운 짐을 벗고자 하는 얄팍한 마음인지 알 수가 없구나.'

모든 것이 마음먹기에 달렸다지만, 그에게 다가올 내일만큼은 어떻게 마음을 먹어도 편히 받아들이기가 힘들 것 같았다. 천리를 따른다는 것이 오늘처럼 힘들게 느껴진 적이 있었는지를 되새겨 보는 철웅이었다.

*　　　　*　　　　*

마양수와 언상을 태운 마차가 은밀히 안가를 나와 남경성으로 향했다. 벌써 어둑해진 지 오래라 황성의 문은 닫혀 있었지만, 마부가 건넨

영패는 닫혔던 성문을 어렵지 않게 열고 있었다. 성문을 지나 대로를 지날 때쯤 마양수가 입을 열었다.

"한데… 그 사람 정말 믿을 수 있는 사람인가?"

"음?"

마양수의 말에 언상이 상념에서 깨어나며 그를 바라보았다.

"그가 정말 연왕 전하의 명을 받고 움직이는 인물인지 의심이 가서 하는 말이네."

마양수가 말한 그가 누구인지 언상은 쉽게 짐작할 수 있었다.

"정작 연왕부의 왕자 전하와 함께 돌아온 자네도 그 사람이 이곳에 있다는 것을 모르고 있지 않았는가? 게다가 아무리 연왕부의 명을 받는다 해도, 그는 엄연히 강호의 인물. 역모를 막기엔 다소 무리가 있어 보여 하는 말일세."

언상은 친우의 의심에 고개를 끄덕여 주었다. 충분히 생각할 수 있는 의심이었다. 하나,

"그를 의심하지 말게."

"음?"

마양수는 언상의 뒷말을 기다렸다. 자신의 친우는 밑도 끝도 없이 사람을 믿으라 말하는 사람이 아니었으니까. 물론 이렇게 당혹스러운 이유로 그를 믿으라 할 줄은 예상치 못했지만.

"그는… 연왕 전하의 친우일세."

"뭐? 친우?"

"그래… 친우. 그것도 연왕 전하의 칙명을 거두어들일 수도 있는……."

마양수는 언상의 말에 놀람을 표시했다. 연왕의 친우? 감찰부서의 수뇌인 자신조차 연왕에게 친우가 있다는 이야기는 들어본 적이 없었다. 그것도 그냥 친우가 아니라 칙명을 거두어들일 수 있는 친우는 더더욱.

이후 도찰원의 움직임에서 철웅이 중요한 자리를 맡게 된 것은 당연지사였다. 연왕의 친우라니…….

*   *   *

드러난 구릿빛 상체 위로 굵은 땀방울들이 흘러내리고 있었다. 그의 주위를 밝히고 있는 것이라곤 두 개의 유등이 전부였지만, 그것만으로도 건장한 사내의 완벽한 육신을 드러내는 데에는 부족함이 없어 보였다. 일 주천을 끝낸 한수의 입에서 가는 숨이 길게 내쉬어지고 있었다. 기운을 갈무리하고 일어서는 그의 몸에서는 계절과 어울리지 않는 아지랑이마저 피어오르고 있었다. 하나 부릅떠진 두 눈에 떠오른 태양에 비하자면, 그러한 변화는 소소한 것에 지나지 않았다. 금빛으로 변한 두 눈. 한수의 눈에서 뿜어지던 신광이 갈무리될 때까지, 그 기세에 눌린 두 개의 유등은 옴짝달싹 못하고 숨 죽여야만 했다.

"하아… 정녕 성취가 빠른 신공이다. 고작 한 달여의 수련으로 얻은 내력이 나의 본신 내력의 오 할을 넘는다. '역천금강신공(逆天金剛神功).' 과연 백련제일공의 이름에 부끄럽지 않은 무공이다."

한수의 얼굴에는 만족스러운 미소가 지어지고 있었다.

우사조차 폐관 후 일변한 그의 기세에 놀랐을 만큼, 그를 변모하게 만든 무공의 정체가 바로 역천금강신공이었다. 성취가 높아질수록 그 화후의 징후가 소림의 금강부동신공(金剛不動神功)과 흡사하다 하여 붙여진 이름. 본래 백련의 뿌리가 불가에 있기에, 백련의 호교 무공은 불문의 무공과 흡사한 것이 많았다. 하나 홍건군을 조직하고 외부의 인물을 영입하며, 기존의 호교 무공들에 실전적이고 호전적인 기운이 가미되어, 어느새 백련의 정통 무공들을 대신하여 새로운 무공들이 그 자리를 차지하게 되었다. 역천금강신공 역시 여러 차례의 변화를 거치며 역천이라는 이름을 얻게 되었지만, 교주에게만 전해지는 비전으로 분류될 만큼 탁월한 무공임에는 분명했다.

"당신께서 한 달이나 일찍 이것을 물려주신 것을 보면, 당신께서도 이미 당신의 최후를 짐작하고 계셨던 것이겠지요?"

한수는 창문 너머로 보이는 제단을 바라보며 미소를 보냈다. 하나 관 속에 잠든 한림아에겐 아들의 그 차가운 미소가 보일 리 없었다.

"아버지께는 죄송하게 생각하고 있습니다. 하나 사람이 나고 죽는 것은 하늘의 뜻. 제가 백련의 다음 교주가 되는 것과 천하의 주인이 되는 것 역시……."

신녀궁의 신탁을 숨긴 것은 참으로 잘한 일이었다. 만약 한림아의 죽음을 예견한 신탁이 공개되었다면, 천하의 혼란만큼이나 백련 내부의 혼란도 쉬이 가리앉지 않았을 것이다. 대계는 중단되었을 것이고, 교권의 이양으로 아까운 시간만 좀먹었을 것이다. 신탁을 숨겨 번 시간 동안, 교주의 위상에 걸맞는 무공을 얻을 수 있었고, 교 내의 세력을 규합할 수 있었다. 한 달. 책략을 부림에 있어 한 달은 너무나 긴 시간.

좌사의 대계를 자신의 대계로 이끌어오기에는 충분한 시간이었다.

"들어오라."

한수가 겉옷을 걸치며 말하자, 내실의 문이 열리며 한 사내가 들어섰다.

"소교주님을 뵙습니다."

허리를 굽혀 인사하는 사내. 적랑대의 부대주 고욱이 한수에게 다가와 대례를 올리고 있었다.

"무슨 일이냐?"

"남경으로 돌아가 보려 합니다. 혹 우사께 전하실 말씀이 있으신지……."

시세를 알아야 준걸이라지만, 주인을 배신하고 자신에게 온 고욱의 모습은 그리 믿음을 주지 못하고 있었다. 하나 어찌 되었든 자신의 휘하에 들기로 한 이상, 주인 된 자의 도리는 해주어야 했다.

"아니, 그보다 그 아이는 어찌하였느냐?"

"일단은 파양호 인근으로 옮겨놓았고, 명받은 대로 남경으로 데려갈 것입니다."

한수는 잠시 스치듯 보았던 소소의 모습을 떠올리곤 쓴웃음을 지었다.

'비열해 보이긴 하다만… 좌사의 심기를 어지럽힐 수 있다는 것 하나만으로도, 충분히 도박을 할 만한 가치가 있지.'

"단속은 철저히 했겠지? 만에 하나 이 일이 타인에게 알려지게 된다면, 나는 너를 외면할 것이다."

"물론입니다. 그렇게 된다면… 스스로 목숨을 끊도록 하겠습니다."

"좋아. 우사에게는 대계에 차질이 없도록 만전을 기하라 전해라. 그리고… 장철웅이라는 자는 반드시 수급을 베라 이르고."

"예."

고욱은 눈살이 찌푸려질 정도로 허리를 깊이 숙여 보이곤 내실을 빠져나갔다. 한수는 걸음을 옮겨 탁자 위로 향했다. 그곳에는 우사의 서찰이 놓여져 있었다.

소교주 전.

주작홍기의 행방과 관련한 중요한 단서를 포착하였습니다. 사실을 확인 중에 있으나 아마도 장철웅이란 자의 손에 주작홍기가 있는 것으로 사료됩니다. 이미 오래전부터 좌사가 그의 행동을 조종하고 있었던 것으로 보이며, 소소라는 계집을 볼모로 그를 움직일 수 있었던 것 같습니다. 소소는 좌사가 자신의 수양딸이라 속이고 총단으로 데려온 계집으로, 신분을 속여 외인을 총단으로 끌어들인 것만 보더라도, 이미 주작홍기와 무겸들에 대한 욕심을 보이고 있음이 분명합니다.

이에 좌사의 야욕을 단죄하고자 계책 세우고 이행코자 하니, 백련의 주인이신 소교주께서 허락해 주시길 바랍니다.

한수는 서찰의 나머지 부분을 읽으며 차갑게 미소 지었다.

"장철웅… 내 손으로 그대의 목을 베고 싶으니 후에 그대의 수급을 바라보는 것으로 참도록 하지. 그리고 우사의 이야기는 좌사에게 반도의 낙인을 찍자는 것인데… 어차피 내가 교주의 위에 오르고 나면 저절로 도태되어 사라질 좌사임에도, 그새를 참지 못해 이런 계책을 세우다니. 물론 당신의 그릇이 그 정도이니 아버지가 나의 보좌로 좌사가 아닌 그대를 자리하게 한 것이겠지만. 하나 그 정도의 잔머리로 혈공작 적유를 옭아 넣을 수 있을지 모르겠구려. 하하하."

한수의 목소리는 분명한 비웃음이었다. 하나 그는 아무런 이견도 달지 않고 그의 계책을 승인하였다. 그것은 좌사를 역도로 몰겠다는 허황된 꿈이 마음에 들어서가 아니었다. 너무나 완벽해 보였던 좌사의 절규가 듣고 싶었다.

"좌사, 어쩌자고 이런 허점을 보이셨소. 도저히 지나치고 싶어도 지나칠 수가 없지 않소? 옛정을 생각하여 구마와 함께 노년을 편히 보내도록 하고 싶었는데. 당신이 보인 허점이니, 모든 책임은 당신 스스로 지도록 하시오. 하하하."

자신의 걸림돌이었던 그의 좌절하고 분노하는 모습을 볼 수 있다면… 우사의 계책은 그 하나의 이유만으로도 충분히 매력적인 계책이었다.

*　　　*　　　*

습한 새벽 공기를 헤치며 만보장(萬步莊)의 담을 넘는 무리가 있었다. 아직 해가 뜨려면 한 시진은 더 기다려야 하기에, 잠에 취해 번을 서던 무사의 감겨진 두 눈은, 자신의 등 뒤로 다가오는 그림자를 발견할 수가 없었다.

"우읍!"

비수가 등 어림을 찌르고 들어오는 고통에 비명을 지르고 싶었지만, 그림자의 두터운 손은 그가 비명을 지르는 것을 용납하지 않았다. 무사를 처리한 그림자가 손짓을 보내자, 어둠으로 숨어들었던 다른 그림자들이 소리없이 움직이기 시작했다. 만보장의 일백 가솔이, 황천으로 떠나던 무사의 뒤를 따르기까지 걸린 시간은 고작 이각. 만보장주 이효기(李曉起)의 수급이 떨어지는 것을 끝으로, 장안의 이름난 세도가였던 만보장은 백여 년의 짧은 역사를 마감해야 했다.

만보장의 곳곳에서 불꽃이 오르며 난입했던 자들의 그림자를 지워갔지만, 멀리서 밝아오는 동녘의 일출에 비하자면 달빛 아래 반딧불과 같았다. 하나 만보장의 불꽃은 천하 각지에서 일던 겁난의 시작에 불과했다.

*　　　　　*　　　　　*

도찰원은 분주히 움직이고 있었다. 천하 각지에서 밀려드는 전서와 파발들은 천하의 움직임이 심상치 않음을 말해 주고 있었다.

"곳곳에서 살인과 방화 사건의 소식이 올라오고 있습니다. 대부분이 그 지역의 유지이거나 악행의 전적이 있는 권문세도가들이었기에, 일부에서는 그에 동조하는 무리들이 생기며 폭동이 일기도 했답니다. 성급히지만… 민란의 조짐까지도……."

서류를 정리하던 공유유가 심각한 표정으로 입을 열고 있었다. 그 옆에 서 있던 호덕영은 어지럽게 널려진 다른 서찰들을 분류하고 있었기에, 언상의 굳어진 표정까지는 신경 쓸 겨를이 없었다.

"국상 중인 이 시기에 민란의 조짐이라… 허어, 흉수가 누구인지 너무나 확연해 오히려 다른 자들의 소행이 아닌지 의심이 가는구나."

언상은 천하 각지에서 일어나고 있던 일련의 사건들의 배후로 마교를 지목하고 있었다. 아직은 작은 불씨에 지나지 않은 사건들이었지만, 이러한 일들이 제대로 단속되지 않는다면 결국 사방으로 옮겨 붙어 큰 불이 되기 마련이었다.

"도대체 의도를 짐작할 수 없구나. 구대문파를 기습한 것이 불과 며칠 전인데, 이제는 천하의 곳곳에서 분란을 일으키고 있다니……."

어찌 보면 지금의 모습이야말로 십 년 전 그들의 모습과 똑같았다. 백성들에게 지탄받던 지방 호족이나 유지를 요격해 민심을 끌어들이고, 암중으로 또다시 그들을 선동하여 민란을 꾀해 천하를 어지럽히는 전술. 천자의 나라에서 천하의 혼란함이야말로 황제의 권위를 의심케 하는 증거라 외치는 그들이었다. 어쩌면 강대한 황권을 무너뜨리는 방법은 오직 천하의 외면뿐일지도 몰랐다. 하나 그것은 이미 십 년 전에 파훼된 방법이었다.

'그들의 계획은 불과 반년을 넘기지 못했다. 황제는 군사를 풀어 그들을 잔혹하게 진압토록 하였고, 강호의 세력들에게 비밀리에 명을 내려 그것을 돕게 하였다. 지금의 모습은 분명한 민란의 조장… 민란… 민란이라…….'

말없이 생각에 잠겨 있던 언상의 뇌리로 스치는 무엇인가가 있었다. 언상은 그것을 잡아채 아귀를 맞추어보곤 눈을 크게 떴다.

'설마?'

언상은 자신의 생각을 반신반의하면서도 서둘러 내실을 빠져나갔

다. 그리고 자신이 떠올린 생각에 상관이자 친우인 마양수도 동의하자
또 한 번 놀라고 있었다. 언상과 마양수가 철웅이 머물던 안가를 찾은
것은 그날 저녁이었다.

"민란의 조짐?"

"그렇소. 내 생각은 이렇소. 그들은 두 가지 방법을 병행하고 있는
것이오. 과거 그들은 관부와 군부, 그리고 강호의 정도문파들에 의해
와해되었소. 그들은 그것을 거울삼아 먼저 강호의 문파들을 습격한 것
이오. 분명히 이번에도 자신들의 움직임에 걸림돌이 될 테니까. 그들
에게 일격을 가해 쉽게 힘을 쓰지 못할 정도의 타격을 입힌 후, 본래
그들의 방식인 천하의 혼란을 조장하기 시작한 것이오."

"민란… 천하를 혼란케 하기 전에, 자신들의 행사를 방해할 정도문
파들의 손발을 묶는다. 그들과 생사결을 할 필요도 없겠지. 그저 방해
하지 못할 정도의 타격이면 충분할 테니까. 게다가 정도문파는 민란의
제지에 관여할 수도 없다. 민란의 표면적인 핵심은 대부분 일반 백성
들일 테니 관의 도움 없이 그들에게 검을 겨눌 수는 없는 일. 관부는
관부대로 옥영진과 연수하고 있어 병부도 그들을 제지하지 않을 것이
고, 황제 폐하께서 승하하셨으니 명을 받지 못한 각 지방 관리들은 독
자적인 제재도 가할 수가 없다……."

철웅은 숨을 죽이고 생각에 잠겼다. 그 역시 언상의 추리에서 허점
을 발견할 수 없었다.

"또 한 가지. 지방에서 장계가 올라오곤 있지만… 그것들이 조정으
로 전달되지 못하고 있는 듯하오."

"……?!"

"금의위가 손을 쓰고 있는 모양이오. 파발의 검열은 물론, 직접 장계를 가지고 오는 자들까지, 황궁으로 들어가는 모든 소식이 그들의 손을 거치고 있소. 마치 작은 불씨를… 키우고 있는 느낌이오."

철웅은 마양수의 말에 뇌리를 스치는 것이 있었다.

"작은 불씨를 키운다… 설마 천하의 이목을 흐트러뜨린다는 것이 황위를 선양받기 위한 포석?"

"우리는 그렇게 생각하고 있소."

난감했다. 단지 남경의 역모를 감추기 위해 천하의 이목을 가린다고만 여겼음인데, 지금의 상황은 그와는 정반대로 천하의 혼란함을 이용해 역모를 성공시키려 하는 것이었다.

"황제 폐하께서 붕어하신 이때 천하 각지에서 민란이 일어난다면……."

"황세손은 어린 분이오. 천하 민란에 대한 조정의 여론이 들끓기 시작하면, 옥영진에게 친정을 부탁하게 될지도 모르오."

철웅은 혀를 내두르고 있었다. 한 치의 오차도 없는 계획. 역모의 진행이 황위 찬탈이라고만 생각했지, 황제 스스로 친정을 원하게 될 것이라던가, 황위 선양이 될 것이라고는 짐작조차 하지 못하고 있었다. 이제는 그들이 그토록 연왕을 경계했던 이유도 알 수 있었다. 그것은 옥영진이 맡아야 할 자리에 연왕이 대신 올라서는 것을 막기 위함이었다.

"이제는 옥영진을 잡기가 더욱 어려워졌소. 지금의 혼란과 옥영진이 밀착되어 있다는 결정적인 증거를 잡지 못하는 한, 그를 제지할 방법 따위는 없소. 오히려… 구국의 영웅을 모함했다는 억울함을 당하게 될지도 모르오."

언상의 말을 마지막으로 세 사람 모두 입을 굳게 다물고 있었다. 힘의 열세가 조금이나마 극복된다 싶었더니, 명분마저도 저들에게 빼앗길 판이었다. 그나마 다행한 일인 것은 천하의 혼란이 극에 달할 때까지는, 옥영진이 움직이지 않을 것이라는 사실 하나뿐이었다.

*   *   *

"소소는 어디에 있느냐?!"

적유의 음성은 싸늘했다. 그의 앞에 무릎 꿇은 채 사시나무 떨 듯 떨고 있던 두 명의 시비 중 하나가, 부들거리는 손으로 한 장의 서찰을 적유에게 올렸다. 적유는 그녀의 손에서 낚아채듯 서찰을 받아 들곤 빠르게 읽어 내려가기 시작했다.

아저씨를 찾아갑니다.

단 한 줄의 글귀. 너무나 냉정하게 휘갈겨진 그 한 줄의 글귀가, 적유의 가슴에 비수가 되어 내리꽂혔다.

'…빙화야……'

적유의 손이 힘없이 떨어지며, 손에 들렸던 서찰이 팔랑거렸다. 감겨진 두 눈은 떠질 줄을 몰랐고, 쥐어진 주먹 역시 그 떨림이 멈추지 않을 듯했다.

'어찌하여… 나를 떠나려 하였느냐? 너에게도 나는 부족한 아비였더냐? 가슴을 찢어 마음을 보여달라 하였어도 그리하였을 터인데… 어찌 너는 내 마음도 보지 못하고 떠난 것이더냐.'

적유의 이성이 조금씩 마비되어 가고 있었다. 연화도에서 그녀가 어찌 빠져나갈 수 있었는지에 대한 의문도 생각나지 않았다. 그가 있는 곳을 알지도 못하던 그녀가 어찌 떠날 마음을 가졌는지 역시 따질 수가 없었다. 단지 소소가 자신의 눈앞에서 사라졌다는 것이 그가 인식할 수 있는 전부였다.

"너는… 나의 딸. 내가… 너의 아비다."

적유의 신형이 연기처럼 꺼져 버렸다. 그의 머리 속에서 죽은 조철산과 한수의 일 따위는 지워진 지 오래였다. 사라진 딸을 찾아야 했다. 그리고 소소의 영상과 함께 떠오른 것은 그야말로 그의 분노를 받아야 할 최후의 대상이었다.

"장철웅……."

그를 죽여야 한다고 생각했다. 그는 아끼는 수하를 죽였고, 주작홍기를 찾았음에도 인질로 잡혀 있던 소소를 외면했다. 자신의 딸을 업신여긴 자. 그리고… 사랑하는 딸을 자신에게서 앗아간 천하의 죄인. 그는 죽어야 할 이유가 너무 많았다.

그 시각 남경으로 연결된 안휘성의 관도 위를 질주하는 무리가 있었다. 어둑해지는 저녁 공기를 헤치며 달리는 한 대의 마차와 그 전후를 따르는 세 명의 기수. 마차는 두 마리 말이 이끄는 평범한 마차였고, 말을 달리는 세 명의 기수 역시 평범한 옷차림을 하고 있었다. 그들의 그런 모습만으로는 그들이 백련교 좌사의 호위대인 적랑대의 무리라는 것을 알아채기가 어려워 보였다.

"거참. 보면 볼수록 우물이군. 죽은 빙화와 닮기도 했지만, 그 차가 왔던 빙녀보다는 훨씬 보기 좋군."

마차 안에는 적랑대의 부대주 고욱이 타고 있었다. 고욱은 수혈이 짚힌 채 잠든 소소를 바라보며 흐릿한 미소를 짓고 있었다. 이 여인만 우사에게 무사히 전달하고 난다면, 자신은 더 이상 총단으로 들게 될 일이 없을 것이다. 우사의 곁에서 백련의 영광을 함께 누리게 될 상상에 고욱의 얼굴에는 미소가 지워지지 않고 있었다. 한데,

우지끈!

무엇인가가 부러지는 소리와 함께 마차의 한쪽이 급하게 주저앉았다. 고욱은 무너지듯 주저앉은 마차 안에서 소소와 함께 뒹굴고 말았다. 너무나 갑작스러운 일에 정신이 다 어질할 지경이었지만, 이내 요동이 멈추고 마차가 정지하자 다급히 뛰쳐나왔다. 고욱은 밖으로 나오고 나서야 대강의 상황을 알아볼 수가 있었다. 마차의 축이 부러지며 바퀴가 빠져 있었다. 빠진 바퀴는 관도의 저만치에 나뒹굴고 있었고, 마부석에 타고 있던 대원 하나가 몸에 묻은 흙을 털며 걸어오고 있었다.

"마차 관리를 어떻게 했기에……."

화가 난 고욱이 발을 굴렀다. 갑작스레 일어난 일에 암습을 의심해 보기도 했지만, 은밀히 행동하던 자신들을 마야설 이가 없다는 것을 깨닫고는 애꿏은 마차에 화를 내는 것을 택한 고욱이었다. 자칫하다간 명을 제대로 수행치 못할지 모른다는 생각에 화가 났지만, 부러진 축을 바라보고 있는다 하여, 망가진 마차가 고쳐질 리 만무했다.

"젠장. 마차 안에서 계집을 데리고 나와라. 마차를 버린다."

고욱의 신경질적인 목소리에 수하 하나가 마차로 향했다. 그사이 고욱은 수하들을 불러 명을 내리고 있었다.

"마차에서 말을 풀어내라. 너는 내 뒤를 따르고 너는… 웬 놈이냐!"

명을 전달하던 고욱이 다급히 검을 뽑고는 마차로 몸을 날렸다. 그가 마차의 문을 잡으려 손을 내뻗는 순간, 마차의 문짝이 부서져 비산하며 고욱의 전신으로 튕겨져 나왔다.

"헙!"

고욱은 급히 몸을 뒤집으며 날아오는 마차의 파편을 검으로 쳐냈다. 하나 적랑대 부대주라는 직책에 어울리는 날렵한 몸놀림이었지만, 수백 조각으로 비산하는 마차의 파편들과 그 틈으로 쏟아진 우모침을 구분하기는 힘든 일이었다.

"커헉!"

땅으로 착지하던 고욱이 자신의 목을 부여잡으며 서너 걸음을 뒷걸음질쳤다. 하지만 이내 몇 번의 몸부림을 끝으로 바닥에 쓰러지고 말았다. 놀란 적랑대원들이 그의 곁으로 달려왔지만, 이미 고욱의 얼굴은 독에 중독된 듯 검게 물들어 있었고, 억울하다는 듯한 그의 눈동자가 그들을 바라보고 있었다.

"누구냐!"

적랑대원들이 분분히 검을 뽑아 들고는 마차를 겨누었다. 하나 그들이 미처 대비하지 못한 그 순간, 마차 안에서 한 인영이 빠르게 그들을 덮쳐 오고 있었다.

"차앗!"

푸욱!

한 적랑대원이 검을 뿌리며 날아오던 인영의 가슴에 검을 찔러 넣었다. 가슴이 갈라지며 피가 뿌려지고 있었지만, 정작 검을 찔러 넣은 적랑대원의 눈은 당혹감으로 물들어가고 있었다. 날아든 인영. 그는 여인을 데리고 나오라 명받았던 동료였던 것이었다. 동료를 찌른 당황함에 다급히 검을 뽑아내던 적랑대원의 머리가, 동료의 등 뒤에서 나타난 섬광에 의해 피를 뿌리며 허공으로 날아올랐다.

푸확!

머리를 잃어버린 적랑대원은, 자신이 찌른 동료의 시체와 함께 바닥으로 무너져 내렸다. 그들의 신형이 무너져 내린 그곳에 그가 서 있었다.

"웬 놈이냐!"

"차앗!"

찰나지간 부대주와 두 명의 동료를 잃은 세 사람의 적랑대원이, 살기를 뿌리며 그 사내를 향해 날아들었다. 사내는 그들이 달려들자 신속히 검을 들고 그들을 맞서갔다. 적랑대원들 하나하나가 일류고수라 불리기에 손색없는 무위를 지닌 자들이었으나 그에 맞서는 사내 역시 그들 셋을 상대하면서도 밀리지 않을 만큼 고절한 무공의 소유자였다. 적랑대원들은 황망함과 분노로 사정없이 검을 뿌려댔지만, 사내의 검 역시 두 사람의 피로는 모자라다는 듯, '남은 적랑대원들의 수급을 노리며 살기를 뿌렸다.

슈각!

"커헉!!"

적랑대원 하나가 먼저 죽은 동료의 시체에 발이 걸려 휘청거렸고, 그 틈을 노린 사내의 검은 호기를 놓치지 않고 그 적랑대원의 허벅지를 베어냈다. 하나 다른 두 사람의 적랑대원 역시 등을 보인 사내를 향해 검을 떨쳐 냈고, 사내가 다급히 몸을 회전시켜 그들의 검을 막았지만 결국 어깨에 일검을 맞고 말았다.

"크흑!"

사내는 고통에 몸을 사렸지만, 이내 자신을 향해 달려드는 적랑대원들 속으로 몸을 던졌다. 목숨을 도외시한 사내의 공격에 오히려 적랑대원들이 몸을 뒤로 빼며 그의 검을 맞받고 있었다. 그들이 뒤로 물러날수록 사내의 검은 더욱 매섭게 몰아쳤다. 사내의 검은 날카롭게 그들의 틈을 헤집고 있었고, 결국 또 하나의 적랑대원이 가슴을 베이는 것을 끝으로 싸움은 종지부를 찍었다.

"컥!"

세 사람의 적랑대원마저 모두 숨이 끊어진 자리. 온몸에 피를 두른 사내가 힘겨운 듯 칼에 몸을 맡긴 채 달빛을 등지고 서 있었다. 사내는 잠시 숨을 고르고 나서야 몸을 이끌고 마차로 향했다. 마차 안으로 돌아간 사내의 표정에는 안도의 표정이 지어지고 있었다.

"…잠시 쉬고 출발하자… 잠시만……."

패는 소소의 곁에 앉아 상처를 지혈하기 시작했다. 부서진 마차 안에 몸을 기대고 앉은 패의 얼굴에는 피로한 기색이 역력했다.

피 내음이 자욱한 관도 위에는 한 대의 부서진 마차와 여섯 구의 시신이 어지럽게 널려 있었다. 인적 없던 관도 위에는, 주인 잃은 말만

달빛을 받으며 투레질하고 있었다.

＊　　　＊　　　＊

"뭣이? 드디어 마교의 총단을 알아냈다고?"

그가 자리한 곳이 불전이 아니고, 그에게 보고를 올리는 이가 무당파의 복색을 하고는 있었지만, 무당파 제자의 보고를 받고 의자를 박차고 일어선 사람은 분명 소림의 혜정 대사였다.

"방금 전 개방의 전서구가 도착했습니다."

혜정 대사의 채근에 무당파 제자인 청어 도장(靑御道長)이 손에 들고 있던 서찰을 건넸다. 그 서찰을 낚아챈 혜정 대사의 눈에 어이없다는 듯한 빛이 떠올랐다.

"아니 이런… 등하불명도 유분수지… 설마 이곳에 마교의 총단이 있었을 줄은……."

강서성 파양호. 십 년 전 정사대전의 마지막 대회전 장소였던 그곳에 마교의 총단이 있었을 줄 상상이나 했겠는가? 등잔 밑이 어둡다더니, 정녕 허를 찌르는 곳이 아닐 수 없었다.

"아미타불… 모두 모이라고 해라."

혜정 대사의 명을 받은 청어 도장이 밖으로 나가고 일 다경 후, 혜정 대사는 작은 분지에 모여 있던 일백의 인물 앞으로 나섰다.

"개방으로부터 전서가 도착했다. 드디어… 마교의 총단 위치를 알아내었다."

혜정 대사의 한마디에 도열해 있던 사람들의 눈에서 한광과 살광이 뿜어져 나왔다. 일백의 무인. 그것도 하나같이 예리한 기도를 갈무리한 일류고수들. 이들이 바로 소림과 무당, 화산, 개방, 종남이 마교와의 일전을 대비해 보낸 각 파의 영재들이었다.

"한 시진 후, 파양호로 출발한다."

머리에 계인이 흐릿한 열여덟 명의 중년 승려가 나지막이 불호를 외우며 합장을 했다. 그들의 손에는 염주 대신 새파랗게 날이 선 계도가 들려 있었고, 승복의 색깔도 황색이 아닌 피처럼 붉은 적색이었다.

십팔혈승. 십 년 전 정사대전에 출전했던 백팔나한 중 마지막 생존자들. 그들은 정사대전이 끝난 후 스스로 참회동에 들어 십 년간 모습을 보이지 않았었다. 하나 이미 십 년 전에도 고수라 불리던 이들. 지금의 그들에게선 피 내음이 느껴지지 않으나 그들의 살계가 열리면 천하는 다시 한 번 혈승의 이름을 기억하게 될 것이다.

"화산과 종남의 제자들과 섬서 하북의 문파에서 지원된 무사 삼백이 이미 출발했고, 조만간 소림, 무당과 연합한 하남, 호북의 병력도 출발할 것이라고 한다."

무현 진인의 직전제자 아홉 명이 포함된 스물네 명의 매화검수. 스무 명으로 한정했던 인원에 네 사람이나 초과된 인원이었지만, 화산파 매화검수 스물네 명이 모여 이루는 매화검진의 위력을 모르는 이는 없었기에 누구도 감히 토를 달지 못했다. 화산파의 매화검수들이 낭창하게 휘어지는 연검이라면, 그들의 옆에 서 있던 스물한 명의 무당파 도장들은 곧게 선 철검과도 같았다. 칠성검진으로 유명한 무당파의 고수 스물한 명. 검의 명문으로 언제나 경쟁 관계에 있던 화산과 무당이었지만, 지금 이 순간만큼은 분명한 동료들이었다.

"개방은 은밀히 제자들을 보내어 후방을 지원하기로 했다."

말없이 서 있는 스무 명의 걸개. 그들의 허리에 묶여 있는 다섯 개의 매듭. 개방은 스무 명의 오결제자를 보냈다. 모두 총단 직속의 무재들로, 그중에는 후개 자리를 놓고 경합을 벌였던 인재들도 더러 눈에 띄었다. 능히 일당을 책임질 수 있을 만한 경험과 실력을 갖춘 자들. 개방으로서는 가히 파격적인 지원이 아닐 수 없었다. 종남파의 제자들도 개방의 제자들만큼이나 말이 없었다. 그들에게 있어서 이번 싸움은 커다란 의미를 가지고 있었다. 도약의 기회. 이번 마교와의 일전은 그간 많이 희미해진 종남의 위명을 드높일 좋은 기회였다. 그리고 그 기회를 잡기 위해 최고의 기재들만을 엄선하여 보냈다.

도열해 있던 자들 모두 우열을 가리기 힘든 각 파 최고의 기재들이었다. 그리고 불의의 습격으로 본산이 유린된 똑같은 분노를 담고 있었기에, 그들이 내뿜는 전의와 살기 역시 우열을 가리기 힘들었다. 그들 모두 한 자루의 잘 벼려진 검들이었다.

"이곳을 벗어난 직후 해산한다. 최종 집결지는 남창(南昌). 누가 가장 빨리 도착하는지 지켜보겠다."

남창까지의 거리는 물경 이천오백 리 길. 가장 먼저 도착하는 자가 선봉을 맞게 될 것이다. 죽음과 가장 가까운 곳이었지만, 위명을 떨치기 위해선 반드시 차지해야 하는 자리.

싸움은 이미 시작되었다.

第七十七章
철웅의 위기

철웅의 위기

싸워야 한다면 이겨야 한다
살아야 한다면… 죽여야 한다

아직 남경의 성문도 열리기 전이니 이른 아침이라 할 수 있었지만, 철웅은 그를 찾아온 반가운 손님을 맞아 오랜만에 미소를 짓고 있었다.

"그간 강녕하셨습니다."

"허허, 자네야말로 기도가 헌앙해졌구먼. 길에서 마주쳤으면 못 알아볼 뻔했으이."

철웅의 인사에 너털웃음을 짓고 있던 백염의 노인. 권절 언상과 함께 온 당당한 풍채의 노인은 바로 검절 석위강이었다.

"언가가 기별을 넣지 않았어도, 남경으로 오려던 참이었네. 화산에 들러 풍문을 물으니 자네가 이곳에 있다고 하더군."

석위강은 언상의 전갈을 받고 찾아온 것이었다. 그가 초씨 세가에 머물러 있었기에 어렵지 않게 연통이 닿은 모양이었다. 철웅은 걱정스러운 표정으로 강호의 이야기를 물었다.

"화산은 어떻습니까? 마교의 습격을 받아 피해가 심했다던데……."

"흠… 화산이야 그리 피해라고 할 만한 것이 없네. 오히려 한동안은 감히 화산파의 담을 넘을 자가 없을 것이니, 전화위복이라고 해야겠지."

석위강의 얘기로는 옥현 진인의 활약이 정녕 눈부셨다고 했다. 장문인의 신분임에도 제자들을 뒤로 물리고 선봉에 서서 습격한 적도들과 직접 손을 섞었다고 했다. 화산보다 한 수 위로 평가되던 소림과 무당의 피해가 더욱 컸으니, 과연 옥현 진인의 활약이 대단하였던 모양이다.

"이미 화산파의 자하신공이 완전해졌다는 이야기는 비밀이랄 수도 없는 일. 그의 무공을 미루어 짐작하건대, 향후 십 년 안에 화산파의 세상이 올 것이네."

석위강의 말에 철웅은 내심 짐작 가는 바가 있어 미소를 지으며 고개를 끄덕였다. 그 모습에 석위강이 짓궂은 표정을 지으며 입을 열었다.

"허어, 무엇을 생각하기에 그리 좋아하는 건가? 왜? 화산에 두고 온 내자 생각이 나는가?"

석위강의 농에 철웅은 가볍게 미소를 지어주었다. 재희의 얼굴이 눈가에 아른거렸지만, 이내 고개를 저으며 그녀의 모습을 뇌리에서 지웠다.

'미안하오. 하나 전투를 앞둔 장수가 여인을 떠올리는 것이야말로 패전의 복병이라오. 그대를 그리는 것은… 살아남은 뒤의 일로 남겨두

리다.'

철웅은 흐릿하게 사라져 가던 재희에게 미안한 마음을 전했다. 그녀 역시 그의 마음을 옳게 받아들였는지, 환한 미소를 머금으며 사라져 갔다.

"…남경의 일도 급하지만, 강호의 문제도 시급히 처리해야 할 텐데……."

석위강의 탄식에 철웅은 상념에서 깨어났다.

"일단 남경의 역모를 분쇄하는 것이 먼저입니다. 관이 나서지 않는 한, 강호 제 문파의 힘만으로는 난국을 타계하기가 어렵습니다."

"흠… 지금 소림과 화산을 중심으로 사람들이 모이고 있어, 조만간 그들도 대대적인 반격에 나설 수 있겠지만, 그들 역시 정확한 목표를 찾지 못해 인근의 소란만 겨우 잠재우고 있는 모양이야. 이럴 때 마교의 총단만이라도 알아낸다면 좋으련만……."

"선배께서도 짚이는 곳이 없습니까?"

"전혀, 이럴 줄 알았으면 그때 한 놈이라도 생포할 것을 그랬어."

"그때라니요?"

언상의 물음에 석위강이 고개를 저으며 입을 열었다. 과거 화산파에 사로잡힌 재화 염승을 해치러 잠입했던 자객들. 그들은 철저히 함구한 채 죽었지만, 오래지 않아 석위강은 그들의 정체를 알 수 있었다.

"사귀라는 자들이었지. 십 년 전 정사대전 때도 그들은 곳곳에 출몰하며 정파의 요인들을 암살하곤 했었네. 우연히 나와 조우하여 내가 그들을 크게 물리쳤지만, 워낙 혼란한 지경의 싸움이었는지라 그만 그들을 놓치고 말았지. 그들은 분명 마교의 총단을 알고 있었을 텐데…

내가 너무 성급했어."

한수의 수하들이었던 사귀는 검절의 손에 죽었다. 아쉬운 일이었지만 이미 지나간 일.

"개방에서는 아직 소식이 없는 것입니까?"

언상의 물음에 석위강은 고개를 가로저었다. 마교의 총단을 알아냈더라면 당장이라도 달려가 건곤일척의 승부를 낼 수 있겠건만, 지금으로선 그들의 꼬리를 쫓는 것만도 어려운 상황이었다. 물론 그들이 대화를 나누고 있던 그 순간, 이미 수백의 군웅이 은밀히 파양호로 향하고 있었다는 사실을 알았다면 좋았겠지만, 아직은 개방 전서구의 날갯짓이 남경까지는 이르질 못한 상태였다.

"그래도 검절 어른께서 찾아와 주셔서 천군만마를 얻은 기분입니다."

"그런 소리 마시게. 자네의 모습을 보니 괜히 왔다 싶으니."

검절은 한눈에 철웅의 경지를 알아차릴 수 있었다. 화산에서 보았던 철웅은 이 자리에 없었다. 어떤 기연을 얻은 것인지는 모르지만, 지금 이 자리에 있는 사람은 절정의 문턱에 다다른 강호의 고수였다.

"한데, 정녕 뾰족한 방법은 없는 것인가? 언 제에게 들으니 마교의 음모에 병부의 상서가 개입되어 있다던데……."

"병부뿐이 아니지요. 금의위를 비롯한 상직위친군, 오군도독부 중 사군. 거의 대명 황실 전체를 상대로 싸워야 한다는 말이 맞을 겁니다."

천하에 두려운 자가 없다는 석위강이었지만, 언상의 말에는 질리지 않을 수 없었다.

"마교와 옥영진 모두 한 배를 탄 입장입니다. 옥영진이 사라지면 황세손께 진언을 드려 마교를 토벌할 수 있고, 마교가 사라지면 옥영진이 득세할 기회가 사라지니 그 틈을 노릴 수 있습니다. 두 곳 중 한 곳만이라도 무력화시키면 일이 수월하겠지만……."

어려운 일, 거의 불가능한 일이었다. 천하 각지의 움직임은 이미 지방 관현이나 몇몇 정도문파의 힘으로 어찌할 단계를 넘어서고 있었다. 총단을 찾아 마교의 수뇌부를 괴멸시키지 못하는 한, 이러한 민란은 끊이질 않을 것이다. 옥영진을 단죄하는 일도 마찬가지… 확실한 증거가 필요했다.

"현재로서는 마교의 총단을 찾아 괴멸시키거나 옥영진의 역모를 밝힐 수 있는 결정적 증거를 찾아내는 것밖에는 방법이 없습니다."

"일단은 도찰원에서 옥영진의 일거수일투족을 주시하고 있고, 개방에서 마교의 총단을 찾고 있으니 조만간 좋은 소식이 들리겠지요."

시간은 흐르고 있으나 그들은 아직도 뾰족한 방법을 찾아내지 못하고 있었다. 그렇게 허무한 시간이 흐르고 해가 조금씩 그 빛을 잃어가고 있을 때쯤, 철웅은 조용히 장원을 빠져나와 남경성으로 향했다.

가슴에 품은 주작홍기가 무겁게만 느껴졌으나 그의 발걸음은 그런 것에 아랑곳하지 않고 현무호를 향해 내디뎌지고 있었다.

*　　　*　　　*

"도대체 왜 아직 소식이 없는 것이냐?"

강자량의 나직한 목소리에 부복해 있던 수하가 고개를 조아렸다. 전서를 따르자면 이미 오전 무렵에는 도착하였어야 하거늘, 해가 지고 있는 이 시각까지도 소소를 데리고 오겠다던 고욱은 소식이 없었다. 강자량이 서 있는 곳은 현무호에 자리하고 있던 한 누각이었다. 그는 그 누각의 상층부에서 현무호를 내려다보며 일몰을 눈에 담고 있었다. 이미 총단에서 남경에 잠입시킨 백여 명의 무련군 중 절반이, 철웅이 오기를 기다리며 현무호 주위에 은잠해 있었다. 강자량은 철웅에게서 주작홍기를 빼앗아 무격들을 불러들임과 동시에, 좌사인 적유를 파멸시킬 이중의 계책을 꾸미곤 그가 오기를 기다리고 있었던 것이다.

'흠… 타초경사의 우를 범하지 않기 위해 위험을 무릅쓰고라도 소소라는 아이를 납치해 오라 시켰거늘……'

강자량의 이마에 작은 내가 생기고 있었다. 철웅이라는 자가 주작홍기와 연관된 것이 분명한 이상, 그의 손에서 확실히 그것을 빼앗아와야만 했다. 하나 그의 무위를 보건대 수하들만으로 어설피 덤벼들었다가는, 물건을 빼앗기는커녕 주작홍기와 함께 더 깊은 곳으로 숨어버릴지도 몰랐다. 또 그가 이 자리에 주작홍기를 가지고 나온다는 보장도 없었으니, 온전히 물건을 임수하려면 소소라는 아이가 필수적이었다. 하나 소소를 데리고 오기로 했던 고욱이 오질 않고 있으니, 이렇게 되면 자신이 직접 나서는 수밖에 없었다.

'귀찮게 되었군. 중요한 일이라 아랫것들에게만 맡길 수도 없는 일.'

결국 강자량은 자신이 직접 철웅을 만나야 한다는 결론에 도달했다. 그때 강자량의 곁으로 한 인영이 내려섰다.

"그자가 오고 있습니다."

사람들이 북적이던 대로를 따라 한 사내가 걸어오고 있었다. 강자량은 수하가 가리킨 그 사내를 보며 입가에 미소를 지었다.

'주작홍기를 얻는 일이니… 이 정도의 불편함은 내가 감수하도록 하지. 물론 주작홍기를 찾아온 대가는… 고통없는 죽음이다.'

강자량의 시선을 받고 있던 철웅은 약속했던 장소로 걸음을 옮기며 눈을 빛냈다.

'이 대로에만 나를 주시하고 있는 자가 열 명은 넘는다. 생각보다 위험이 크겠구나.'

철웅은 내심 긴장하고 있었지만, 그러한 속내를 겉으로 드러낼 만큼 경험이 적지 않았다. 현무호의 한편에 가 서 있자, 이내 한 사람이 다가와 말을 건넸다.

"좌사께서 보내서 왔소."

철웅은 자신에게 말을 건 사내를 보았다. 이제 갓 약관을 넘겼을까. 아직 경륜을 보이기엔 턱없어 보이는 청년 한 명이 자신을 향해 날카로운 눈빛을 보내고 있었다.

'수련이 적지 않군. 적어도 매화검수에 버금가는 고수.'

철웅은 사내를 바라보다 고개를 끄덕여 보이곤 그의 뒤를 따라 누각으로 올랐다. 하나 그곳에는 그가 바라는 인물은 자리하지 않았다.

"어서 오시오."

"귀하는 누구시오?"

철웅의 물음에 강자량이 가볍게 웃으며 답했다.

"나는 강자량이라는 사람이오. 편하게 우사라고 불리도 좋소."

철웅의 눈빛이 강자량의 눈빛과 어울리며 빛을 발했다. 그들은 서로를 읽고 있었다.

'우사… 내 아버지의 다른 이름.'

'…조철산이 패한 것도 무리는 아니었군.'

우사 강자량과 철웅의 첫 대면은 조용히 이루어지고 있었다. 하나 현무호 물결이 점차 거세어지며, 그들이 서 있던 누각의 지주를 세차게 흔들고 있었다. 마치 현무호를 붉게 물들일 그들의 쟁투를 두려워하는 듯.

*   *   *

"그럼… 적 대인이 아저씨에게 부탁하였다는 일이……."

소소는 조금씩 그 틈이 좁아지는 남경의 성문을 뒤로한 채 입을 열었다. 하나 패는 사방을 조심스레 살피며 입을 열지 않았다. 두 사람의 행색은 매우 평범하게 변해 있었다. 어디서 얻었는지, 소소는 얼굴을 천으로 가려 외모를 알아볼 수가 없었고, 패 역시 머리를 산발하여 진면목을 구별하기 어려웠다. 패가 입을 연 것은 인적이 뜸한 골목을 지나서였다.

"그분은 너에게 어떤 사람이더냐?"

뜬금없는 패의 질문에 소소는 쉽게 대답하지 못했다. 아니, 대답할 말은 많았지만 말로 표현하기가 어려웠다.

"그분은 너에 대해 커다란 책임을 느끼고 계신다. 네가 그곳에 끌려

간 것도 그분의 책임이라 느끼시고, 네가 말을 할 수 없… 었다는 것 역시."

패는 소소가 말을 할 수 있다는 것을 알고는 적지 않게 놀랐다. 그리고 그녀가 지금의 상황이나 철웅과 관련한 모든 것에 무지하다는 것 역시.

"그분은 결국 그것을 찾으신 모양이다. 그리고… 네가 온전히 좌사와 함께 있었다면, 지금쯤 너는 그분의 곁으로 돌아가 있었을지도 모르지."

패는 이미 고욱의 뒤를 밟으며 그들이 꾸미는 흉계를 알아차릴 수 있었다. 그들이 조철산을 죽인 장본인이며, 왜 소소를 납치하여 데려가려 하였는지. 그들, 우사 역시 주작홍기를 노리고 있는 것이었다.

"이곳은… 너무나 위험한 곳이다. 아직은 그분이 표면에 떠오르지 않고 있는 것 같다만, 너를 찾아 모습을 드러내게 되고 주작홍기를 지니고 있다는 것이 알려진다면… 필시 커다란 위험에 처하게 될 것이다."

"하지만… 아저씨가 그 주작홍기라는 것을 그 사람들에게 주어버리면……."

소소의 말에는 억울함과 안타까움이 배어 있었다. 물건을 찾아오라 해서 물건을 찾아주는데, 왜 위험하다는 것인지 모르겠다는 듯했다.

"너는 내가 왜 위험이 도사리는 이곳으로 너를 데려왔는지 아느냐?"

"……?"

앞서 가던 패의 걸음이 우뚝 멈추어 섰다. 그의 뒤를 따르던 소소가 걸음을 멈추고 패의 뒷모습을 바라보고 있었다. 한참을 말이 없던 패가 고개도 돌리지 않은 채 힘겹게 입을 열고 있었다.

"나는… 네가 그분의 곁으로 돌아가지 않길 바란다."

"……?!"

"너 스스로… 그분의 곁을 떠나거라."

소소의 놀란 눈동자가 패의 눈을 쫓았다. 하지만 패는 그녀의 시선을 외면하며 검게 물든 하늘만 바라보고 있었다. 그리고 그들과 그리 멀리 떨어져 있지 않은 곳에 있던 적유와 우중생의 시선 역시, 패가 바라보고 있던 야공에 닿아 있었다.

"그게 지금 무슨 말인가?"

적유의 놀람 가득한 반문에 순찰교령 혈마 우중생이 조용히 고개를 가로저었다. 무언가 어려운 이야기를 꺼내려는 듯 그의 표정은 어둡기만 하였다.

"끌고 와라."

우중생의 나직한 명에 한 사람의 인영이 끌려 들어와 바닥에 내팽개쳐졌다. 그를 바라보던 적유가 이내 놀라 눈을 크게 뜨곤 우중생을 향해 외쳤다.

"아니? 너는 추윤(秋潤)이 아니냐? 자네 이게 무슨 짓인가?"

바닥에 쓰러져 있던 사내는 분명 자신의 휘하에 있던 적랑대의 일원인 추윤이었다. 그리고 그런 추윤을 보고 놀라 소리쳤어야 할 만큼, 그의 몰골은 말이 아니었다. 지독한 고문을 받은 듯, 벗겨진 상체의 이곳저곳에서 피고름이 흐르고 있었고, 풀어진 동공에선 이지를 찾아볼 수가 없었다. 그런 추윤을 바라보던 우중생이 자리에서 일어나 그에게 다가가 말했다.

"네가 나에게 토설했던 것을, 한 글자도 다름이 없이 다시 말해 보아라."

적유는 추윤과 우중생을 번갈아 보며 당황해하고 있었다. 하나 벌어진 추윤의 입에서 나온 말에 비하자면 지금의 당혹스러움은 비할 바가 아니었다.

"끄, 끄음⋯ 대주를⋯ 암살한 것은⋯ 끄⋯ 고욱⋯ 부대주⋯⋯."

적유의 두 눈이 분노로 타올랐다. 그런 적유의 귓가로 우중생의 안타깝지만 냉정한 말이 들려오고 있었다.

"이자는 우연히 남경에서 잡아들인 자입니다. 형님의 호위대가 남경에 있는 것을 의심하고 있었는데, 조 대주가 죽었다는 소식을 듣고 혹시나 하여 미행을 시켰습니다. 이자가 우사와 내통하는 것을 확인하고 심문한 것인데⋯⋯."

우중생은 이미 오래전에 강자량의 행동을 수상히 여겨 남경에 들어와 있었다. 대계의 진행에서 우사가 교 외에서 할 일이 많지 않았음에도 남경에서 오랜 시간 머무는 것을 수상히 여겼기 때문이다.

"형님⋯ 아니, 좌사, 이것은 아우로서 드리는 말씀이 아니라 교의 순찰교령으로서 드리는 말씀입니다."

추윤을 노려보던 적유의 차가운 시선이 우중생에게 향했다. 우중생은 그런 적유의 노기 어린 시선을 마주하며 조심스레 입을 열었다.

"⋯주작홍기를 찾은 이유가 뭡니까?"

"⋯전대 우사가 죽은 후 사라진 주작홍기네. 나와 교주님이 지난 십수 년간 천하를 이 잡듯 뒤지며 그것을 찾아왔다는 것은 자네도 이미 알고 있지 않은가?"

"하면… 주작홍기를 찾았음에도 교에 알리지 않은 까닭은 무엇입니까?"

"……?!"

적유의 눈빛이 반문했다. 그 눈빛을 바라보던 우중생이 도리어 놀랄 정도의 반응이었다.

"주작홍기를 찾았단 말인가?!"

"…조 대주를 남경으로 보낸 이유가 장철웅에게서 주작홍기를 받아 오기 위함이 아닙니까? 그것을 우사가 알고 선수를……."

"잠깐!"

적유의 외침에 우중생이 입을 다물었다. 적유는 무엇인가를 골몰히 생각하다가 다급히 소리쳤다.

"지금 우사는 어디 있는가?!"

너무나 격앙된 목소리였기에, 우중생은 추윤을 끌고 왔던 수하를 바라보았다. 그 눈빛을 받은 수하가 급히 대답했다.

"우사의 위치는 알 수 없지만… 남경에 잠입했던 무련군의 일부가 급히 현무호로 이동하는 것을 확인했습니다."

우중생의 시선이 다시 적유에게 향한 순간, 그의 눈에는 적유의 흐릿한 잔영만 남아 있었다. 우중생은 속으로 혀를 차며 적유의 뒤를 따라 신형을 날렸다.

"도대체 무슨 일입니까? 어차피 이렇게 된 이상 우사가 주작홍기를 손에 넣더라도 상관없는 일 아닙니까?"

남경의 가옥들 위를 바람처럼 타 넘던 적유는, 옆에서 들려온 우중생의 전음에 답할 정신이 없었다.

'빙화가… 빙화가 위험해!'

우중생은 철웅의 정체를 모르고 있었고, 소소의 의미 역시 모르고 있었다. 적유는 대번에 일이 어찌 돌아가고 있는지를 깨달을 수 있었다. 소소… 빙화는 자신을 떠나간 것이 아니었다. 강자량에게 납치된 것이었다.

'이 씹어 먹을 종자, 갈아 마셔도 시원치 않을 개잡종 같은 놈. 감히 내 딸을…….'

모든 일의 아귀가 맞았다. 조철산이 죽고, 소소가 사라졌다. 그리고 주작홍기의 출현. 감히 자신의 딸을 이용해 철웅에게서 주작홍기를 빼앗으려는 속셈이 분명했고, 자신의 눈을 피해 그런 일을 꾸밀 수 있는 자는 오직 강자량뿐이었다. 적유는 신법을 극성으로 발휘하며 현무호를 향해 날아갔다. 너무나 빨라 사람의 곁을 스친다 해도 단지 바람으로만 느껴질 정도였음에도, 적유는 자신의 느린 발을 책망하고 있었다. 우사가 주작홍기를 손에 넣고 난 후 어떤 행동을 취할지가 눈앞에 선명히 그려지고 있었다.

'빙화에게 화가 닥친다면… 네놈의 뼈 한 조각, 피 한 방울도 남겨 놓지 않을 것이다.'

적유의 전신에서 뿜어지던 가공할 살기에, 백련 최고의 독심이라는 우중생마저 소름이 끼칠 만한 한기를 느껴야 했다. 그들의 시야에 니른 호수의 모습이 보이기 시작한 것은 바로 그때였다.

*　　　　*　　　　*

'넌 누구를 따르는 것이냐?'

패의 입술은 굳게 닫혀 있었다. 소소의 물음에는 아직도 답해주지 못하고 있었다. 그 자신의 중심이 이리 흔들리고 있는데, 소소의 마음에 세워진 단단한 믿음을 어찌 깨뜨릴 수 있을 것인가.

'나는 무격. 전장에 버려진 나와 마흔일곱의 촌부를 사지에서 이끌어내어 주신 그분을 위해 무격이 되었다. 단지 목숨의 구함 때문이었다면 지금 이 순간까지 그분의 수하임을 자처하지도 않는다.'

패의 눈에 선하게 떠오르는 이는 검은 갑주와 붉은 장포를 휘날리고 있었다. 북평대장군, 백련교의 우사 이정인은 그들을 어여삐 여기며 교리를 전하여주었고, 무격으로 선택되는 은혜를 내려주었다. 그렇게 십오 년을 전장에서 그의 그림자로 살았었다. 그리고 마지막……

'나는 대명의 장수로 죽을 것이다.'

단 한 번도 본 적이 없는 추상같은 엄명이었다. 그의 마지막 명으로 인해, 곁에서 그를 따르던 마흔여덟의 청수곡 출신 무격과 천하에 숨죽이며 그의 명이 내려지기만을 기다리던 수천 수만의 무격들이 침묵해야만 했다. 패는 그가 내린 마지막 명을 생생히 기억하고 있었지만, 그 명의 의미는 아직까지도 풀어내지 못하고 있었다.

'명 황실의 장수로 맞이한 죽음… 그것은 백련을 위한 희생이었습니까? 아니면 그 자리야말로 진정 당신이 원한 자리였던 것입니까?'

대답을 듣지 못했기에, 서릿발 같은 위엄에 감히 묻지도 못했기에… 지금 이 순간까지도 패는 마음의 결정을 내리지 못하고 있었다.

그의 아들을 따랐다. 죽은 우사와 너무나 닮은, 마치 그의 환생을 보는 듯하였기에 마흔여덟 명의 무격은 최면에라도 걸린 듯 그를 따랐다. 그는 그의 아비만큼 인자했고, 그의 아비만큼 용맹스러웠다. 마지막 남은 그의 혈육이 그를 가장 많이 닮아 있었다. 그러했기에… 그를 위해 목숨마저 버릴 수 있었다.

하나 그의 자식이 백련을 향해 검을 뽑아 든 지금, 패는 자신이 가야 할 길이 갈래로 나뉘어져 있음을 깨달았다.

'그분을 따라야 하는가… 교를 따라야 하는가…….'

패에게 있어 그는 또 하나의 우사이다. 그가 신명을 바쳐 따라야 할 주인이었고, 먼저 간 마흔일곱 형제의 목숨 값을 짊어지고 있는 사람이었다. 죽어야 한다면, 자신의 목숨 역시… 그를 위해 쓰여야만 했다. 하나 그 자신은 부정할 수 없는 백련의 무격이었다. 백련의 광영과 미륵의 재림을 준비해야 하는 백련의 한 조각. 지금의 그를 돕는 것은… 자신의 피로 신명을 맹약한 백련을 배신하는 일이었다. 어느 한쪽 중요치 않은 것이 없었고, 어느 하나도 쉽게 포기할 수 없었다.

'당신은… 우사의 아들로도 죽을 수 없고, 장수로도 죽을 수가 없겠지요?'

아비의 뿌리였던 백련을 거부했다. 그래서 스스로 기억을 지웠다. 아비가 역적이었음을 알기에 결코 군부로 되돌아가지도 않을 것이다. 그는 그런 사내니까.

"내가… 짐이 되는 건가요? 나 때문에… 아서씨가 위험해지는 건가요?"

소소의 목소리가 패의 정신을 흔들었다. 소소는 그의 대답을 기다리고 있었지만, 패는 고개조차 끄덕여 주지 못했다.

"내가… 무사하다는 것을 아저씨에게 전해주고… 그냥 이대로 고향으로 돌아간다면……."

"네가… 그분의 역린임을 아는 자가 너무 많다. 너는… 평생을 도망다녀야 할지도 모른다."

소소는 어찌 그럴 수 있느냐는 표정으로 패를 바라보았다. 패 역시 그 이유를 쉽게 대답해 주지 못했다. 주작홍기가 얼마나 위험한 물건인지.

"어쩌면… 너에게 있어 가장 안전한 곳은… 좌사의 곁인지도 모르겠구나."

총단에 들어 가장 놀란 일 두 가지가 교주의 죽음과 소소의 존재였다. 소소가 납치되었다고 들었기에 뇌옥부터 찾아보려 했었다. 한데 좌사에게 수양딸이 생겼다는 이야기가 그 발목을 붙들었다. 설마 했던 마음은 놀람을 넘어 경악으로 이어졌다. 죽은 좌사의 딸과 너무나 닮았다는 이야기를 귀에 못이 박힐 정도로 쉽게 들을 수 있었다. 좌사가 그녀에게 쏟은 애정의 흔적을 너무나 쉽게 찾을 수 있어, 조작된 것이 아닌가 의심스러울 정도였다. 하나 숨길 수 있는 것이 있고, 숨길 수 없는 것이 있다. 아비가 자식에게 보이는 애정은 숨길 수 없는 것 중의 하나다. 좌사가 그녀에게 무공마저 가르친다는 이야기를 들었을 때, 그것도 죽은 빙화가 익혔던 한빙장을 전수한다는 것을 알았을 땐, 소소의 정체를 알고 있던 패조차 적유의 진실을 받아들여야 했다. 그는 소소를 자식으로 여기고 있었다.

"좌사의 죽은 딸이 너와 닮았다고 하더구나. 그리고 너에게 보내는 애정 역시 각별한 듯하고……."

"나는 고향으로 돌아가야 해요! 아저씨가… 분명히… 흐흑."

소소는 결국 울음을 터뜨리고 말았다. 억울함과 설움에 북받친 흐느낌이었다. 자신의 의지 따위는 끼어들 틈도 없었다. 열여덟 소녀가 받아들이기에는 너무나 가혹한 조건들. 그녀가 세상에 의지할 수 있는 사람은 단 한 사람뿐이다. 이제 그 한 사람에게마저 돌아가선 안 된다고 한다.

"나도 백련교도다. 미륵의 강림을 준비하는 자이고… 주작홍기의 명 아래 사는 사람이다. 내가 모셨던 분… 그분의 아비였던 그분이 주작홍기를 세상에서 감춘 의미를 아느냐?"

소소는 흐느낌 속에서도 패를 바라보고 있었다. 주작홍기가 세상에서 사라진 가장 큰 이유. 노예가 되면서까지 침묵해야 했고, 다시 만난 그에게조차 차마 전할 수 없었던 그 이유. 그는 그 이유를 소소에게 털어놓고 있었다.

"미륵은 강림하시는 존재다. 그분은 인간의 힘으로 그것을 준비하는 것이, 난세를 만들고 천하에 백련의 깃발을 꽂는 것이 용화세계를 뜻함이 아니라 했다. 용화세계는… 미륵이 강림하신 곳이지, 백련이 위세를 떨치는 곳이 아니라고 하셨다."

소소의 흐느낌은 어느새 잦아들었다. 이미 백련의 총단에서 한 달이상 생활해 온 소소였기에, 그들의 교리를 어느 정도는 알고 있었다. 미륵의 강림, 용화세계의 건실이야말로 백련의 목표라는 깃을 들어 일고 있었기에 패의 말에 귀를 기울이지 않을 수 없었다.

"그분은 백련의 행보에 실망하고 계셨다. 미륵을 찬양하는 대신 검을 들고, 교리를 포교하는 대신 힘을 기르던 당시의 백련에 회의를 느끼고 계셨다. 그분 스스로도 백련의 우사라는 중임을 맡고 계셨기에 교의 행보에 직접 반대할 수는 없었지만, 수천의 무격들을 양성하고 지도하는 그분 스스로도 그러한 움직임에 동감하지 못하고 계셨다."

그들은 천천히 걷고 있었다. 어두움을 따라 걷는 패의 어깨에 지난 날의 과거가 덧씌워져 더욱 어둡게 만들고 있었다.

"결국 백련과 은밀히 연수하고 있던 옥영진이 그분에게 역적의 누명을 덧씌웠다. 교에서 사주된 것은 아니었지만, 그분은 그것을 덤덤히 받아들이셨다. 그리고 당신의 죽음과 함께 주작홍기도 함께 가져가셨다."

'당신은 그것이 백련을 위한 길이라 생각하셨겠지요. 아니… 천하를 위한 일이라고 여기셨음이 맞겠지요.'

백련의 우사… 하나 그는 북평대장군의 이름으로 죽었다. 백련의 신물 주작홍기와 함께. 그는 진정 대명제국을 아꼈던 사람이다. 오랑캐의 손에 신음하던 민족을 위해 칼을 뽑았고, 그의 평생을 바쳐 새로운 제국의 안정에 힘썼다. 그것은 황실을 위함도 아니었고, 백련을 위함도 아니었다. 천하를 위함이었다. 미륵이 강림하시어 용화세계가 이루어지려면 천하의 대혼란이 일어야 하지만, 백련의 우사였던 그는 그러한 혼란을 막고자 평생을 전장에서 살아야 했다. 그것이 그의 삶이었다.

패와 소소의 곁으로 한 무리의 사람들이 지나고 다시 이야기는 이어졌다.

"네가 그분에게 돌아가선 안 되는 이유… 그것은 주작홍기가 영원히 사라지길 바라는 그분의 유지를 따름이다. 그리고… 천하가 피로 물들기를 바라지 않기 때문이다. 그분이… 다시 전장으로 돌아가기를 원치 않기 때문이다……."

패는 결국 자산이 가야 할 길을 결정했다.

'미륵을 강림시키고자 세상을 피로 물들이는 계획 따위는 따를 수가 없다. 그것이 그분의 뜻이고… 나의 뜻이다.'

어쩌면 철웅과 만났을 때부터 그의 운명은 정해진 것인지 몰랐다. 스스로 백련의 노예임을 자처했지만, 그는 그의 비밀을 무덤까지 가져가지 못했다. 철웅의 과거와 우사의 존재를 밝혔을 때, 이미 그때부터 그의 마음은 흔들리고 있었던 것이다. 이제 흔들리던 마음이 갈피를 잡았다. 길이 정해지자 해야 할 일도 분명해졌다.

"내가 모시던 분… 네가 아저씨라 부르는 그분은 위험을 자처하고 계신다. 백련의 칼날에 정면으로 맞서고 있다. 십중팔구 커다란 위기를 겪게 될 것이다."

"차라리 그 주작홍기라는 것을 없애 버리면……."

그녀의 목소리에선 생기를 느낄 수 없었다. 이젠 소리칠 기력도 없는 모양이다. 흐르던 눈물에 기력이 빠져나간 것이 아니라, 숨 쉬기 어려울 만큼 두려운 상황에 지쳐 가고 있는 소소였다.

"주작홍기가 사라지면… 무격들은 백련으로 복귀하여야만 한다. 또 다른 신명을 받기 위해……."

주작홍기의 부재와 파괴는 그 의미가 다르듯 결과도 다르다. 주작홍기가 파괴된다면… 아마 또 다른 신물로 그 명을 대체할 것이 분명했다. 그렇게 되면 무격들은 우사 강자량이나 소교주 한수의 검이 될 것이다. 그분의 뜻과 어긋나는 일이었다.

"주작홍기의 봉인은 너로 인해 깨어진 것이다. 그리고 그 책임으로 인해 그분이 주작홍기의 봉인으로 남아야 한다. 또다시 그 봉인을 깨뜨리지 않으려면… 네가 그의 약점으로 남아서는 안 된다. 가장 좋은 방법은 네가 죽거나… 스스로 그의 곁을 떠나는 것이다. 모든 인연을 끊고……."

소소의 뺨에선 또다시 눈물이 흘러내리고 있었다. 패가 다 하지 못한 뒷말이 소소의 귓전을 맴돌고 있는 것 같았다.

'…그와의 인연을 완전히 끊으려면… 좌사의 딸이 되거라……'

때마침 불어온 바람이 소소의 눈물을 훔치고 지나갔다. 은은히 느껴지는 비릿한 물의 내음이 코끝을 간질렸지만, 달빛을 조각내던 현무호의 모습은 줄지은 담장들에 가려 아직 보이지 않았다.

*　　　*　　　*

철웅은 기감이 예민했다. 아니, 기감이라고만 할 수도 없었다. 전장의 사선을 넘으며 조금씩 눈을 뜬 또 다른 감각, 자신에게 닥칠 위험과 주변의 존재를 감지하는 능력은 내공이 없었던 때에도 이미 일류고수의 그것을 능가했다. 진기가 그의 혈맥을 끊임없이 질주하고 있는 지금, 그의 이목을 벗어날 수 있는 존재는 거의 없었다.

'은밀히 내실을 포위하고 있는 자가 열, 누각 밖에 대기하는 자가 서른… 근 오십 명의 일류고수라……'

산해진미가 차려진 내실의 탁자. 철웅은 눈으로는 강자량을 마주하면서, 암암리에 주변의 기운들을 감지하고 있었다. 먼저 입을 연 것은 강자량이었다.

"본 교의 중요한 물건을 가지고 계신다 들었소. 돌려주시길 바라오."

강자량의 목소리에선 적의를 찾아볼 수가 없었다. 하나 그의 등 뒤에 시립해 있던 열 명의 무련군 청년 고수는, 바늘 끝같이 예리한 시선으로 철웅의 일거수일투족을 주시하고 있었다.

"좌사는 어디 있소?"

열 개의 예리한 시선만으로 그를 위압하기엔 역부족이었다. 철웅은 강자량을 바라보며 차갑게 말했다.

"좌사는 중요한 일이 있어 내가 대신 오게 되었소."

"……."

"물건은 어디 있소?"

"소소는 어디 있소?"

강자량의 말에 철웅이 반문했다. 예정대로 되었더라면 자신의 신호에 수하들이 계집을 끌고 나왔겠지만, 계집을 데려오겠다던 수하는 소식이 끊긴 지 오래였다. 그렇다고 곧이곧대로 그런 사실을 밝힐 수는 없는 일.

"물건을 확인하고 아이를 풀어드리리다."

강자량의 말에 철웅이 눈빛을 굳혔다. 하나 강자량은 그런 그의 눈을 웃어넘기고 있었다.

'제 발로 호굴에 들어왔으니 호랑이의 말을 따라야지.'

그런 강자량의 자신감이 철웅의 미간을 찌푸리게 만들었다. 적반하

장. 더 말을 섞을 필요가 없었다.

"좌사를 만나야겠소."

"그럴 필요 없소. 그대는 본 교의 물건만 돌려주면 되는 일."

"더 이야기할 것이 없군."

철웅은 자리를 박차고 일어섰다. 그가 움직이자 강자량의 뒤에 서 있던 열 명의 청년이 검으로 손을 가져갔다. 하나 강자량의 손짓에 제지되었다.

"아이가 어찌 되어도 좋다는 뜻인가?"

"……."

철웅은 일어선 자세 그대로 강자량을 쏘아보았다. 하나 그의 발길은 그 자리를 떠나지 못하고 있었다.

"아이는 안전한 곳에 있다. 물건만 돌려준다면 데리고 있으라 해도 돌려줄 터."

"…하루의 시간을 주겠다."

"……?"

강자량의 얼굴에서 미소가 걷혔다. 그리고 철웅의 한마디가 그의 얼굴에 노기를 그려 넣었다.

"내일 이 시간까지, 소소를 이 자리에 데리고 나와라. 그렇지 않으면… 한 줌의 재로 변한 주작홍기를 보게 될 것이다……."

철웅은 그의 대답도 듣지 않은 채 뒤돌아 걸음을 옮겼다. 하나 어느새 나타난 청년들이 그의 앞을 막아서고 있었고, 그의 뒤에서는 강자량의 비웃음이 들려오고 있었다.

"배짱 한번 두둑하구나. 하나 주작홍기를 기다리는 데에는 하루의 시간도 아까우니, 대신 네놈을 사로잡아 토설시키는 것이 나을 것 같구나."

철웅은 상대가 이렇게 나올 것이라 짐작하고 있었다. 좌사를 대신해 우사가 나온 순간, 이미 일이 틀어졌음을 인지하고 있었다. 소소가 보이지 않음에는 더 머무를 이유조차 찾지 못했다. 그리고… 예상대로 그들은 자신의 앞을 가로막고 있었다.

"네놈은 애초에 주작홍기를 원한 것이 아니었구나."

철웅의 말에 강자량이 웃으며 답해주었다.

"물론 주작홍기가 필요하긴 하지. 하나… 내가 갖지 못할 바에야, 누구도 가져선 안 되는 물건이기도 하다."

"…이 일은 좌사가 모르고 있겠군."

철웅의 말에 강자량의 표정이 다시금 굳어졌다. 감히 자신의 앞에서 좌사를 논하다니.

"…잡아라."

강자량의 말이 떨어지기 무섭게, 철웅의 앞을 가로막고 서 있던 청년들의 검이 철웅을 향했다.

채챙!

철웅의 허리에서 묵빛 섬광이 번쩍이며 청년들의 검을 뿌리쳤다. 청년들의 검에 실린 기세가 예사롭지 않았다. 능히 일류라 손꼽힐 만한 놀림이었고, 수련의 깊이를 느낄 수 있는 힘이 느껴지고 있었다.

'어린 나이들이건만 검의 예기가 살갗을 찌르는 듯하다.'

철웅은 열 자루의 검을 상대하며 연신 뒤로 밀렸다. 하나 자세히 보면 그의 신법이 신묘하기 이를 데 없어, 실제로는 철웅이 그들을 맞아 그리 어렵지 않게 대처하고 있음을 알 수 있었다. 몇 명의 사내들이 이를 느끼곤 전면에서 빠져나와 그의 배후를 차단했다. 철웅은 등 뒤에서 느껴지는 살기에 긴장하며 전면의 사내들과 거리를 벌렸다.

"차아합!"

철웅은 잠시 느슨해진 배후의 사내들을 노렸다. 두 명의 사내가 철웅의 공세에 뒷걸음을 쳤고, 이내 좌우로 벌어지며 빠져나갈 틈이 생겼다. 하나 철웅이 몸을 날리려던 그곳에 강자량이 서 있었다.

"제법이다만 잔재주는 여기까지다!"

강자량의 우수에서 벼락같은 일장이 뿜어져 나왔다. 철웅은 그 기세에 감히 태만하지 못하고 검을 들어 강자량의 장력에 맞섰다.

쿠궁!

"허억!"

내력이 실린 검이 가까스로 강자량의 장력을 막았지만, 그 위력에 밀린 철웅이 두어 걸음을 밀리고 말았다. 강자량은 자신의 장력에 철웅이 두 걸음밖에 밀리지 않은 것에 놀랐다. 하지만 철웅이 맞서고 있던 상대는 강자량뿐이 아니었다.

"크윽!"

강자량에게 밀린 철웅의 뒤에는 여덟 명의 사내가 검을 들고 기회를 노리고 있었다. 다급히 검을 휘둘러 그들의 공격을 막았지만, 결국 철웅은 어깨에 일검을 허락하고 말았다.

"비켜라!"

철웅은 어깨를 지혈할 생각도 못한 채, 사납게 검을 휘두르며 사내들을 몰아갔다. 그 기운이 어찌나 매섭던지 일류라 불릴 만한 무공을 지닌 사내들 여덟이 단숨에 뒤로 밀리고 말았고, 그 틈을 탄 철웅이 다급히 누각 밖으로 몸을 날렸다.

"쫓아라!"

강자량의 호통에 사내들이 다급히 누각 밖으로 신형을 날렸다. 강자량도 그들의 뒤를 따라 몸을 날렸고, 현무호 변의 가옥들을 타 넘던 철웅의 뒤에 무련군의 수십 그림자가 따라붙는 것을 확인했다.

'주작홍기를 얻지 못할 바에야 죽어서라도 입을 막아야 한다.'

강자량의 눈이 살기로 번들거리고 있었다. 철웅의 뒤를 쫓던 오십 명의 무련군이라면 자신조차 쉽게 상대할 수 없을 전력이었지만, 강자량은 이내 그들의 뒤를 따라 신형을 날렸다. 죽음을 내리는 것은 그들일지라도, 죽음을 확인하는 것은 자신이 해야만 했다.

철웅이 다시 그들과 대치한 곳은 인가를 조금 벗어난 현무호 변이었다. 오십 대 일의 싸움. 철웅은 절로 긴장됨을 느꼈다.

'하나같이 수련을 제대로 겪은 자들이다. 또한 이들의 뒤에는 강자량이 있다. 이들만으로도 벅찬 싸움…….'

소소를 찾아야 한다는 생각에 너무 성급히 행동한 것이 화근이라 자책했다. 하나 그로서는 선택의 여지가 없었다. 상황은 급박했고, 지금이 아니면 소소를 찾을 시간이 없었다.

'어차피 이렇게 된 이상, 어떻게든 빠져나가야만 한다.'

철웅은 검을 거뒀다. 그의 돌연한 행동에 무련군 사내들이 흠칫했지만, 그의 손에서 맞추어지는 창을 보고는 전신에 긴장을 더했다.

철커덕.

철웅의 손에 창이 들렸다. 실로 오랜만에 잡아보는 창. 철웅은 잠시 잊고 있었던 전장의 숨결을 느낄 수 있었다.

'싸워야 한다면 이겨야 한다. 살아야 한다면… 죽여야 한다.'

철웅의 눈에 살기가 어리기 시작했고, 그 기운을 따라 그의 손에 들려 있던 팔 척 장창에도 은은한 기운이 어리고 있었다. 그들의 대치는 교교한 달빛과 어우러져 기묘한 정적을 만들어내고 있었다.

'강호의 삶에 젖어 내가 누구인지를 잊고 있었구나.'

철웅은 손끝에서 이는 느낌에 흥분하고 있었고, 전장의 기억을 상기시키며 스스로를 달구어가고 있었다.

"마지막으로 기회를 주마. 주작홍기는 어디 있느냐?"

강자량의 목소리가 들렸지만 철웅은 그를 바라보지 않았다. 물음에 대답도 하지 않았다. 강자량 역시 두 번 묻지 않았다. 대신 그의 눈짓을 받은 무련군 사내들이 철웅을 향해 쇄도했다.

"차아앗!"

너른 호변을 가득 메운 사내들이 철웅을 둘러싼 채 검을 휘둘렀다. 새파란 검기를 머금은 검이 휘둘릴 때마다, 소스라치는 파공성이 귓전을 때렸다. 두 명의 사내가 철웅의 전면으로 달려들었고, 그의 좌우와 배후에서도 대여섯 명의 사내가 동시에 검기를 뿌렸다.

"허업!"

철웅은 외마디 호흡과 함께 창을 휘둘렀다. 창을 좌우로 휘둘러 전면을 가로지르던 두 자루 검을 튕겨내고, 좌측의 검은 창날로, 우측의 검은 창끝으로 밀어 쳐냈다. 목전까지 다다른 배후의 검들이 철웅의 몸을 난자할 듯 보였으나 사선으로 몸을 틀며 쳐낸 철웅의 창이 그들의 검을 크게 쳐올렸다. 여섯 사내가 물러서자 다시 일곱의 사내가 달려들었다. 제아무리 인원이 많다 해도 일거에 달려들 수 있는 사람의 수는 한정되어 있는 법. 철웅은 창이라는 장병기의 장점을 살려 그들이 미처 다가서기도 전에 공세를 무마시키고 있었다. 오십의 사내가 그를 포위하고 있었지만, 단숨에 승부가 날 기미는 보이지 않고 있었다.

"모두 물러서라!"

보다 못한 강자량이 포위망을 뛰어넘으며 연달아 삼 장을 떨쳐 냈다. 사내들이 다급히 물러남과 동시에 철웅의 면전으로 강자량의 장세가 쇄도했다. 하나 철웅은 창끝을 굳게 잡고 창을 휘둘렀다. 철웅이 쏟아 붓는 내력에 창신이 웅웅거리며 떨고 있었고, 그 묵직한 울림만큼 단단해진 창의 위력에 강자량의 장세가 허공에서 파훼되고 있었다.

퍼펑!

자신의 장세가 흩어져 버렸음에도 강자량의 얼굴엔 미소가 지워지지 않고 있었다. 바닥에 발을 딛자마자 강자량이 양손을 교차하며 다시 장력을 준비했다. 미처 달려들지 못한 철웅이 그의 공세에 대비하며 내력을 북돋았다.

구르릉!

강자량의 장심에서 강대한 기운이 뿜어져 나왔다. 이전의 장세와는 비교기 안 될 정도의 강맹한 장력, 철웅은 감히 자만치 못하고 창을 휘둘러 장력에 맞섰다. 장세를 가르듯 창을 내려친 탓에 철웅의 창이 크게 휘었지만, 폭음과 함께 장력을 막은 창은 부러질 듯 휘며 튕겨져 나갔다.

"크윽!!"

철웅은 세 걸음이나 밀리고 나서야 중심을 잡을 수 있었다. 그의 손아귀에선 피가 흐르고 있었고, 안색은 창백해져 있었다. 강자량의 장력은 지고한 것이었다. 하나 철웅은 숨 고를 틈도 없었다. 물러섬과 동시에 달려든 강자량의 제이, 제삼의 장세가 그를 향해 날아들고 있었기 때문이다. 다급히 발출된 장력인 탓인지 이전보다는 수월히 막을 수 있었지만, 내부가 흔들린 철웅이었기에 장력과 부딪칠 때마다 고통에 이를 악다물어야 했다. 강자량은 진기가 끊기지도 않는 듯 연달아 장력을 발출하고 있었다. 벌써 세 번째에 이어 네 번째의 장력이 그의 손을 통해 날아들고 있었다. 한데,

쿠궁!

"허억!"

거의 동시다시피 날아든 두 개의 장력 중 하나가 철웅의 발치를 향해 떨어졌다. 미처 막지 못한 그 장력은 철웅의 발 앞에 떨어지며 큰 폭발을 일으키고 있었다. 순식간에 철웅의 시야가 날아오른 파편들로 인해 가려지고 있었다. 철웅은 아차 싶은 마음에 긴장하며 창을 앞으로 끌어당겼지만, 어느새 다가온 강자량의 장심이 철웅의 창대에 닿아 있었다.

"타핫!"

퍼펑!

강자량은 일말의 사정도 남기지 않고 장력을 발출했고, 너무나 갑작스러운 공격에 당한 철웅이 삼 장여나 날아가 호변을 뒹굴고 있었다.

"컥… 쿨럭."

바닥을 뒹굴던 철웅이 다급히 신형을 일으켜 세웠다. 하나 몇 번 비틀거리던 그의 입에서 기어이 한 모금의 피가 토해지고 말았다. 내상. 검붉은 피를 보니 장기가 상한 것 같기도 했다. 어지러움을 참으며 간신히 중심을 잡았지만, 강자량의 손속엔 아량이라는 것이 없었다. 어느새 거리를 좁힌 강자량의 손엔 또다시 장세가 발출되려 하고 있었다. 철웅은 구역질이 치미는 것을 참으며 다급히 창을 들었다. 일 장 앞까지 다가선 강자량의 장심에서 장력이 발출되었지만, 이번에는 철웅도 그것을 온전히 맞받지 않았다.

퍼펑!

몸을 회전시키며 장력을 피해낸 철웅이, 오히려 바닥을 차며 강자량에게 달려들었다. 날카로운 예기를 품은 창날이 달려들자, 감히 강자량도 방심치 못하고 몸을 틀어 공격을 피했다. 하나 철웅의 창은 집요하게 강자량을 몰아쳤다. 장력을 발출할 여유가 없었으니, 강자량은 연신 그의 창을 피하며 뒷걸음질을 쳤다.

태탱!

그런 철웅의 창을 막아선 것은 주위에 있던 무련군 사내들이었다. 단숨에 달려온 네 명의 사내가 철웅의 창을 막아섰고, 그의 주위로는 또다시 포위망이 형성되고 있었다. 철웅은 창을 크게 휘둘러 그들과 거리를 넓힌 후에야 비로소 숨을 고를 수 있었다. 그의 입가로는 가는 핏줄기가 그어져 있었지만, 손을 들어 닦을 여유도 없는 상황이었다. 강자량 역시 조금 멀리 떨어져 내부를 진정시키는 모양이었다. 단숨에 그 많은 장력을 쏟아 부었으니 제아무리 절정고수라 하더라도 진기가 고갈되지 않을 수 없었을 것이다.

'허억… 허억… 살아 돌아가는 것도… 쉽지는 않겠군.'

숨을 고르던 철웅의 입가에 가는 미소가 그려지고 있었다. 절체절명의 순간임에도 철웅은 웃고 있었다. 그를 바라보던 무련군 사내들은 그 미소에 섬뜩함을 느끼곤 들고 있던 검을 힘주어 잡았다.

그들이 격전을 벌이던 곳에서 조금 떨어진 작은 언덕. 철웅을 바라보던 소소의 두 눈은 절망으로 어두워져 있었다.

"아저씨가… 아저씨가……."

철웅이 강자량의 일장에 바닥을 굴렀을 때, 다급히 패가 제지하지 않았다면 소소의 비명 소리가 온 호변을 깨웠을지도 모른다. 철웅의 악전고투를 바라보던 소소의 눈에선 끊임없이 눈물이 흐르고 있었다. 고통스럽기는 패도 마찬가지였는지, 철웅을 바라보던 그의 두 주먹은 굳게 쥐어져 있었다.

"가서 아저씨를 도와줘야 해요. 저러다 아저씨 죽어요……."

소소가 발을 구르며 흐느꼈지만, 패는 입을 굳게 다문 채 전장을 바라볼 뿐이었다.

'우사는 구마, 좌사, 신녀궁주와 더불어 백련십이강에 드는 강자다. 이대로는…….'

패는 철웅의 죽음을 예감하고 있었다. 오십 명의 일류고수에게 둘러싸인 것만 해도 승패를 점치기 어려운데, 절정의 고수인 강자량까지 합세해 있으니 철웅의 죽음은 예견된 것이나 다름없었다. 자신이 나서 철웅의 목숨을 구할 수만 있다면, 백 번 천 번이라도 그럴 수 있었다. 지금은 나설 때가 아니라 방법을 찾아야 했다.

'아저씨…….'

소소는 철웅의 피 흘리는 모습을 보며 패의 이야기를 떠올리고 있었다.

'너 스스로 그분의 곁을 떠나라.'

자신이 아니었다면 그는 청수곡을 나오지도 않았을 것이다. 화산과 인연을 맺을 일도 없었을 것이고, 강호에 뛰어들지 않았을 수도 있다. 모든 것이 자신으로 인해 벌어진 일 같았다.

'난 아저씨가 필요한데… 아저씨에겐 내가 필요하지 않은 걸까? 나는 아저씨에게 짐일 뿐일까?'

당장이라도 달려가 철웅을 감싸 안고 싶었다. 하지만 다리가 떨리고 눈물이 앞을 가려 그럴 수도 없었다. 자신이 나약하다는 것이, 다른 이에게 짐이 된다는 것이 서럽고 화가 났다. 차라리 이대로 죽어버린다면, 철웅이 보는 앞에서 죽어버린다면, 그래서 저 사람이 조금 더 자유로워질 수 있다면 그래도 좋을 것 같았다.

'제발 달아나요… 살아나요… 그러면… 그렇게만 된다면…….'

소소는 빌었다. 제발 그가 무사하기만을 빌고 또 빌었다. 그리고 그 기도에 대한 답이 현무호 변에 떨어져 내리고 있었다.

第七十八章
아저씨,
그동안 고마웠어요

아저씨, 그동안 고마웠어요

아저씨가 보내는 게 아니라 내가… 가는 거예요

짧은 운기조식을 마친 강자량이 눈을 떴을 때, 이미 싸움은 난전으로 치닫고 있었다. 철웅의 몸 여기저기에 크고 작은 자상이 새겨져 있었고, 그의 주위로는 십여 구의 시신이 널브러져 있었다.

'놈… 많이 지쳤구나.'

강자량의 시선에 잡힌 철웅은 피와 땀으로 흠뻑 젖어 있었다. 창의 움직임은 눈에 띄게 둔감해져 있었으나 그럼에도 그를 포위하고 있던 무련군 사내들은 쉽게 다가서질 못하고 있었다.

푹!

"허엉!"

또 한 사내가 철웅의 창을 미처 피하지 못하고 복부가 꿰뚫렸다. 하나 그렇게 한 사내의 목숨을 취할 때마다, 철웅의 몸에는 하나 또는 두 개의 자상이 새겨지고 있었다. 철웅은 이미 서 있기조차 버거운 상태였다.

'이제… 끝인가……'

오십 대 일의 싸움. 그것도 강자량으로 인해 내상까지 입은 몸으로 근 이각 가까이 악전고투를 펼쳤다. 열여섯의 목숨을 취했지만, 이제 그에게 남은 것은 한 올의 진기와 전장의 독기뿐이었다. 그의 두 눈엔 새파란 독기가 살기와 함께 어우러져 있었다. 그의 목을 노리던 사내들이 그의 기세에 질려 쉽게 다가서진 못하고 있었지만, 그것도 이미 한계에 다다른 것 같았다. 강자량이 다가서고 있었다.

"용케 버티고 있었구나. 하나… 죽어야 할 시간이다."

강자량의 장심엔 어느새 장력이 어리고 있었다. 제법 긴 시간 운기조식을 한 까닭인지, 처음의 장세와 비교해 그리 못해 보이지 않는 모습이었다. 철웅의 서늘한 두 눈이 그런 강자량을 노려보고 있었다. 강자량은 그의 눈빛에 내심 섬뜩함을 느꼈지만, 오히려 그런 철웅을 향해 더욱 사납게 으르렁거렸다.

"네 눈빛… 기억하겠다."

강자량의 입가에 살기가 어렸다. 이젠 정말 손가락 하나 까딱하기 힘들었다. 강자량의 장심이 자신의 머리를 노리고 있음에도 철웅은 그저 장심이 뚫어져라 노려보는 것이 전부였다. 강자량의 장심이 떨리는 그 순간, 사신이 철웅의 어깨에 내려앉는 듯 보였다. 하나,

"허업?!"

강자량은 자신을 향해 날아오는 날카로운 예기에 놀라 팔을 휘두르고 말았다.

펑!

"크아악!!"

방향이 뒤틀린 장력이 철웅의 뒤편에 서 있던 무련군 사내의 가슴을 함몰시켜 버렸다. 강자량은 자신을 놀라게 한 예기의 정체에 다시 한 번 놀라고 있었다. 강자량의 발 한 치 앞에는 어느새 길고 가는 선이 그어져 있었다. 그리고 그 선을 따라 움직이던 그의 시선에 한 노인의 모습이 잡히고 있었다.

"…검절……."

그들을 향해 무거운 걸음으로 다가오는 노인. 팔 척 거구에 백염을 휘날리며 호변을 향해 다가오던 노인은 다름 아닌 검절 석위강이었다.

"…파검의 검을 시험하는 자는 내 검을 시험하는 것이라 했었다."

검절의 공언. 이미 강호에 몸을 담고 있는 자라면 누구나 알고 있는 광오한 선언이었다. 다가서던 검절의 몸에선 가공할 만한 기세가 뿜어져 나오고 있었다.

"헛소리!"

이를 악다물던 강자량이 다시금 예의 장력을 석위강에게 발출했다. 엄청난 굉음과 함께 날아가는 강자량의 장세. 하나 놀랍게도 석위강의 평범한 일검에 갈라지고 있었다.

퍼펑!

강자량의 입이 볼썽사납게 벌어져 있었다. 자신의 장세가 파훼되었다는 것에 놀란 것이 아니다. 장세를 가른 석위강의 한 수. 갈라진 장세가 그대로 양단되며 석위강의 뒤편에 두 개의 구덩이를 만들어냈다.

'예기가 기세를 앞섰다! 너무나 날카로워 나의 장력이 상충할 틈도

만들지 않았다.'

두 개의 서로 다른 성질의 기운이 만나면 대부분 폭발이라는 형태로 나타나게 된다. 특히나 강자량 정도의 절정고수의 장력이나 검기는 웬만한 화탄만큼 폭발이 상당하다. 한데 석위강의 검은 그러한 상식을 뒤엎고 강자량의 장세를 폭발 없이 갈라내어 버렸다.

'혹시… 검… 강?'

강자량은 자신의 황당한 생각에 고개를 저어버렸다. 검강은 설화 속에서나 나올 법한 이름이었다. 기운으로 만든 검. 세상에 자르지 못하는 것이 없다는 궁극의 이름이 바로 검강이었다. 강자량은 전신을 부르르 떨며 수하들에게 소리쳤다.

"저자를 쳐라!"

주춤하던 무련군 사내들이 일시에 검을 들고 솟구쳐 올랐다. 석위강은 무심히 눈을 들어 자신에게 날아오는 부나방들을 바라보았다. 그리고 천천히 검을 들어 그들을 겨누었다.

"마교도들이라면… 얼마든지……."

석위강의 신형이 무련군들 속으로 파묻혔다. 강자량은 그들의 어울림을 바라보곤 다시 눈을 돌려 철웅을 찾았다. 철웅은 창으로 몸을 지탱한 채 한쪽 무릎을 꿇고 있었다. 손가락 하나로도 죽일 수 있는 상황. 강자량은 바닥에 떨어져 있던 검 하나를 들고 철웅에게 향했다.

"주작홍기와 함께… 사라져라……."

철웅은 그의 목소리에 이를 악물었지만, 지친 몸을 가누는 것만도 쉽지 않았다. 죽음은 어느새 그의 곁에 다가와 있었다. 강자량의 검이 허공으로 치솟았다. 그리고 잠시의 여유도 없이 철웅의 숙여진 목을 향해 내려쳐지고 있었다.

챙!

강자량은 자신의 검을 쳐냈다는 사실보다 갑자기 나타난 기척에 놀라고 있었다. 자신의 이목을 속이고 지척까지 다가온 그것이 가까스로 철웅의 목숨을 구한 것이었다.

"네놈은 또 누구냐?!"

강자량은 한 발 물러서 그를 바라보았다. 패는 그런 강자량을 노려보며 말이 없었다. 강자량은 한눈에 상대가 자신보다 하수임을 알 수 있었다. 자라 보고 놀란 가슴 솥뚜껑 보고 놀란다더니, 갑작스런 석위강의 출현에 놀란 탓에 패의 등장에도 필요 이상의 경계를 하고 있었다.

"감히 내 일을 방해하다니……."

강자량의 노기가 머리끝까지 치솟아오르고 있었다. 패는 온몸을 긴장시키고 철웅의 앞을 가로막으며 검을 들었다. 상대는 백련의 우사. 자신이 일검을 막을 수 있을지도 의문이었다. 하나 이대로 물러설 수는 없는 일.

"일어나십시오……."

패는 고개도 돌리지 못하고 있는 철웅을 불렀다. 하나 그의 뒤에 있던 철웅은 일어나지 못하고 있었다.

"어서 일어나십시오! 여기서 이렇게 개죽음을 당하려고 그 고통을 다시 감내한 것입니까?!"

패의 다급한, 그리고 악에 북받친 목소리가 호변으로 퍼져 나갔지만, 그가 원하던 움직임은 일어나지 않았다. 패는 자신을 향해 다가서는 강자량을 바라보고 있었다. 아쉽지만 자신의 모진 생도 여기서 끝인 듯했다.

"제발 일어나십시오… 달아나는 시늉이라도 하란 말입니다… 당신이 등이라도 돌려야… 나도 편히 눈을 감을 것 아닙니까……."

철웅이 그의 목소리를 듣고 있는 것인지조차 알 수 없었다. 패는 절망했다. 하나 체념의 한쪽에선 차라리 잘되었다 속삭이고 있었다.

'그래… 그분의 뜻대로… 이렇게 주작홍기가 영원히 사라지는 것도 괜찮겠지. 이제 당신마저 죽고 나면… 주작홍기를 찾을 방법 따위는 영영 사라지고 마는 것이니… 후… 이제사 따르게 되는군요. 그래도… 할 도리는 다하고 갑니다. 형제들…….'

패의 눈에 보이는 것은 강자량의 일그러진 얼굴이 아니었다. 기억 저만치에서 손짓하던 마흔일곱의 먼저 간 형제들. 그들은 미소 지으며 그를 바라보고 있었다.

석위강의 검이 현무호 변에 은하수를 수놓고, 강자량의 검이 패의 머리 위로 유성을 뿌리고 있던 그때. 그들을 바라보던 소소의 두 눈은, 그 아름다움에 넋을 잃은 채 잿빛으로 죽어가고 있었다.

*　　　　*　　　　*

"어찌하실 겁니까?"

우중생의 전음을 듣지 못했을 리 없건만, 적유의 시선은 피로 물든 너른 호변에서 떠나지 않고 있었다.

"이대로 두면 주작홍기는 영영 찾지 못하게 됩니다."

다시 한 번 우중생의 채근이 들려왔다. 하나 적유는 아무 대답이 없었다. 그의 시선은 전장의 구석구석을 맴돌고 있었다. 그리고 그 어두움의 한편에 자리하고 있는 한 송이 꽃을 바라보고 있었다.

'빙화야……'

그 꽃은 아름답기 그지없었으나 오직 하나만을 바라보며 숨죽이고 있었다. 그 꽃이 바라보고 있는 곳에선 한 사내가 사선을 넘나들고 있었다. 수십의 무리에 휩싸여 있던 사내. 창끝에서 뿌려지는 섬광이 호변을 가득 메우고 있었지만, 이제 그 섬광은 그를 둘러싼 먹장구름 속에서 사그라지며 간간이 빛을 발할 뿐이었다.

'그대가 죽는다면… 빙화가 나의 딸이 될 수 있을까?'

주작홍기란 이름은 이미 지워지고 없었다. 이젠 누가 가지게 되더라도 상관이 없었다. 틀어진 대계의 수레바퀴 속에서 자신의 자리는 없었다. 십 년간의 준비였음에도, 마지막 대계의 주관자는 자신이 아닌 다른 이의 몫으로 돌아갔다. 새로운 주인은 자신을 반기지 않았다. 칠십 평생을 몸바쳐 온 백련이었건만 주인은 새로운 세상을 원했고, 그에 어울리는 젊은 피를 원했다. 자신은 그의 선택에서 제외되었다.

'모든 것이 물거품이다. 백련의 대계도… 주작홍기도… 나 역시……'

화도 나지 않았다. 부귀영화를 얻기 위해 매달렸던 대계가 아니었다. 오로지 자신이 충성을 맹세했던 한 인간에 대한 맹목적인 따름이었다. 이제 그가 죽고 그의 아들이 그를 대신하고 있었다. 그가 원하는 세상은 자신이 원하던 세상과 너무나 달랐다. 둘 중 하나는 물러나야 했고, 그것은 자신이어야 했다.

'너무 오래 살았지… 이제는 쉴 때도 되었어……'

적유는 극심한 피로를 느꼈다. 생에 처음으로 안락함을 갈망했고, 편안함을 원하고 있었다. 그리고 그 곁에 자신의 딸이 있다면 더없이 좋을 것이라 생각하고 있었다. 자신을 원하지 않는 딸, 자신을 아비라 생각지 않는 딸이었지만 그의 마음은 변하지 않았다. 그럴 수만 있다면 무슨 수를 써서라도 딸의 마음을 얻고 싶었다. 이제 그 기회가 왔다. 주작홍기와 함께 저 사내만 사라져 버린다면, 자신의 딸이 그토록 그리워하던 저 사내만 죽어 없어진다면… 딸이 돌아가 기댈 곳은 자신뿐이었다. 그는 그렇게 믿고 있었다.

'그것이 너를 위하는 것이다… 너에게 필요한 것은 그가 아니라 바로 이 아비다……'

적유의 눈이 소소를 향하고 있을 무렵, 강대한 기도를 가진 자가 나타나 그를 위기에서 구했다. 적유는 자신도 모르게 한 줌의 분노를 눈가에 담았다. 우중생이 말해 준 이름, 검절 석위강. 익히 들어 알고 있는 자, 그자를 위기에서 구해줄 수 있는 자. 자신의 행복을 빼앗으려는 괘씸한 자. 당장이라도 뛰쳐나가 석위강을 베고 싶었다. 그자의 죽음을 막는 자는 누구라도 베어버리고 싶었다. 하나 그는 참아야 했다. 소소의 시선은 그에게서 벗어나질 않고 있었다. 그런 모습을 보이고도 소소가 자신에게 돌아오길 기대할 순 없었다. 그는 다른 이의 손에 죽어야 했다. 자신과는 상관없는… 전혀 상관이 없는……

"헛?! 저건 혹시 검강이 아닙니까?"

우중생의 놀란 음성에도, 검강이라는 이름에도 고개를 돌리지 않았다. 호승심 따위는 소소를 향한 마음에 휩쓸려 흔적조차 남지 않았다. 그는 오로지 소소만을 보고 있을 뿐이었다.

'그대도… 이곳에 있었는가?'

소소의 곁에 숨죽이고 있던 또 다른 인물이 눈에 들어왔다. 그가 은밀히 이동하지 않았다면 자신조차 알아차리지 못했을 것이다. 그가 왜 소소와 함께 있는지는 중요하지 않았다. 그가 다가서고 있던 곳에 죽음을 앞둔 그가 있음만이 중요했다.

'자네도 그를 구하려 하는가?'

석위강은 일시지간 무련군들에게 발목이 붙들려 있었다. 잠시였지만 강자랑을 막을 자는 없었고, 그 잠시의 시간이면 충분히 그의 목을 베어낼 수 있었다. 그것을 그가 막기 위해 움직이고 있었다. 그가… 소교주의 노예 패가… 우사의 마지막 연결 고리였던 그가.

'자네가 목숨을 걸 정도의 인물이라면… 그는 정녕 그의 핏줄이었단 말인가?'

반신반의했었지만 이제는 믿지 않을 수 없었다. 전대 우사의 호위였던 사내가 목숨을 걸 수 있는 사내. 이미 죽었다 알려져 있던 그의 아들이 아니면 누가 그의 목숨을 원할 수 있을까. 적유의 머리 속이 또다시 얽혀들고 있었다. 수만 가지 생각이 적유의 머리 속을 빠르게 스쳐가고 있었다. 하나 그런 모든 사고를 정지시킨 외침이 그의 고막을 파고들었다.

"아저씨!!"

비명. 자신의 딸이 내지른 외마디 비명. 그것으로 적유의 행동은 결정되었다.

파아앙!!

적유는 한줄기 빛살이 되어 쏘아졌다. 그의 손에는 한 자루 붉은 도가 들려 있었고, 그의 시선이 향한 곳에는 우사 강자량과 소교주의 노예 패, 그리고 자신의 딸이 그토록 그리워한 그가 있었다.

'…네가 원한다면…….'

적유는 입술을 깨물었다. 자신의 아픔 따위는 아무래도 좋았다. 영원히 딸을 볼 수 없다 해도 좋았다. 그 아이가 원한다면… 이토록이나 그를 원한다면…….

아비 된 도리로 자식을 위해 나서지 않을 수 없었다.

*   *   *

강자량은 오늘 하루 연거푸 세 번이나 검을 방해받았다. 한 번은 검절 석위강에게, 또 한 번은 이름도 모르는 낯선 사내에게. 그리고 마지막 한 번은 평생의 숙적이라 여기던 좌사 적유에 의해.

카강!

강자량은 이를 악문 채 뒷걸음질쳤다. 칼을 놓친 손목을 어루만지던 그가 놀람과 당혹, 그리고 적의를 드러내는 목소리로 입을 열었다.

"좌사… 그대가……."

적유는 강자량과 패의 사이에 내려서 있었지만, 붉게 물든 그의 눈은 그들을 외면한 채 현무호를 바라보고 있었다.

"좌사! 드디어 본색을 드러내었군! 나는 소교주님의 명을 이행하는 중이다! 한데 그대는 그런 나의 검을 막고 적도의 목숨을 구했다! 이는 명백한 반역!"

우사는 타는 듯한 눈으로 적유를 바라보았다. 하나 그를 향해 장력을 뿌리거나 하는 허튼 도발을 하지는 못했다. 적유는… 명실 공히 백련 최고의 고수였다. 이미 호변의 싸움은 모두 정리되어 있었다. 살아남은 무련군은 고작 열한 명. 검절은 물러선 그들을 향해 검을 뿌리는 대신, 새로이 등장한 강적을 주시하고 있었다.

"교에 아무런 보고도 하지 않고 외인과 밀약을 맺은 것도 모자라 그런 외인에게서 잡아들인 인질을 자신의 수양딸이라 속였으니, 이 또한 명백한 교리 위반!"

강자량은 적유를 향해 소리치고 있었다. 하나 적유는 무심한 눈빛으로 현무호만을 바라볼 뿐이었다.

"이… 이……."

강자량이 노기 어린 눈으로 적유를 노려보고 있었지만, 적유와 그의 곁에 내려선 순찰교령 우중생, 그리고 조금 떨어져 있는 검절 석위강까지, 어느 하나 자신에게 유리한 것이 없었기에 경거망동하지 못하고 있었다. 그런 강자량의 귀에 적유의 나지막한 음성이 들려왔다.

"…가라."

"뭐… 뭐?"

적유는 시선도 옮기지 않고 입을 열었다.

"가라. 나도 떠나겠다."

"……?!"

"내가 교를 떠나는 것이 모두를 위한 일이겠지."

"좌사?!"

놀란 외침을 터뜨린 것은 우중생이었으나 그만이 놀란 것은 아니었다. 그 옆에 있던 패는 물론 석위강과 철웅, 멀리 떨어져 있던 소소마저도 그의 한마디에 놀라고 있었다.

"…죄를 짓고… 달아날 셈인가?!"

강자량이 더듬거리며 입을 열었다. 하나 그의 목소리에는 놀람과 함께 반가움이 묻어나 있었다. 그가 떠나준다면… 제 발로 떠나준다면…….

"이미 백련은 내가 알고 있던 백련이 아니다. 더 이상 내가 있을 자리가 없으니, 교를 떠나는 것이 교를 위함이라 여겼을 뿐이다. 나를 찾지는 마라. 죽을 때까지 백련의 교도로 살 것이나… 좌사의 이름으로 살지는 않겠다."

적유는 그 말을 끝으로 미련없이 등을 돌렸다. 강자량의 눈이 그의 등을 쫓았지만 그 걸음을 보니 허언은 아닌 것 같았다.

'정녕…….'

눈엣가시 같던 적유가 스스로 교를 떠났다. 반도로 몰아 죽는 것을 바랐지만, 이러한 종말도 그리 나쁘지는 않았다. 강자량은 흐릿한 미소를 짓는 것으로 그의 마음을 표현했다. 그런 그의 등 뒤로 한 여인의 외침이 들려왔다.

"잠깐만요!"

적유의 걸음이 우뚝 멈추어 섰다. 하나 차마 뒤를 돌아보지는 못했다. 이런 이별에는 익숙하지 않았기에.

'그냥 잘 가라고만 해주련… 고마웠다고만 해주련…….'

적유는 차마 입으로 꺼낼 수 없는 말들을 되뇌며 그녀가 다가오기를 기다렸다. 하나 그녀는 그가 아닌 그에게 다가서고 있었다.

'허허… 그래… 너에겐 그가 있었지……'

적유는 허탈한 미소를 지으며 하늘을 바라보았다. 얄궂은 달은 구름 사이로 숨지도 않았다. 하나 달을 바라보던 적유의 눈이 그런 달이 놀라 숨을 정도로 크게 떠지고 있었다.

"마지막 인사를 하러 왔어요……."

자신에게 하는 말이 아니었다. 당장이라도 고개를 돌려 그녀가 바라보고 있는 이가 누구인지 확인하고 싶었지만, 혹시나 꿈이 깨어질까 그러지도 못했다.

"소소야……."

"아저씨… 그동안 고마웠어요. 나 때문에 고향을 떠나게 된 것도 미안하고… 위험한 일을 겪게 된 것도 미안해요."

소소가 목소리를 되찾았다는 기쁨도 잠시, 철웅은 소소의 충격적인 말에 정신을 차릴 수가 없었다. 마지막 인사라니.

"나… 사실 화산에서 정신을 되찾았어요. 그 후 아저씨를 속이고 뒤를 따른 것 정말 미안해요."

"어떻게……."

"난… 아저씨가 나를 지켜주길 바랐어요. 언제나… 내가 아저씨 곁에 머무를 수 있을 거라고 생각했어요. 비록 착각이었지만… 그렇게 믿었어요……."

철웅은 무어라 대꾸할 말을 찾을 수 없었다. 갑작스럽기도 하였거니와 소소가 자신에게 그런 마음을 가지고 있었다는 사실에 놀라 말을

할 수가 없었다. 하나,

"이제 꿈은 깨어졌어요. 내가 언제까지 아저씨의 곁에 있을 수도 없고, 아저씨 역시 언제까지 나를 지켜줄 수 없다는 걸 알게 되었어요."

"소소야… 나는……."

"아무 말도 하지 마세요. 변명 따윈… 듣고 싶지 않아요."

소소의 눈에서 눈물이 흘러내리고 있었다. 아무리 참으려 해도… 참을 수가 없었다.

"미안하다고… 날 지켜주겠다고 했잖아요… 절대 혼자 내버려 두지 않겠다고 약속했었잖아요!!"

"……."

소소의 눈물 섞인 외침에도 철웅은 할 말이 없었다. 지켜주지도 못했고, 곁에 있어주지도 못했다. 적의 손에 납치당할 때에도 무기력했고, 지금 이 순간에도 소소의 손을 잡아줄 수가 없었다. 그녀의 말이 모두 옳았다.

"난… 나를 지켜줄 사람이 필요해요. 아버지처럼……."

적유의 어깨가 움찔거렸다. 하나 소소의 이야기에 묻혀 그것을 눈여겨본 사람은 아무도 없었다.

"나를 지켜줄 사람을 따르겠어요. 언제나 나만을 위해주는 사람을 따라가겠어요. 날… 혼자 내버려 두지 않을 사람과 함께할 거예요… 적유 할아버지를 따라가겠어요."

소소는 눈물을 훔치며 철웅을 바라보았다. 그리고 이내 적유를 향해 걸음을 떼었다. 그녀의 귓가로 철웅의 탁한 음성이 들리지 않았다면, 뒤도 돌아보지 않을 것 같았다.

"소소야······."

"······."

소소 역시 걸음을 멈췄다. 마치··· 적유처럼.

"난··· 너를 지켜야 한다."

"지키지 못했어요."

"이대로는··· 너를 보낼 수가 없다······."

"아저씨가 보내는 게 아니에요. 내가··· 가는 거예요."

소소는 입술을 깨물었다. 이렇게 고통스러울 줄 몰랐다. 그냥 독한 마음으로 소리치면 끝날 줄 알았다. 이렇게··· 가슴이 찢어지는 것인 줄··· 미처 몰랐다.

"그는··· 위험한 사람이다······."

"나에겐··· 그렇지 않아요."

소소는 철웅의 손길을 완강히 거부했다. 너무나 강한 몸짓에 철웅은 가슴이 답답해짐을 느꼈다. 이것이 아니었는데··· 이런 것이 아니었는데. 그때 소소의 어깨를 잡아오는 손이 있었다. 따뜻하고 포근한 손.

"소소는··· 나의 딸이다."

적유의 말에 철웅만 놀란 것이 아니었다. 그곳에 있던 모든 사람. 하다못해 그들의 움직임만을 예의 주시하고 있던 강자량과 무련군들조차 놀라고 있었다. 단지 인질이라 알고 있었건만······.

"누구도··· 우리 부녀지간을 갈라놓지 못한다. 철웅··· 그대라 할지라도."

적유의 타오르는 듯한 눈빛이 철웅에게 향했다. 철웅은 그의 눈빛을 맞받기가 힘들었다. 강렬함 때문은 아니었다. 그의 눈빛 속에서 느껴지는 아비의 정을 감히 부정할 수가 없었기 때문이다.

"소소는 나의 딸이다. 만약 누구라도 우리를 갈라놓으려 한다면, 절대 용서하지 않는다."

적유의 시선이 철웅을 지나 석위강에게 향했다가 강자량에게서 멈추어 섰다. 그는 백련과 척을 질 각오마저 하고 있었다. 자신의 딸을 위해.

"가자……."

적유의 손이 부드럽게 소소를 이끌었다. 소소는 그 손길을 거부하지 못한 채 나란히 걸음을 옮겼다. 마지막 눈물방울에 마음을 담아 흘리며.

'안녕… 아저씨…….'

싸움은 끝났다. 인연도… 끝났다.

*   *   *

강자량은 수하들과 함께 줄행랑을 놓았다. 석위강의 서슬 퍼런 검과 마주하기보다는 살아서 다가올 대계를 준비하는 쪽을 택했다. 석위강 역시 그런 그들의 뒤를 쫓지 않았다. 그들을 상대하기보다는 상세가 위중한 철웅을 돌보는 것이 먼저였다. 소소는 적유와 함께 떠났다. 우중생과 패 역시 그들의 뒤를 따랐다.

'저도 이쯤에서 물러날까 합니다. 부디… 용서해 주시길…….'

패는 적유의 뒤를 따라 철웅의 곁을 떠났다. 이유도 듣지 못했고, 만류할 기회조차 주지 않은 채 그렇게 떠나갔다. 석위강의 부축을 받은 철웅은 새벽이 되어서야 도찰원의 안가에 당도할 수 있었다.

"그런 일이……."

대강의 사정을 전해 들은 언상이 철웅의 방이 있던 쪽으로 잠시 시선을 보냈다. 석위강이 그의 행동을 이상히 여겨 뒤를 밟지 않았다면, 정녕 커다란 봉변을 당할 뻔했지 않은가? 하나 그보다도 그 주작홍기라는 물건이 마음에 걸렸다.

"장 대협은 어찌 그런 물건과 인연이 닿게 된 것인지……."

"글쎄… 그가 일어나 봐야 자세한 걸 물어볼 수 있을 것인데, 저리 누워 일어날 생각을 안 하니……."

"그 물건이 그리 중요하다면, 이곳의 경비도 조금 더 강화해 놔야겠습니다."

"그러시게. 나도 조심한다며 움직이긴 했지만, 워낙 이목이 밝은 자들이니……."

석위강은 어제의 일을 떠올리며 착잡함과 다행스러움을 동시에 느끼고 있었다. 철웅의 마음이 많이 상했을 것이다. 그토록 애지중지하던 아이가 그렇게 못을 박고 떠났으니, 마음의 상처가 여간하지 않을 것이다. 그를 생각하니 못내 가슴이 아팠다. 한편으로는 잘되었다는 생각도 들었다. 어제 마주쳤던 좌사라는 자, 석위강으로서도 감히 승패를 점치기 어려울 정도로 극강한 자였다. 자신이 비록 검강의 묘리를 깨닫긴 했지만, 좌사라는 자의 기도는 그런 자신과 비교해 한 치의 밀림도 느끼지 못했을 정도였다. 그런 자가 백련의 그늘을 벗어났다.

그 정도의 고수가 전력에서 빠진다면 결국 이번 마교와의 싸움에서 큰 이득을 본 것이나 다름없었다.

철웅이 깨어나 모습을 드러낸 것은 그날 저녁이었다. 초췌한 모습이긴 하였지만, 내상의 흔적은 어디에도 없었다.

"자네, 무리해 일어날 필요 없네."

"…괜찮습니다."

철웅의 목소리에선 생기를 찾을 수가 없었다. 비록 사부가 남겨준 단환의 효험으로 내상을 치료하였다고는 하지만, 온몸에 난 자상만큼이나 깊은 마음의 상처는 그대로 남아 그의 가슴을 아리게 하고 있었다.

"너무 상심하지 말게. 그 아이도 스스로의 길을 찾아간 것이라 생각하시게."

"…예."

석위강의 말이 옳다. 스스로의 길. 자신이 가야 할 길, 자신이 있어야 할 자리를 스스로 찾은 것이다. 그 자리가 자신의 곁이 아니었음이 그를 아프게 하는 것이었다.

'내가 부족한 탓… 곁에 있어주지 못했고, 위험에서 지켜주지도 못했다. 모두 내가 못난 탓…….'

철웅의 상처는 쉽게 나을 것 같지가 않았다. 밥도 제대로 넘기지 못했다. 잠도 이루지 못했는지, 두 눈은 퀭하니 움푹해졌다. 하룻밤 새 다른 사람을 보는 듯했다. 철웅은 답답한 마음을 달래기 위해 안가의 후원을 거닐고 있었다.

'소중한 것을 잃었다. 아니, 보내야만 했다. 비록 그 아이의 뜻이었다고는 하나, 그렇게 되기까지는 나의 부덕함이 컸다.'

철웅의 움푹 파인 눈두덩이 속에선 여린 빛이 새어 나오고 있었다. 마음의 상처가 어찌 얕을 수 있고, 그런 마음의 치유가 어찌 쉬울 리 있을까만, 그것의 치유는 그 스스로 할 수밖에 없다는 것을 잘 알고 있는 철웅이었다.

'나약한 모습은 하루면 족하다. 전장에서 내 곁을 떠난 이가 한둘이었던가? 그중 가깝지 않고, 소중치 않았던 이가 있었을까? 이 정도면 되었다. 이 이상 나약해지려 하는 것은 스스로에게 투정을 부리는 것과 같다.'

철웅은 애써 자신을 달래고 있었다. 이미 끊어진 인연이다. 흘러간 강물이다. 지난 일에 매달려 앞으로 나아가지 못하는 것은 어리석은 일이다. 그것은 잊지 않는 것으로 족했고, 그 기억들을 버리지 않고 가슴에 담아두는 것으로 족했다.

'부디……'

철웅은 소소의 행복을 빌어주는 것으로 마음을 정리했다. 붙잡을 수도 없었고, 그 아이의 뜻을 꺾을 수도 없었다. 그로서는 그것이 최선이었으며, 그 이상 어찌할 도리도 없었다는 것을 인정해야 했다. 만일 역모라는 커다란 장애가 없었다면 그 괴로움의 시간이 조금 더 길어졌을지도 모르지만, 지금 그에게 닥친 큰일은 떠나간 소소가 아니라 남경의 역모였다.

* * *

"일단 총단으로 가는 것입니까?"

"그래야지. 떠날 때 떠나더라도 마지막 인사는 하고 가야지……."

적유는 흔들리는 마차 안에서 우중생과 이야기하고 있었다. 그의 곁에는 돌아온 빙화가 곤히 잠들어 있었다.

"우사 쪽에서 또 무슨 수작을 부릴지 모릅니다. 일단 다른 거처를 알아보시는 게……."

"내 그자가 두려워 떠나는 것이 아닌데, 무엇을 겁내야 하는가? 거처를 마련하더라도 돈이 있어야지? 내가 지금 가진 것이라곤 딸아이와 적룡 하나뿐일세. 허허."

적유는 남경을 떠나 지금까지 입가에서 미소를 떼어놓지 않았다.

'이대로 떠나시면… 교는 어찌합니까…….'

적유의 미소가 짙어지는 만큼, 우중생의 가슴엔 착잡함이 더해갔다. 지금 백련의 권력 구조는 소교주를 중심으로 재편되고 있었다. 지금까지 교를 지탱해 온 골수 교도들과 그들의 자식들 세대인 젊은 교도들의 의견 상충이 은연중 팽배해 있는 상태이기도 했다. 교주가 살아 있을 적에야 그런 움직임이 드러나지 않았지만, 교주 사후 교권 이양의 문제는 조금씩 백련의 깊은 곳을 파먹고 있었다. 총단인 연화도 내에서도 신구의 갈등에서 비롯된 마찰이 심심치 않게 보이고 있을 정도였다.

'좌사께서 원한다면 우리 아홉 형제는 당신의 뜻을 따를 작정이었는데…….'

이렇게 빨리 교주가 명을 다할 줄 알았다면, 구마를 중심으로 한 골

수 교도들의 움직임도 달라졌을 것이다. 소교주는 아직 교주의 자리에 어울리지 않는다는 것이 교의 원로들의 공통된 생각이었다. 그리고 가장 어울리는 사람이 바로 좌사였고.

'하나 이제 모든 것이 끝났으니… 어쩌면 이렇게 교를 떠나는 좌사가 가장 행복한 사람인지도 모르겠습니다.'

아마 소교주가 교주의 위에 오르고 나면 자신을 포함한 구마는 일선에서 완전히 밀려나게 될 것이다. 그 자리에는 우사를 비롯한 소교주의 측근들과 용화세계라는 몽환의 꿈을 지닌 젊은 교도들이 올라서게 될 것이고. 혈마 우중생은 한숨을 내쉬며 고개를 돌렸다. 자신들의 시대가 막을 내리고 있음을 말해 주려는 듯, 서녘으로 지는 노을은 유난히도 붉게 달아오르고 있었다.

'어쩌면… 이것도 미륵의 뜻일지 모르지. 새로운 시대가 도래했음을 알리는…….'

상념을 이어가던 우중생이 고개를 들었다. 마차가 서고 있었다. 그것도 관도 한가운데서. 우중생은 무슨 일인지 알아보기 위해 마차에서 내렸고, 마침 마차를 몰던 패도 마부석에서 내려오는 중이었다.

"왜 마차를 세웠는가?"

패는 우중생의 말에 가만히 손을 들어 보였다. 패의 손가락이 가리킨 곳에는 아무것도 없었다. 아니, 아무것도 없는 듯 보였다.

'저것은?'

관도 변에 서 있는 작은 나무 한 그루. 그리고 그 끝에 묶인 붉은 천. 우중생은 지체 없이 신형을 날려 그 천을 나무에서 떼어냈다. 그리고 나무 밑에 서서 한참을 말없이 그 붉은 천만을 바라보고 있었다.

"무슨 일인가?"

적유가 마차의 문을 열고 고개를 내밀었다. 하나 우중생은 적유의 말에도 움직이지 않고 무엇인가를 보고 있었다. 그리고 이내 몸을 부르르 떨며 손에 쥔 그것을 움켜쥐었다. 적유가 심상치 않음을 느끼며 그의 곁으로 다가섰다. 우중생의 표정은 굳어질 대로 굳어져 있었다.

"아니? 자네 왜 그러나?"

곁으로 다가온 적유의 부름에, 그제야 우중생이 떨리는 입을 억지로 떼며 쥐었던 손을 펴 보였다. 그의 손에 쥐어져 있던 붉은 천. 몇 개의 매듭과 몇 개의 찢어진 흔적이 남은 평범한 천. 하나 그들에게 있어서는 결코 평범할 수 없었다.

"…총단이… 습격을……."

우중생이 더듬거리며 입을 열고 있었지만, 적유는 그의 손에서 흑화를 빼앗아 자신이 해독했다.

'정파 강호인들이 총단을 습격. 연화도… 괴멸……?!'

적유의 눈에 분노가 어렸다. 자신이 심혈을 기울여 만들어낸 천해의 심처였다. 연혼진으로 보호되는 연화도를 외부에서는 결코 찾을 수가 없었을 터인데.

"일단 가보세! 어서!!"

적유가 우중생의 팔을 잡아끌었다. 그들을 태운 마차가 관도를 질주하기 시작했다. 천하에 산재해 있던 백련교도들이 총단의 괴멸을 천하에 알렸다. 그리고 한 백련교도가 남겨놓은 흑화가 적유의 눈에 뜨인 것이었다.

하나 총단이 습격을 당한 것은 벌써 이틀 전의 일. 그가 도착했을 때에는 파양호의 호변에서도 연화도에서 피어오르는 연기가 보일 정도였다. 연화도. 파양호에 자리하고 있던 백련교의 비밀 총단은 정파 강호인들의 급습에 완전히 괴멸되었다.

第七十九章
멸혼,
연화도의 대재앙

멸혼, 연화도의 대재앙

연화도가 잠에서 깨어나려 하고 있었다

"뭐라고? 마교의 총단이 괴멸?"

언상이 자리를 박차고 일어나 공유유의 손에서 전서를 빼앗았다.

"그게… 이틀 전의 일이었답니다. 소림과 화산, 무당, 개방, 종남의 오대문파와 그들을 지원하는 군소방파의 무사까지 총 이천에 달하는 대인원이 일시에 쳐들어갔답니다. 아마도 그들은 사전에 총단의 위치를 알아내고 함께 행동한 것 같습니다."

"도대체 그 사실을 우리 쪽에는 왜 알리지 않은 거야?!"

"저… 그게……."

공유유는 품에서 다시 한 장의 전서를 꺼내어 들었다.

"이게 뭐야?"

"마교의 총단을 알아냈다는 전서입니다. 총단의 괴멸 소식을 알린 전서보다 반 각 전에 도착한 겁니다."

"어이쿠……."

언상은 자리에 털썩 주저앉으며 두 장의 전서를 번갈아 보았다. 총단의 위치를 알아냈다는 전서는 개방에서 보낸 것이고, 총단의 괴멸 소식을 전한 것은 강서에서 소림의 혜정 대사가 직접 보낸 것이었다. 개방 총단에서 바로 보낸 전서라 했으니…….

'개방의 총단은 산동. 좌군도독부의 눈을 피해 전하느라 늦은 모양이군.'

누구를 탓할 문제는 아니었다. 어쨌든… 마교의 총단이 괴멸되었다는 소식은 낭보(朗報)였으니까. 언상은 두 장의 전서를 들고 남경성을 빠져나갔다.

"허어… 그들의 총단이 다른 곳도 아니고 파양호에 있었다는 말인가? 정녕 등잔 밑이 어두운 법이로군……."

석위강이 혀를 내둘렀다. 철웅은 두 장의 전서를 번갈아 보면서 생각에 잠겼고, 언상은 철웅이 읽고 있는 전서를 토대로 자신의 생각을 피력하고 있었다.

"마교의 총단이 괴멸되었으니 천하 각지에서 그들이 일으키던 혼란은 머지않아 잠잠해질 것입니다. 이제는 옥영진의 행보만 주목하면 됩니다."

"만에 하나 군사를 동원해 강제로 황위를 찬탈하려 한다면 어찌할 텐가? 아직은 우리 쪽 전력이 미흡하지 않은가?"

"어차피 황세손과 남경성의 장악을 목표로 삼을 것입니다. 궁성에는 독절 왕 선배가 계시고 황성 주위에 연왕부의 정병 이천이 포진하고 있으니, 일단 그들로 하여금 금의위를 상대하게 하여 궁성으로 잠입할 틈을 만들고, 저를 비롯한 도찰원의 이백 어사대와 신창양가의 무사 삼십, 그리고 검절 선배와 장 대협이 함께 행동한다면, 궁성의 장악도 불가능한 일만은 아닙니다. 여의치 않을 경우 황세손과 옥새만이라도……."

"무언가 석연치 않군요."

"……?"

언상과 석위강의 대화가 잠시 중단되었다. 전서를 바라보던 철웅은 이해할 수 없다는 눈빛으로 입을 열었다.

"무언가… 앞뒤가 맞지 않습니다."

"무엇이 이상한가?"

석위강이 철웅을 바라보며 이상히 여기는 것이 무엇인지 물었다. 철웅은 잠시 생각을 정리하고 나서야 입을 열었다.

"첫 번째 전서에는 마교의 총단을 확인하였다는 날짜가 분명 엿새 전으로 되어 있습니다."

"전서라고는 하지만, 산동에서 이곳까지는 엄중한 경비가 이루어지고 있으니 그 정도의 시간은 벌어질 수 있소."

산동에서 남경까지는 대운하의 뱃길로 사흘이 걸린다. 하나 지금은 국상 중인지라 인가된 싱단의 배와 관선을 세외한 여색 운행은 매우 제한적으로 이루어지고 있었다. 사흘 거리가 엿새 거리가 되는 것은 문제 될 것이 없었다. 하나 철웅은 그것을 이상히 여기는 것이 아니었다.

"개방 총단에서 보낸 전서를 받고 움직인 강호 문파들이 어떻게 전서를 보낸 지 나흘 만에 파양호를 공격할 수가 있지요?"

언상과 석위강이 서로의 얼굴을 바라보았다. 그의 이야기를 듣고 보니 조금은 이상했다. 하나 언상은 이내 고개를 저으며 말했다.

"강서의 개방 분타가 총단과 소림 등의 다른 문파로 동시에 전서를 보낸 것일 수도 있지 않겠소? 그렇다면 소림과 개방 총단에 전서가 도착한 시일이 거의 같아질 터이니, 개방 총단에서 우리 쪽으로 전서를 날릴 때쯤엔 이미 소림을 위시한 강호 문파들은 파양호를 향해 출발한 것일 수도 있소."

언상의 추리는 그럴 듯했다.

"음, 그럴 수도 있겠군요. 두 번째 의문은 마교의 비밀 총단이 단 하루 만에 괴멸되었다는 것입니다."

"흠……."

하루라는 시간. 길다면 긴 시간이었지만, 어떤 문파나 단체, 그것도 수십 년간 강호와 대적해 왔던 마교라는 거대 단체의 종말을 이끌어내기에 그리 넉넉한 시간만은 아니었다.

"확실한 인원은 전서에 나와 있지 않지만, 소림과 화산, 무당, 종남의 인물들과 그들에 동조한 강호의 의협지사들이라면 충분히 가능하지 않겠소?"

"그들은 구파일방 중 다섯 문파의 본산을 동시에 습격할 수 있는 저력을 가진 자들입니다. 그리고… 그것이 그들의 총 전력이라고도 생각되지 않고……."

언상과 석위강 모두 철웅의 말에 딱히 반박할 수가 없었다. 그들은 단순히 머릿수만 많은 그저 그런 문파가 아니다. 천화통과 벽력탄이라는 강호삼대 금융병기까지 소유한 막강한 문파다. 무공도 구파일방에 비해 그다지 손색이 없다. 그런 자들의 총단을 단 하루 만에 초토화시켰다는 것이 아무래도 마음에 걸렸다.

"무언가 이상하긴 하지만……."

석위강이 말꼬리를 흐렸다. 철웅의 말처럼 이상하기는 했다. 예상밖의 선전, 조금은 의외의 결과. 하나 그것이 어떤 문제를 지니고 있는지는 알아낼 길이 없었다.

"음… 이번 일에 대해선 조금 더 알아보도록 하겠소. 하나 일단은 원래의 예정대로 움직이는 것이 나을 것 같소. 일이 급박하게 돌아가는 이상, 꾸물거릴 시간이 없소."

"내가 파양호로 가보겠네. 그곳의 사정을 직접 들어보고, 가능하다면 얼마의 사람이라도 도움을 받아보도록 하겠네."

석위강이 자리에서 일어섰다. 마교의 총단이 괴멸된 것이 분명하다면 그곳에서 몇 명이라도 빼내어 남경으로 이끌고 올 수 있을 것이다. 역모를 저지하려면 한 사람의 손이라도 아쉬운 판이었으니.

"……."

철웅은 내실에 홀로 남아 생각에 잠겼다. 갑작스런 마교 총단의 붕괴 소식. 그토록 고대하던 소식이건만, 석연치 않은 무언가가 그의 감각을 자극하고 있었다. 철웅은 아귀가 맞지 않는 조각늘을 맞추어보기 위해 애쓰고 있었다. 십 년간이나 자신의 정체를 숨기고 암약해 왔던 백련교. 그들의 총단이 역모가 실행되기 직전에 발각된 것을 그저 천운으로 생각해야 하는가? 그토록 찾아 헤맸던 마교의 본체였기에, 허무한 종말은 그의 의심을 더욱 부채질했다.

'좋지 않다… 이대로 폭풍이 멈출 것 같지는 않다……'

과민한 반응일지도 몰랐지만, 철웅은 이 기분 나쁜 느낌을 떨쳐 낼 수가 없었다.

폭풍은 멈추지 않았다. 잠시 숨을 가다듬고 있을 뿐이었다. 승전의 기쁨을 누리고 있던 그들의 발밑에서… 조용히…….

*　　　*　　　*

연화도는 작은 섬이 아니다. 길이로 오 리가 넘고 폭으로도 이백 장이 넘는 제법 큰 섬이다. 전각이라 불릴 만한 건물도 이십여 채가 넘고, 가옥들도 이백여 채에 달한다. 하나 지금은 모두 불타 뼈대만 앙상히 남아 있었다. 마교에 대한 정파인들의 적개심은 기둥뿌리 하나조차 용납하지 않았다.

큰 싸움이었다. 죽은 이의 수는 헤아리기도 힘들었고, 포로로 잡혀 무릎 꿇려진 사람들만도 아이와 아녀자를 포함해 일천여 명에 달했다. 물론 연화도에 발을 디딘 강호의 인물도 오백여 명에 달하는 사상자가 발생했으나 아무리 겸양을 부려봐도 분명 정파연합의 대승이었다. 섬의 곳곳에서 들려오는 외침들. 밤이 깊어가고 있건만, 불길을 벗 삼은 승자들의 환호는 아직까지도 식지 않고 있었다.

"정말 지독한 자들이었소."

"도마(刀魔) 마석산(馬石山)이란 자를 상대하는 데에만 본 문 문도

절반이 죽었소."

"다행히 혜정 대사와 무현 대사가 때맞춰 그를 제압하지 못했다면, 얼마나 많은 사람들이 피를 보았을지……."

"마지막까지 발악하던 이가 귀마(鬼魔) 손우(孫羽)라는 자였지요? 귀신같은 자였지만… 역시 구파의 위명은 명불허전이더이다. 현진 도장과 무당 제자들의 협공에 결국 목을 내놓았으니……."

"휴우… 그나저나 몸에 절은 이 피 냄새를 어찌 또 지워야 할지……."

섬의 외곽에 만들어진 커다란 임시 막사. 정파연합의 수뇌부가 모인 자리에는 승리에 대한 이야기가 꽃을 피우고 있었다.

"아미타불. 일단 포로들의 신병은 관에 맡기기로 하겠습니다. 내일 날이 새면 사람을 보내어 관선을 불러오도록 하지요."

혜정 대사의 말에 다른 문파의 수뇌들은 고개를 끄덕여 동의했다. 이번 싸움의 제일 공로자는 누가 뭐라 해도 혜정 대사와 그의 지휘를 받아 섬에 잠입한 백 명의 척마단이었다. 각 파에서 엄선된 백여 명의 젊은 기재. 선봉에 선 그들의 활약 덕에 다른 사람들은 달아나는 자들을 처리하는 일만 도맡아야 했을 정도였다. 사람들은 그들의 무용을 높이 사 척마단이라는 영예로운 칭호를 선사했다. 그러하기에 회의의 주관도 혜정 대사가 자연스레 맡게 되었고.

"한데 계속 이곳으로 몰려드는 사람들은 어찌할 생각이십니까?"

강소 천응방(天鷹幇)의 장문인인 성일곤(成一坤)이란 자가 입을 열었다. 그의 말마따나 싸움이 끝난 지 이틀이나 지났건만 아직도 섬으로 들어오려는 자들이 꾸역꾸역 밀려들고 있었다. 정사대전의 현장을 보고자 하는 이도 있었고, 얼렁뚱땅 자파의 이름을 올리고자 잔재주를 부리는 자들도 있었다. 성일곤은 그런 자들과 공을 나누기 싫은 표정이었다.

"일단 들어오려는 사람들의 신상을 확인한 연후에 직무를 부여할 생각입니다. 아직 마교와의 싸움이 완전히 끝난 것이 아닙니다. 비록 그 세가 약해지긴 하겠지만, 천하에 일고 있는 혼란은 단시일 내에 진정되지 않을 것입니다. 그들의 뿌리를 완전히 자르려면 더 많은 사람들의 힘이 필요합니다. 물론 이곳에 자리한 분들의 이름은 천하가 기억할 것이니 너무 심려하지 마십시오. 그리고 아직 섬의 모든 것을 파악하지는 못한 상태이니 각 파 제자들의 독자 행동은 삼가시켜 주시길 바랍니다. 섬의 수색은 내일 따로 조를 편성하여 시작하겠습니다."

"그렇게 하시지요."

혜정 대사의 말에 화답한 것은 종남파의 현우단이었다. 막사에는 십여 명의 인물이 동석해 있었다. 소림의 혜정 대사, 종남의 현우단 장로. 무당파의 장로 현진 도장과 개방의 장로인 독안귀봉(獨眼鬼棒) 조표(趙彪). 그리고 그 외 군소방파를 대표하는 사람들이 자리에 함께하고 있었다.

"한데 무현 진인은 어디에 계신 것입니까? 아까부터 보이지 않던데."

"무현 진인은 사로잡은 포로들을 감시하고 계시오."

"포로들?"

몇몇 인물들이 의아해하는 눈빛으로 서로를 바라보았다. 포로를 감시할 사람이 없어서 천하제일장이 번을 선단 말인가? 하나 현진 도장의 차가운 목소리에 천하제일장이 포로들의 번을 서게 된 이유를 수긍할 수 있었다.

"흥분한 제자들이 포로들에게 악감정을 품고 일을 칠까 싶어, 손수 포로들을 지키고 계신 것이오."

사람들의 입가에 미소가 지어졌다. 호의적인 미소도 있었지만, 조롱 섞인 조소도 있었다.

"허어, 거참. 오지랖도 넓구먼."

한 군소방파의 장문인이 비웃음을 날렸지만, 몇몇 사람의 눈총에 시선을 회피했다. 이후의 일에 대한 소소한 이야기가 오갔지만, 그리 큰 의견의 차이는 보이지 않는 회의였다. 완벽하다 싶을 정도의 완승이었으니, 이후의 처리 역시 그리 고민할 것이 없었다.

무현 진인은 모닥불을 바라보며 앉아 있었다. 그의 곁을 배회하던 몇몇 사람이 이내 몇 마디를 소곤거리곤 자리를 피했다. 어디서 구했는지 진한 술 냄새를 풍겨오고 있었지만, 무현 진인은 그런 그들에게 시선조차 주지 않았다.

'도의도 모르는 자들. 정작 본산을 습격당한 다섯 문파의 제자들은 참고 있건만, 승리의 축배로 포로들의 혈배를 들고자 하니…….'

큰 싸움이 있는 곳에선 어렵지 않게 볼 수 있는 자들이었다. 승리의 대가를 바라는 자들. 자신의 피 한 방울의 대가로 상내의 피 한 말을 원하는 자들. 죽은 동료의 화풀이 대상으로 사지가 묶인 포로들을 핍박하는 자들. 차라리 그런 자는 동정이라도 간다. 포로 중에는 사내도 있었지만 계집이 더 많았다. 그리고 사로잡은 계집을 창녀 취급하는 버러지보다도 못한 자들 또한 의외로 많았다. 마음 같아서는 모두 잡아 파양호에 내던져 버리고 싶지만, 그래도 같은 적을 향해 칼을 든 사이였기에 다가서는 것을 막는 것으로 만족할 수밖에 없었다.

'음?'

포로들을 한눈에 볼 수 있는 자리에 있는 무현 진인이었다. 그런 그를 향해 다가오는 사람들이 있었다.

"말학 후배 이철성이 무현 진인을 뵙습니다."

"아… 태진문의 제자로군."

무현 진인이 아는 체를 하자 이철성의 얼굴에 미소가 어렸다. 그 뒤를 이어 몇 사람이 인사를 올렸다.

"후배 막고위가 인사 올립니다."

"초미라고 합니다."

"초연입니다."

무현 진인에게 다가선 네 사람. 이철성과 막고위, 그리고 막고위와 부부지연을 맺은 초미와 그녀의 언니인 초연이었다. 무현 진인은 그들에게 자리를 권했다.

"그래, 무슨 일로 나를 찾아온 것인가?"

"다른 뜻은 없습니다. 그저 말동무나 해드릴까 해서……."

이철성의 말에 무현 진인이 미소 지었다. 두 눈에 정기 가득한 후배들. 이런 이들을 만나는 것은 언제나 반가운 일이었다.

"자네가 그 유명한 강호제일의 행운아로구먼."

무현 진인의 말에 막고위가 얼굴을 붉혔다. 초씨 세가의 사위이면서 검절의 무기명 제자. 강호의 인물 중 이러한 배경을 부러워하지 않을 자가 또 있을까. 풍기는 기도가 몰라볼 정도로 달라진 막고위였지만, 가벼운 농에도 얼굴을 붉히는 것을 보면 천성은 어쩌지 못하는 모양이었다.

"후우… 그나저나 그 친구는 잘하고 있는지 모르겠구먼."

"누구를 말씀하시는 것인지?"

무현 진인의 혼잣말에 초연이 물었다.

"자네들도 아는 사람이지. 그 사람이 지금 큰일을 하기 위해 남경에 있다네."

"예? 저희가 아는 사람이라면…….."

"철웅 그 친구 말일세."

"예? 장 대협이 남경에 가 계시다고요?"

놀라 입을 연 사람은 막고위였다. 막고위는 내심 이곳에 오면 그를 만날 수 있을 것이라 여기고 있었다. 한데 어디에도 없던 그의 소식을 듣게 되니, 반가운 마음에 반문한 것이었다.

"중요한 일을 하기 위해 떠났는데, 아직까지 소식이 없는 것을 보면 그 일이 잘 안 된 모양이야."

"그런 일이……."

무현 진인의 말에 막고위는 마치 자신의 일인 양 아쉬워하고 있었다. 그런 그에게 무현 진인이 넌지시 물었다.

"나는 조만간 이 섬을 떠날 것이네. 기왕 나온 걸음 남경에나 들를까 생각 중인데 같이 가겠나?"

"예? 정말 그래도 되겠습니까?"

막고위의 표정이 밝아지다, 옆구리를 꼬집는 손길에 주춤했다. 초미가 그를 제지하고 나섰다.

"아버님께 허락도 안 맡고 어딜 가려구요?"

"하지만……."

초미가 째려보자 막고위는 이내 고개를 숙이며 더듬거렸다. 그 모습을 보며 웃던 초연이 안쓰러운 듯 말했다.

"그러지 말고 너도 제부와 함께 남경에 다녀오렴. 싸움도 끝난 마당에 이곳에 더 있을 필요도 없을 것 아니니."

"그렇지요, 처형?!"

막고위의 눈에 다시 생기가 돌았다. 초연은 가만히 고개를 끄덕이며 막고위의 편을 들어주었다. 눈꼬리가 치켜 올라가며 초미가 무어라 하려 할 때, 모닥불 너머로 다가오는 목소리가 있었다.

"어디 있나 했더니 이런 곳에 있었구나."

"아버지."

"장인어른 오셨습니까."

모닥불을 스치며 다가온 세 사람. 초씨 세가의 가주이자 독보십절의 일인인 도절 초한상과 그의 내자이며 또 한 사람의 독보십절인 옥절 소봉옥. 그리고 이십팔숙의 수장인 황보광이었다.

"오랜만에 뵙소."

"오랜만이오."

무현 진인과 인사를 나눈 초한상이 막고위를 바라보며 입을 열었다.

"남경에 간다고 하였는가?"

"…예."

막고위가 대답하기 어려운 듯 말을 늦췄다. 초한상은 소봉옥을 한번 바라보고는 무현 진인에게 물었다.

"혹시… 진인께서도 언가의 전서를 받으신 것이오?"

"언가라면?"

초한상은 무현 진인과 함께 자리를 옮겼다. 사람들과 멀리 떨어진 곳까지 온 초한상이 먼저 말을 꺼냈다.

"얼마 전 언상의 전서를 받았소."

"권절?"

무현 진인이 놀랍다는 듯 입을 열었다. 도절 초한상이 권절 언상과 친분이 있을 줄은 꿈에도 몰랐다.

"남경에 큰 파란이 일고 있으니 도와달라는 내용이었소."

"…혹시 역모와 관련된 이야기를 하는 것이오?"

"역시 진인도 알고 계셨구려."

언상이 보낸 전서는 검절과 더불어 도절에게도 전해졌다. 무현 진인이야 이미 소림에서 언상과 만난 자리에서 역모와 관련된 이야기를 들었으니 새삼스러울 것이 없었다.

"정말 심각한 모양이군."

"아무래도 그런 것 같소. 그 못된 친구가 검절 선배에게도 청을 넣었다고 당당히 밝히는 것을 보면……."

검절과 도절은 앙숙이다. 그런 것을 익히 아는 언상이 전서에 그런 것까지 써놓았다면 그만큼 위험하고 다급한 일이란 뜻이었다. 언상은 농담을 모르는 위인이었으니까.

"나는 내일 날이 밝는 대로 남경으로 떠날 것인데… 같이 가시겠소?"

“음… 아무래도 상의를 해봐야겠소.”

“음?”

초한상이 의문을 표했다. 화산을 대표하는 그가 누구와 상의하겠다는 것인지. 무현 진인은 그런 초한상에게 가볍게 미소 지으며 대답했다.

“혜정 대사에게 물어봐야겠소. 화산파 제자들을 데려가도 될지…….”

*　　　*　　　*

여산에서 바라보는 파양호는 가히 절경이라 부를 만하다. 하나 여산에 올라 그런 행운을 잡기란 여간 어려운 것이 아니었다. 구름처럼 산을 두르는 안개의 산. 그 안개의 바다 속에 그들이 서 있었다.

“정녕 이대로 물러날 작정이시오?”

“…….”

“아우들의 복수도 하지 않고… 포로로 잡힌 교도들도 구하지 않고 정녕 이대로 물러날 작정이시오?”

“…….”

사내의 뒤에서 침잠된 목소리로 말을 이어가는 노인. 백련십이강의 일인이며 구마의 맏형인 백마 종리강이 한수를 향해 분노와 고통을 담은 목소리로 말을 이어갔다.

“…셋째가 죽었소. 일곱째와 여덟째, 아홉째도 죽었소… 구마 중 넷이 죽었단 말이오. 포로로 사로잡힌 자만 일천이오. 모두 우리 형제고 자식들인데… 저들을 정녕 이대로 버리실 작정이시오?"

도마 마석산이 죽었고 염마(念魔) 백유명(白維明)이 죽었다. 귀마 손우, 시마(屍魔) 오만령(吳萬領)이 그들의 뒤를 따랐다. 구마중 넷이 죽었다. 절정고수 넷이 죽은 것이 아니라, 백련의 역사이며 최고 배분의 원로 넷이 죽었다. 엄청난 타격이었다.

"총단에 적도들의 발길을 허락한 순간… 운명은 이미 결정된 것이오."

"소교주……."

한수는 냉정했다. 그의 뒤에 시립해 있던 세 명의 노인이 그 차가운 목소리에 이를 악물어야 했다.

"저곳에 모인 정파의 인물들만 이천에 가깝소. 지금도 연화도로 들어가는 배가 끊이질 않고 있고. 저들의 손에서 포로들을 구해오려면 어떤 희생을 감수해야 하는지 정녕 모르시는 게요?"

안다. 왜 모르겠는가? 하나 어차피 저들과는 한 하늘을 질 수 없는 사이. 자신들에게 선봉을 맡긴다 해도 당장에 칼을 빼 들 수 있었다. 죽은 형제들의 복수를 하고, 오랜 세월 함께했던 교도들과 여자와 아이들을 저자들의 손에서 구해올 수만 있다면.

"모두 진정하시오. 아직 대계는 완성되지 않았소."

한수의 말에는 분노가 어려 있었다. 구마는 그의 말에 입을 다물었다. 십 년간 준비한 대계가 완성을 눈앞에 두고 있었다. 이제 조금만 더 진행되면 명 황실을 무너뜨리고 백련의 교리로 지배되는 새로운 용화세계가 건설될 찰나였다. 그런데…….

"저들이 어찌 총단의 위치를 알아냈는지, 연혼진의 파훼법을 어찌 알았는지는 중요하지 않소. 아직 우리의 전력은 상당 부분 보존되어 있고, 대계 역시 예정대로 진행되고 있다는 것이 중요할 뿐이오."

"정녕… 저들을 이대로 보낼 것이오?"

검마 능광이 입술을 깨물며 말했다. 하나 한수는 고개를 가로저었다.

"아니오. 절대 이대로 보낼 수는 없소."

"하면……."

능광의 눈가에 희망이 어리는 듯했다. 하나 한수의 말에 놀라 한 걸음 물러섰다.

"…멸혼을 발동시키겠소."

"헉! 어찌 그럴 수가……."

놀란 것은 능광만이 아니었다. 백마 종리강을 비롯하여 살아남은 다른 구마 모두가 입을 다물지 못했다. 성정이 불같기로 유명한 잔마 흑규가 소리쳤다.

"형제들의 시신조차 거두지 못했소! 그리고 아직 일천이나 되는 교도들이 저들의 손에 포로로 잡혀 있소! 당장 공격하라는 명을 내리지는 못할망정, 어찌 멸혼의 발동을 입에 담을 수 있소?!"

한수는 조용히 몸을 돌렸다. 네 쌍의 노기 어린 눈이 그를 바라보고 있었다. 한수는 그들의 눈동자 하나하나와 마주치며 입을 열었다.

"저곳에는 인질로 잡힌 교도들 일천이 있지만, 우리의 생사대적인 강호의 정파 나부랭이들 또한 이천이나 몰려와 있소! 내일이면 삼천이 될지 사천이 될지 알 수가 없소! 멸혼을 발동시키면… 저들을 일거에 섬멸할 수가 있소!"

"하나 죄 없는 형제들은… 아무것도 모르는 저 어린것들은 어찌하란 말이오!"

평소 말이 없던 독마(毒魔) 갈시경(葛時敬)이 불같이 노하며 한수에게 소리쳤다. 당장이라도 도를 뽑아 들 기세. 하나 한수는 그를 노려보며 더 크게 소리쳤다.

"내가 누구요?!"

"……?!"

갈시경은 일시지간 할 말을 잃었다. 한수의 눈에서는 그 누구 못지않은 노기가 피어오르고 있었다.

"나는 백련의 소교주요! 이제는 교권을 물려받아 백련의 대계와 미래를 책임져야 할 사람이오! 저들 일천의 목숨이 아깝다고 하셨소? 하면 저기 모인 이천, 삼천의 적을 없애기 위해 얼마나 많은 피가 뿌려져야 할지는 왜 생각하지 못하시오! 삼천의 적을 없애기 위해선 그만큼의 피가 뿌려져야 하는 거요! 나는 내 피붙이 같은 형제 일천을 희생시켜 적 삼천을 없애려고 하오! 또 다른 형제… 삼천을 살리기 위해서……."

한수의 눈에서 눈물이 흘러내리고 있었다. 주체할 수 없던 분노가 눈물이 되어 흘러내리고 있었다. 한수의 눈물 앞에선 누구도 입을 열수가 없었다.

'소교주…….'

종리강의 주먹이 굳게 쥐어졌으나 이내 힘없이 풀려 버리고 말았다. 한수의 말은… 옳았다.

"소교주가 그런 생각을 가지고 있다니… 나는… 반대하지 않겠소."

종리강의 말에 다른 형제들의 눈이 놀라 크게 떠졌다. 하나 그들 역시 그의 뜻을 따르는 것이 최선의 선택이라는 것을 인정할 수밖에 없었다.

"내일 새벽… 멸혼을 발동하겠소……."

한수는 그 한마디를 남기고 그 자리를 떠났다. 구마의 노안이 그의 등을 향하고 있었지만, 끝내 그의 발목을 붙잡지는 못했다.

구마와 멀어지며, 한수의 눈에서 흐르던 눈물은 메말라가고, 굳어졌던 입가엔 미소가 감돌았다. 모든 것이 계획대로 되고 있었다. 그의 계획대로.

*　　　*　　　*

연화도를 은밀히 빠져나가는 이들이 있었다. 십여 명이 탈 수 있는 소선들이 하나둘 연화도를 벗어나 파양호의 물결 위로 몸을 실었다. 도합 스물다섯 척. 이백육십에 달하는 인물이 연화도를 떠나 구강으로 향하고 있었다.

"양해해 주어 고맙소."

"별말씀을. 나도 한시라도 빨리 남경으로 갔으면 싶었소."

선두로 나아가던 소선에는 초한상을 비롯한 초씨 세가의 일원과 무현 진인이 타고 있었고, 그 뒤를 따르는 소선에는 혁혁한 전공을 세웠던 일백의 척마단이 화산파의 제자들과 함께 몸을 싣고 있었다.

"일단 장강과 연결되는 호구(湖口)로 가서 배를 갈아탑시다."

"그렇게 하지요. 그나저나 혜정 대사가 선뜻 척마단을 내어줄 줄은 예상치 못했소만……."

초한상은 자신의 뒤를 따르는 스물네 개의 유등을 바라보며 고개를 갸웃거렸다. 소선의 앞에 매달린 유등이 흔들리며 물결 위의 행렬을 만들고 있었다.

"소림사 방장이신 혜원 대사의 명이었다고 하더이다. 척마단은 복귀하지 말고 그의 뒤를 따르라는……."

"그라면……?"

초한상의 물음에 무현 진인이 가는 미소를 지었다. 그리고 무언가 뿌듯해하는 표정으로 그의 이름을 말해 주었다.

"척마단주 장철웅."

무현 진인의 말에 초한상이 어리둥절해하고 있었다. 무현 진인이 섬서의 파검이라는 장철웅을 찾아 남경으로 향한다는 것은 알고 있었지만, 그가 척마단주였다는 이야기는 금시초문이었다. 하나 무현 진인은 가만히 미소 지으며 뱃전을 주시할 뿐, 이렇다 할 설명은 해주지 않을 심산인 것 같았다.

척마단 일백과 화산파 문도 백이십, 그리고 이십팔숙을 포함한 초씨 세가 마흔 명을 태운 소선들이 파양호를 가로지르고 있었다. 그들이 떠나는 것에 사람들이 동요할까 걱정한 혜정 대사의 판단으로 인해, 조용히 연화도를 떠난 그들이었다. 그리고 그것이 그들이 파양호의 대참사 속에서 목숨을 건질 수 있었던 이유다.

　　　　　＊　　　　　＊　　　　　＊

　"대형, 이제 그만 떠나시지요."

　"……."

　혹시나 연화도의 모습이 보일까 싶어 여산의 정상에 올라서 있었지
만, 연혼진의 흔적 대신 여산의 안개가 백마 종리강의 시야를 어지럽히
고 있었다. 벌써 대부분의 인원이 여산을 떠나 임시 총단으로 향하고
있었다. 연화도를 잃은 그들이 선택한 곳은 비밀 분타 중 가장 규모가
큰 안휘 황산(黃山) 분타였다. 하늘의 도움인지 황산 분타는 이미 새로
운 총단으로 내정된 곳이었기에 이동에 별다른 무리는 없었다. 총단의
젊은 교도들 대부분이 황산의 총단 건설에 힘쓰고 있었고, 자신은 다른
세 명의 형제와 함께 진척을 알아보기 위해 황산에 가 있었다. 연화도
와 그곳에 남아 있던 네 명의 형제가 그사이 화를 당한 것이고. 어차피
교주의 장례가 끝나면 이주할 생각이었지만, 그새를 참지 못한 연화도
는 화염에 휩싸인 손을 흔들며 다가오지 마라 손짓하고 있었다. 연화
도에 남아 있던 사람들은 마지막 정리를 하던 이들. 연화도에 총단을
건설할 때부터 이곳을 지켰던 이들이 대부분이었다. 이제 연화도는 그
들과 함께 그 이름이 지상에서 사라질 것이다.

　"그나마 다행입니다. 젊은 교도들이 황산 총단으로 이동해 있었고,
무련군도 대계를 위해 천하 각지로 흩어져 화를 면했으니……."

　"그래……."

　무련군 일천 정예는 이미 오래전에 천하 각지로 흩어져 암약하고 있
었다. 천하의 혼란 그 배후에는 무련군이 있었다.

"어서 가시지요. 아직 대계가 끝난 것이 아니니……."

"먼저들 가시게. 나는… 연화도의 마지막을 보고 갈 터이니……."

검마 능광의 재촉에 종리강이 고개를 저었다. 연화도는 십 년 전 정사대전 희생자들의 혼령이 담긴 곳. 백마뿐 아니라 구마 모두에게 의미가 깊은 곳이었다. 그리고 이제는 평생을 함께 싸워왔던 형제들의 무덤이기도 하였다. 종리강의 시선은 안개 속 연화도에 고정되어 있었다.

"아주 잘하셨습니다."

한수의 곁에는 강자량이 다가서 있었다.

"이제 내일 새벽이면 정파의 주력과 소교주를 반대하던 골수 교도들까지 일거에 처리할 수 있을 것입니다."

"멸혼의 준비는 완벽히 끝났겠지요?"

"물론입니다. 미리 매설했던 오만 근 외에 적기당을 운용하며 빼돌린 팔만 근이 연화도 곳곳에 묻혀 있습니다. 정파의 고수들과 함께 백련의 흔적은 완전히 사라질 것입니다."

한수는 강자량의 말에 고개를 끄덕였다. 구마를 설득하기 위해 눈물이라는 것을 흘려야 했다.

'늙은이들의 눈을 속이는 것은 의외로 간단한 일이었군.'

우스웠다. 개세의 무공을 지녔으면 무엇 할까. 자신의 눈물이 진심인지 거짓인지조차 구별하지 못하는 것을.

"마지막 축포를 보고 갑시다. 저들도 그것을 원하는 것 같으니."

한수의 시선이 구마의 뒷등에 닿아 있었다. 저 늙은 노물들은 기어이 자신들의 시대가 끝났음을 확인하고자 했다.

"우사는 옥영진에게 찾아가 몇 마디 언질이라도 주도록 하시오."

"언질이라면……."

"그도 귀가 있으니 총단이 붕괴되었다는 소식을 들었을 것이오. 그에게는 이 계획을 말해 준 적이 없으니 적지 않게 당황하고 있겠지. 가서 걱정하지 말라 토닥여 주란 말이오."

"알겠습니다."

강자량은 고개를 숙여 보였다. 옥영진은 욕심은 많으나 소심한 자였다. 확실하지 않은 길로 발을 내딛지 않을 것이 분명했다. 그런 자에게 길을 보여주는 것은 어렵지 않았다. 욕심에 눈이 먼 자만큼 속이기 쉬운 것도 없으니.

강자량은 한수의 곁에서 연화도를 바라보고 있었다. 멀리 연화도를 떠나던 수십 척의 소선들을 보았다면 분명 의심의 눈길을 보냈을 터이지만, 여산의 안개를 뚫고 그들을 찾아내기는 불가능했다.

* * *

마차는 파양현을 향해 달리고 있었다. 평소대로라면 북쪽에 있는 도창(都昌)이나 강 건너 성자(星子)에서 배를 찾아야 했지만, 적유는 파양으로 마차를 몰 것을 명했다. 파양은 남창에 비견될 정도로 큰 도읍이었다. 파양호에서 사단이 있었다면 분명 그에 대한 소식을 접할 수 있을 것이다. 어스름한 새벽 공기를 가르며 파양의 호변을 따라 마차를 몰고 있던 패의 눈에 파양호를 가로지르는 이십여 개의 유등이 보였다.

'벌써 섬을 떠나는 자들이 있단 말인가?'

꼬박 하루 밤낮을 내달리고 나서야 강서 땅에 당도할 수 있었다. 총단이 붕괴되고 고작 사흘. 벌써 섬을 떠나는 자가 있다는 것은 총단의 완전한 괴멸을 의미했다. 소선들과 스치고 한 시진가량을 더 내달리자, 굽이치던 장강의 물결이 완만해지며 연화도가 자리한 파양호가 모습을 드러내기 시작했다. 파양호의 저편에서는 이미 날이 밝고 있었다. 일출의 너울거림이 잠자던 파양호를 조금씩 일깨우고 있었지만, 금빛으로 물들어야 할 파양호의 물결은 일몰에나 보일 법한 불길한 핏빛으로 물들고 있었다. 패는 고삐를 더욱 힘주어 움켜잡았다. 마음은 더 빨리 달리라 소리치고 있었지만, 지친 말의 걸음은 조금씩 느려만 가고 있었다.

연화도가 잠에서 깨어나려 하고 있었다. 뜬눈으로 밤을 지샌 포로들의 눈은 피로와 두려움으로 얼룩져 있었다. 그들과 조금 떨어진 수백의 막사들이 하나둘 부스럭거리며 아침을 준비하고 있었다. 완만한 섬의 바깥쪽 평지만으로는 삼천에 달하는 인원을 수용하기가 버거웠다. 몇몇 사람들이 아직 확인하지 못한 섬의 안쪽으로 들어가지 말 것을 당부했으나 마교를 괴멸시킨 승리자들에겐 거칠 것이 없었다. 그늘을 찾아, 혹은 조금 더 편한 휴식처를 찾아 수백 개의 막사들이 섬의 안쪽으로 파고들어 가 있었다. 섬은 완전히 정도연합의 사람들 손에 점령당해 있었다.

"주살한 마교도의 수가 천오백, 포로로 사로잡은 이들의 수가 천. 우리 측 사상자는 총 오백삼십……."

혜정 대사와 몇몇 소림의 승려들은 밤을 세워가며 전투의 결과를 정리하고 있었다. 총 이천오백의 대인원이 마교 총단 공세에 참여했다. 이견을 달 수 없는 대승. 하나 혜정 대사는 고개를 저으며 자리에서 일어섰다.

'총단… 명색이 마교의 총단에 무공을 익히고 있는 자가 고작 천오백이라… 게다가 절정고수라 불릴 만한 자들도 너무나 적었다. 예상하고 있던 마교에 비한다면 절반 정도에 불과한 전력. 모든 전력이 내부에 집중되어 있지는 않았겠지만, 그래도 명색이 총단이라 불리는 곳의 전력이 이 정도였다니…….'

혜정 대사는 지난 싸움의 결과를 바라보며 의심을 품고 있었다. 의심은 그것뿐이 아니었다.

'이곳에 펼쳐져 있다던 진의 흔적을 찾을 수가 없었다. 야음을 틈타 기습을 하기는 했지만, 우리의 움직임도 전혀 눈치채지 못하고 있었고… 너무 쉽다…….'

자리에서 일어난 혜정 대사가 막사의 입구를 들추며 밖으로 나왔다. 이미 동녘 하늘은 어둠을 몰아내고 있는 중이었다.

'십 년 전과는 너무나 달라 오히려 어색하기만 하구나. 무현 진인은 이미 장강에 접어들었겠지? 척마단을 남경으로 보내라는 의미는 무엇일까. 병부와 마교가 연수하였다고 하니, 역모의 배후에 있는 마교의 잔당을 색출하기 위함인가? 하면 백이십이나 되는 화산파의 제자 전부를 데리고 간 까닭 역시…….'

혜정 대사는 자신의 추리가 너무나 막연한 것임을 깨닫고는 고개를 저어 생각을 털어내었다. 마교가 약한 것이 자신들 탓은 아니지 않은가? 자신들은 분명 큰 승리를 거뒀고, 강호에 그 이름을 더욱 드높일 수 있게 되었다. 지금은 그것만 생각하면 된다 여겼다. 혜정 대사의 감각에 이질적인 울림이 전해진 것은 그때였다.

우우우우.

"음?"

진동. 자신의 발끝에서부터 울리는 진동이 있었다. 혜정 대사는 급히 한 걸음을 떼며 주변을 살폈다. 하나 울림의 진원지는 찾을 수가 없었다.

"이게 무슨……?"

울림이 점점 거세어지며 혜정 대사에게 위험을 경고했다. 혜정 대사는 이 기분 나쁜 울림의 정체를 파악하기 위해 사방을 둘러봤다. 아직 많은 사람들이 잠들어 있는 시간, 그의 눈에 보이는 움직임이라곤 바람에 흔들리는 막사들과 파양호의 물결뿐이었다.

'모두 잠든 시간의 기이한 울림이라니… 잠깐?!'

혜정 대사는 무엇을 깨달은 것인지 두 눈을 크게 떴다. 그리고 다급히 막사들이 운집해 있는 섬의 안쪽으로 내달리며 소리쳤다.

"모두 일어나라! 함정이다!"

혜정 대사의 내력 가득한 사자후가 연화도 전체를 울렸다. 하나,

과과과쾅!! 과과쾅!!

연화도의 땅이 솟구치며 불기둥들이 솟아나고 있었다. 그 엄청난 굉음에 놀라 혜정 대사가 다급히 몸을 숙였다. 번천지복. 혜정 대사의 눈에, 반경 수십 장의 지반이 동시에 무너져 내리고 있는 것이 보였다.

수십 개의 막사가 동시에 땅 밑으로 꺼지고 있었고, 불기둥에 휘말린 막사들은 그 안의 사람들과 함께 하늘로 솟구쳤다.

"크아악!!"

"살려줘!! 아악!!"

곳곳에서 사람들의 아우성이 들려왔다. 제아무리 고강한 무공을 지닌 자라 할지라도 땅이 꺼지고 지옥의 겁화가 날뛰는 이곳을 빠져나갈 수는 없었다. 폭발은 찰나의 간격도 두지 않은 채 연화도 전역에서 발생하고 있었다. 수십, 수백 번의 폭발이 이어지며 연화도 위의 생명들을 집어삼키고 있었다. 아비규환의 지옥도. 수많은 사람들이 불길에 휩싸였고, 꺼져 버린 땅속으로 사라졌다.

"안 돼!!"

혜정 대사의 외침이 공허히 울리고 있었지만, 그의 목소리는 사방에서 휘감는 불길에 휩싸여 이내 사그라지고 있었다.

"안 돼!!"

마차의 문을 박차고 뛰어나온 우중생이 호변으로 몸을 날렸다. 적유가 다급히 그 뒤를 쫓아나와 호수로 뛰어들려던 우중생의 팔을 낚아챘다.

"정신 차리게!"

적유가 외마디 소리를 질렀다. 하나 실제로는 적유 자신도 정신을 차릴 수가 없었다. 호수 전체를 뒤흔든 뇌성. 그리고 호수의 중앙에서 솟구친 불기둥. 어두운 새벽 하늘을 수놓은 작은 불빛들이었지만, 그것이 멸혼의 결과라는 것을 적유는 알고 있었다.

'소교주…….'

멸혼의 발동. 적들에게 총단이 유린당할 때, 연화도 지하의 지하 석실에 숨겨진 수만 관의 화약으로 연화도 전체를 분사시키는 최후의 수단. 결국 소교주는 멸혼을 택한 것이었다. 적유와 우중생은 공허한 시선으로 파양호를 바라보고 있었다. 하늘이 조금씩 밝아오고 있음에도 연화도에서 일어난 폭발과 뇌성은 끊이지 않고 있었다.

붉은빛의 하늘과 붉게 변한 호수… 물결에 실려 아련히 들려오는 비명 소리마저 핏빛으로 물들어 있었다.

第八十章
밝혀지는 음모

밝혀지는 음모

언제나 그렇듯, 나쁜 예감은 틀리는 법이 없었다

"그들이 이렇게 허무하게 당할 줄이야……."

비대한 몸을 좌우로 이끌며 안절부절못하고 있던 사내, 옥영진의 이마에는 작은 골이 패여 있었다.

"흠… 이대로 계획을 접어야 하는가? 아니야… 자그마치 삼십 년을 기다려 온 계획이다. 이미 조정의 대신들도 혼란을 수습하기 위해 병력을 움직여야 한다고 중론을 모으고 있다. 차라리 이대로 황세손을……."

옥영진의 머리 속에는 수천 수만 가지 생각이 꼬리를 물고 있었다. 이미 남경은 자신의 손에 떨어진 것이나 다름없었다. 연왕의 발목은 북평에 단단히 옭아매 놓았고, 금의위와 친군의 수장들 역시 자신의 명이 떨어지기만을 기다리고 있었다.

"하나 만에 하나 실패하게 된다면 그간의 노력이 모두 물거품이 되어버린다. 그렇다고 기회를 잡지 않으면 또 얼마의 시간을 기다려야 할지 모른다. 어떻게 한다… 어떻게 한다……."

옥영진의 몸이 움직일 때마다 방 안의 공기가 출렁거렸지만, 너무나 골몰히 생각에 잠겨 있었던 탓에 자신의 방으로 스며든 외인의 인기척을 발견할 수 없었다.

"무얼 그리 생각하고 계시오?"

"허억?!"

옥영진은 호들갑을 떨며 뒤로 물러섰다. 그의 앞에는 강자량이 다가서 있었다.

"여긴 어떻게 들어온 거요? 누가 보기라도 하면 어쩌려고……."

"체통을 지키시지요. 황위에 오르실 분이……."

강자량의 미소 띤 말에 옥영진이 짐짓 헛기침을 하며 신색을 가다듬었다.

"총단이 습격을 받았다 들었소. 도대체 어떻게 된 거요?"

"그건 내가 물어보고 싶은 말이오. 이천이 넘는 자들이 몰려왔소. 그들의 발길을 막는 것은 그대의 몫이 아니었소?"

"그것은……."

옥영진의 입이 궁해졌다. 강자량의 말마따나 그들의 이동을 막는 것은 자신이 하기로 한 일이었다. 그것 때문에 조정의 중론까지 움직여야 했다. 하나 어쩌랴. 자신은 명을 내렸으나 휘하들이 제대로 따르지 못한 것을. 옥영진은 헛기침을 하며 말을 돌렸다.

"그건 그렇고, 앞으로 어찌 되는 것이오? 이대로 계획을 포기하는 것이오?"

"그럴 리가. 대계에 변동은 없소. 당신은 당신의 몫을 해내기만 하면 되오."

"하나, 그대들의 총단이……."

"하하하하."

옥영진의 말에 강자량이 대소를 터뜨렸다. 옥영진은 그의 갑작스런 웃음에 놀라 주위를 두리번거렸다.

"목소리를 낮추시오."

"총단이 습격을 받아 괴멸된 것은 분명하오. 하나 총단이 사라졌다 하여 백련이 사라지는 것은 아니오. 미륵을 따르는 이들은 천하에 산재해 있소. 대계가 멈추는 일은 없을 것이오."

옥영진의 작은 눈이 강자량을 바라보았다. 마치 강자량이 숨기고 있는 무엇인가를 찾아내려는 듯. 옥영진은 바보가 아니었다.

"총단이 괴멸되었다는 것은 거짓이구려."

"교주가 있는 곳이 바로 총단이오."

"하면 그곳을 습격한 자들은……."

강자량은 고개를 저으며 대답을 회피했다. 삼천이나 되는 인물들을 폭사시켰다고 어찌 자신의 입으로 이야기할 수 있겠는가. 이삼 일 후면 절로 알게 될 일인 것을.

"그럼… 믿고 계획을 진행시키겠소."

"우리는 염려하지 마시오. 그것보다 황세손은 어떻소?"

강자량의 말에 옥영진이 웃었다. 그 모습이 마치 부푼 화권(花卷:꽃빵)에 칼집을 낸 것 같아 실소가 나올 지경이었지만, 강자량은 웃음을 참으며 묵묵히 그의 이야기를 들어주었다.

"안절부절못하고 있소. 올라오는 소식마다 흉흉하기 이를 데 없으니, 그 연약한 심성에 잠도 제대로 이루지 못하는 모양이오. 마음을 기댈 곳이 없어서인지, 이전부터 자주 담론을 주고받던 제태와 황자징을 곁에서 떼어놓지를 않고 있소. 물론… 그럴수록 그들의 마음은 황세손이 아닌 나를 찾게 되겠지만. 후후."

황자징을 비롯한 한림학사들과 친교를 만들기 위해 엄청난 은자를 들여야 했다. 머리에 먹물만 든 위인들이라 자신과 어울리기를 꺼려했지만, 그들도 언제까지나 자신이 지닌 힘을 무시할 수는 없었을 것이다. 황제가 만일을 대비해 만들어놓은 병부와 오군도독부의 권한 양분이었지만, 그 완벽해 보였던 황권은 자신으로 인해 유명무실해져 있었다. 그것은 자신도 알고 그들도 알고 있었다.

"그럼… 나흘 후에 봅시다. 미래의 황제 폐하."

강자량이 거사와 관련한 몇 마디 말을 더 나눈 후 물러서며 말했다. 옥영진의 입가에는 만족스러운 미소가 걸리고 있었다.

'어리석은 자.'

'멍청한 놈.'

오월동주. 그들이 탄 배는 대계의 흐름을 타고 마지막 급물살을 타고 있었다. 비록 삼십 년이란 긴 세월을 함께한 사이였으나 결국 마지막에 배에서 내릴 수 있는 사람은 단 한 사람뿐이었다.

＊　　　　＊　　　　＊

정도연합의 전멸. 언제나 바람 잘 날 없는 강호였지만, 강서에서 날아온 비보는 전 강호를 충격 속으로 몰아넣고 있었다. 마교 총단을 괴멸시켰다는 낭보가 도착한 지 사흘 만에 날아온 전서. 환호성을 밀어낸 비통함이 사람들의 가슴을 무겁게 짓누르고 있었다. 구파일방에서 참여한 인원만 일천이었고, 수백 군소방파에서 함께한 인원만 이천에 달했었다. 도합 삼천의 정도인이 불귀의 객이 되어버린 것이었다. 섬 자체가 사라졌을 만큼 거대한 폭발이었다고 한다. 살아나온 이는 전무. 소림의 혜정 대사를 비롯해, 무당파 현진 도장, 화산파 무현 진인, 종남파 현우단 장로, 개방의 독안괴봉 조표 장로까지 강호의 굵직한 기둥들이 명을 달리했다. 구대문파 대부분이 각 문파의 전력 중 삼 할 정도를 이번 정사대전에 참여시켰다. 이번 일로 멸문하다시피 한 군소방파도 부지기수였다. 이들의 빈자리를 다시 메우고 강호의 정기를 되살리려면 십 년도 길다 말할 수 없었다. 양패구상. 승자도 패자도 없는 최악의 결말이었다.

남경의 외곽. 장 아무개의 소유로 되어 있던 도찰원의 비밀 안가. 인근 마을과 십여 리나 떨어져 있던 외딴 장원에 야음을 틈타 잠입하는 이백여 명의 인물이 있었다. 도찰원에서 특별히 파견된 어사들 이십여 명이 장원의 곳곳에 숨어 있었으나 그 누구도 이들의 침입을 눈치채지는 못한 듯했다. 인영들이 장원의 안쪽으로 스며들고 있었다. 발자국 소리마저 들리지 않는 것을 보면, 평범치 않은 무공의 소유자들 같았다. 어둠에 동화되어 이동하던 그들이 걸음을 멈춘 곳은, 넓은 마당으로 이어지던 내원의 원문을 넘고 나서였다. 그들의 앞에는 달을 등진 철웅이 서 있었다.

"어서 오십시오."

"허허, 기다리고 있었던 겐가?"

철웅의 인사에 화답한 사람은 검절 석위강이었다. 그의 뒤에 서 있던 무현 진인이 반갑게 손을 내밀었다.

"이런, 듣던 것보다 더 많이 상했군."

"먼 길 오시느라 고생이 많으셨습니다."

석위강은 파양호로 가던 도중 그들과 조우할 수 있었다. 무현 진인 일행은 초씨 세가의 사람들과 함께 강을 따라 남경으로 향하고 있었고, 다행히 석위강과 길이 엇갈리지 않아 곧바로 이곳으로 향했던 것이었다.

"우리도 남경에 당도하고 나서야 파양호의 소문을 들었네. 다시 되돌아가 사태를 수습할까도 생각했지만, 여기까지 왔으니 일단 자네를 만나 이야기를 듣는 것이 순서일 것 같아서 이렇게 찾아왔네."

내실로 자리를 옮긴 무현 진인이 철웅에게 말했다. 내실에는 무현 진인과 철웅, 그리고 초씨 세가의 인물들이 함께 자리하고 있었다. 비보를 전해 들은 사람들의 얼굴에는 깊은 그늘이 져 있었다.

"죽은 이들에게는 미안한 이야기지만… 아무래도 파양호는 함정이었던 것 같습니다."

"…그렇게 짐작하고 있었네."

너무 늦게 알았다. 마교 총단의 전력이 예상보다 너무 약했던 것을 의심했어야 했다. 승리감에 도취되어 화가 다가옴을 느끼지 못했다.

"마교도의 간악함에 치가 떨립니다. 어찌 그렇게 무자비할 수가……."

막고위가 몸을 부르르 떨며 잇소리를 내었다. 격전의 와중에 숨진 것도 아니라, 한낱 화탄에 당했다는 것이 더욱 분노를 자아내게 만들었다. 삼천 명의 몰살. 그로서는 쉽게 감당하기 힘든 충격이었을 것이다.

"그것이 의도된 함정이라면 결국 저들의 전력은 온전히 보전되어 있다고 봐야 합니다."

"장 대협은… 이번 일이 저들이 사전에 계획하고 꾸민 일이라고 보는 것이오?"

철웅의 말에 초한상이 되물었다. 함정인 것은 분명했으나 설마 하니 유인책이었다고는 생각하지 못하고 있었다. 그곳에서 자신들을 맞이했던 자들도 여자와 아이를 빼고도 근 이천에 달했다. 미끼로 보기에는 너무나 큰 희생이었다. 하나 철웅의 생각은 그와 달랐다.

"그들의 총단이 알려진 경로부터가 수상했습니다. 너무나 빨리, 그리고 쉽게 소문이 퍼졌습니다."

철웅은 일전에 언상에게 이야기했던 의문점을 이들에게도 설명했다. 몇몇은 의문을 표시했고, 몇몇은 수긍했다.

"이해할 수 없네. 비록 교주라는 자를 잡지는 못했지만, 그곳에 있던 자 중 고수의 수만 근 이백에 달했네. 나 정도의 절정고수도 넷이나 있었고. 미끼라고 보기에는 너무 과하지 않나 싶은데……."

"정도문파와 동귀어진시킬 작정이었다면 그리 대단한 구성은 아닙니다. 자세한 내막은 알 수 없지만, 저는 그들이 함정을 파놓고 유인책을 쓴 것이 아닌가 싶습니다."

좌중은 침묵에 잠겼다. 유인되었다. 멍청하게도 너무 쉽게 풀리는 일을 의심조차 하지 않았다. 자신들은 어리석지 않았다 반론을 제기하고 싶었지만, 참담한 결과는 그러한 마음마저 들지 않게 만들었다.

"자네의 말대로 저들의 주력이 온전하다면, 어디선가 다시금 우리를 향해 칼을 빼어 들 것이라는 뜻인데……."

"그럴 것입니다. 하나 지금 당장 저들이 반격을 가하지는 않을 거라 봅니다."

"그건 또 무슨 뜻인가?"

철웅은 되묻는 무현 진인에게 자신의 생각과 남경의 상황을 설명했다. 분명히 진행되고 있는 역모. 그리고 그 역모의 배후에 있는 옥영진과 마교. 지금 일어나고 있는 천하의 혼란이 역모와 무관하지 않으며, 역모가 성공하게 된 후에 일어날 상황의 예상까지. 들으면 들을수록 머리가 아파오는 이야기들뿐이었다.

"하면 지금 각지에서 일고 있는 혼란이 그 옥영진이란 자의 역모를 성공시키기 위한 준비란 뜻이오? 그리고 역모가 성공한다면 마교도 황실을 등에 업고 호국교가 되어 천하를 잠식할 것이다?"

초한상은 어이가 없는 듯했다. 언상의 전서를 받았을 때 제법 큰일이 벌어진 것이라는 것은 짐작했었다. 천하에 고집쟁이 권절이 자신에게 전서를 띄웠을 때에는 분명 그만한 이유가 있을 테니. 그리고 철웅에게 들은 그 이유는 자신의 예상을 훨씬 압도하고 있었다. 마교가 호국교가 된다니…….

"그럼 지금 당장 저들이 반격을 가하지 않을 것이라는 것은……."

"저들의 목적이 강호재패가 아니기 때문입니다. 추측이지만… 저들은 강호에 커다란 타격을 준 것뿐 아니라, 그만큼의 시간을 벌었습니다. 그들에게 시간이 필요했던 건… 남경의 역모 때문이 아닌가 싶습니다."

"그럼 머지않아 저들이 야욕을 드러낼 거란 뜻인데……."

사람들은 각자의 생각에 빠져들었다. 너무 엄청난 음모인지라 무어라 말을 꺼내기가 어려울 정도였다.

'저들의 계획을 알지 못하는 한, 저들이 움직이기를 기다리는 수밖에는 없다.'

답답했지만 방법이 없었다. 황실의 움직임에 최대한 촉각을 곤두세우고 있는 것이 지금 당장 할 수 있는 최선의 방법이었다. 시간은 하염없이 흐르고 있었지만, 이번만큼은 시간이 문제를 해결해 주지 못하고 있었다.

*　　　　*　　　　*

"으흐흑……."

간소히 차려진 상 위는 네 개의 위패가 모셔져 있었고, 그 앞에 망자의 죽음을 애통해하는 눈물이 떨어지고 있었다. 우중생의 눈물은 한참 동안이나 계속되고 있었다. 보다 못한 검마 능광이 나서 그를 일으켜 세웠을 정도로.

"진정해라. 혼자 간 저승길이 아니니 억울해할 것 없다."

"으흐흑……."

려산의 정상에서 이루어지던 진혼에는, 망자와 형제의 예를 맺은 다섯 사람만이 자리해 있었다. 이미 소교주와 총단의 생존자들은 황산의 새로운 총타로 떠난 후였다. 능광의 품에서 겨우 애통함을 달랜 우중생이 입을 열었다.

"…형님… 그날 일어났던 일들을… 알려주십시오… 최대한 소상하게……."

의아해하던 능광이었지만, 우중생의 붉은 눈을 보고는 하는 수 없이 잊고 싶은 기억을 꺼내어 되새김질했다. 그의 설명을 듣는 동안 우중생의 눈에 어렸던 붉은 기운은 많이 가셔 있었다.

"그게… 사실입니까? 연혼진이 파훼되었다는 게?"

"적들에게도 진에 능통한 자가 있었던 모양이다."

우중생은 연화도가 있던 자리를 바라보았다. 그렇게 짙게 머물던 안개가 오늘따라 그 흔적을 찾을 수가 없었다. 하나 연화도는 보이지 않았다.

'내가 진에 대해서는 무지하나 연혼진이 그리 쉽게 파훼될 진이 아님은 안다. 거기에 적의 기습도 발견하지 못했다. 파양호 인근에만 감시의 눈길이 이백이다. 파양호에 배를 띄우는 자들 중 적지 않은 이가 우리에게 정보를 제공하고 있었다. 정파연합이 그들의 눈을 모두 피했다는 것을 믿을 수 없다.'

불쑥 고개를 쳐든 의구심은 우중생이 미처 발견하지 못했던 것을 발견하게 만들어주었다.

"어딜 가는 건가?"

구마의 맏형인 종리강의 물음에 우중생이 고개를 돌리고는 차가운 목소리로 말했다.

"확인해 볼 것이 있습니다. 다녀오겠습니다."

우중생의 말에 종리강과 다른 형제들이 의아함을 나타내었다. 하나 우중생은 이내 고개를 돌려 여산을 내려가기 시작했다. 지금은 설명할 시간이 없었다. 그리고 자기 자신조차 자신의 짐작이 틀렸기를 바랐기에, 더 더욱 입을 열 수가 없었다.

적유는 여산 인근의 성자(圭子)현에 머물고 있었다. 총단과 멀지 않은 파양호 부근이었기에 쉴 곳을 찾기가 어렵지 않았으련만, 적유는 굳이 교와 연관이 없는 외곽의 객잔에 여장을 풀었다. 우중생이 그를 찾아온 것은 저녁 식사를 마치고 얼마 지나지 않은 시각이었다.

"…그들이……."

적유의 얼굴이 일그러졌다. 구마 중 넷이 죽었다는 소식은 총단의 괴멸만큼이나 충격이었다. 하나 잠시 후 꺼내어진 우중생의 이야기는 그보다 몇 배는 더한 충격을 안겨주었다.

"…지금 그 이야기… 사실인가?"

우중생은 적유의 반문에 무겁게 고개를 끄덕였다. 적유는 입술을 굳게 다물고 있었다.

"믿을 만한 수하들에게 자세히 알아보라 지시했습니다. 조만간… 알아낼 수 있을 겁니다."

"자네의 예감이… 틀렸기를 바라네… 진심으로."

적유의 음성은 차갑다 못해 냉기가 날릴 정도였다. 그의 뒤에 앉아 있던 소소가 놀라 고개를 돌렸을 정도로.

"…안… 좋은 일이에요?"

우중생이 나가고 나서야 소소가 조심스레 입을 열었다. 적유는 생각에 잠겨 있다가 소소의 목소리에 반응하며 고개를 돌렸다.

"음? 지금 무어라고 했느냐?"

"안 좋은 일이 있으시냐고……."

적유의 음성은 언제 그랬냐는 듯 녹아내려 있었다. 아직 자신을 대함에 조심스러워하는 기색이 역력했지만, 적유는 그런 소소에게 정이 담뿍 담긴 미소를 보여주었다.

"아니다. 안 좋은 일 따윈 없단다. 그저 떠나기 전에 알아보아야 할 일이 조금 남은 것뿐이란다."

"아… 버지."

"음?"

어색해했지만 소소는 적유를 아버지라 불렀다. 적유 역시 그녀의 아버지란 부름이 어색했지만, 그럼에도 만면에 미소가 절로 지어지는 것은 어쩔 수가 없었다.

"위험한 일은… 피하세요."

소소의 말에 적유가 흠칫 놀랐다. 여인의 직감이 무섭다더니, 소소는 불안해하는 표정을 지우지 못한 채 위험을 경고하고 있었다. 적유가 조금은 어색한 미소를 지으며 다정히 말했다.

"걱정하지 말거라. 너를 두고… 내가 어찌 위험한 일을 자초하겠느냐?"

적유의 대답은 소소의 얼굴에서 걱정스러워하던 기색을 조금 지워냈다. 소소에게 약속한 대로 심산유곡에 들어가면 남은 근심도 지워지게 될 것이다.

'하나 떠날 때 떠나더라도… 이것만은 반드시 확인해야 한다. 이것이 사실이라면… 너와의 약속은 조금 미뤄야 할 듯싶구나.'

소소를 바라보던 적유의 시선에는 딸아이를 향한 아비의 부정이 담뿍 담겨 있었다. 이 사랑스러운 딸과 한시라도 빨리 가정을 이루고 싶었기에, 적유는 우중생과 자신의 생각이 틀렸기를 간절히 바라고 있었다.

그러나 언제나 그렇듯, 나쁜 예감은 틀리는 법이 없었다.

*   *   *

"일단 지금 갖추어진 인원만으로 진영을 구성하겠습니다."

탁자 위에는 한 장의 지리도가 올려져 있었다. 그리고 지리도 위에 올려져 있던 검고 흰 돌들이 철웅의 손길을 따라 지리도 위를 오가고 있었다.

"이곳 궁성 내부에는 상직위친군 예하의 친군이 오천 정도 상주하고 있습니다. 그리고 다시 궁성을 에워싸고 있는 황성에도 육천 가량의 수비대가 성을 지킵니다. 여기에 금의위의 인물로 보여지는 이가 삼백에서 오백가량 잠입해 있는 것으로 보이고, 황성 밖 역시 마교의 인물들로 보이는 자들이 이백기랑 잠입혜 있다고 합니다."

철웅의 손에 흑돌이 움직이고 있었다. 대략 돌 하나에 일백. 지리도 위는 금세 흑돌들로 가득해지고 있었다.

"황궁의 서북쪽에는 친군의 주둔지가 있습니다. 이곳에 대기 중인

이십육 위의 군세만 근 이만. 거병 후 반 시진이면 적의 본진이 황궁에 다다를 수 있는 거리입니다."

한 줌의 흑돌이 지리도 위에 놓였다. 그리고 다시 또 한 줌의 흑돌이 철웅의 손에 쥐어지고 있었다.

"남경 외곽의 북쪽은 좌군도독부가, 서쪽은 중군도독부가 진진 배치되어 있습니다."

지리도는 온통 흑돌 일색이었다. 철웅은 지리도를 흑돌로 가득 채우고 나서야 한편에 있던 백돌을 집어 들었다.

"우리 측 전력은… 궁성 내에 있는 독절 왕 선배가 가장 가까운 곳에 있습니다. 그리고 황성에 대기 중인 연왕부의 정병 이천과 도찰원의 고수 이백."

흑돌들 사이의 틈을 비집고, 몇 개의 백돌이 자리를 잡았다.

"그리고 남경성 외곽에 있는 우리가 전력의 전부입니다."

화산파의 제자 일백과 척마단 일백, 초씨 세가의 인원 마흔, 신창 양가의 인원 서른, 그리고 몇몇 고수들. 그들을 상징하는, 고작 한 줌도 되지 않는 백돌들이 성의 외곽 부근에 올려졌다.

"거참… 이것이 대국이라면 우리 쪽 대마는 없는 것이나 다름없군."

석위강의 탄식처럼, 반상 위의 상태는 집을 세는 것이 민망스러울 정도였다. 철웅은 그런 상황 속에서도 활로를 찾으며, 동시에 적 대마의 숨통을 끊을 방법을 찾아야 했다. 지난한 일.

"역모의 핵심은 황세손입니다. 황위를 선양받는 것도 황세손의 뜻이어야 하고, 강제로 찬탈하려 해도 황세손이 최우선 목표가 될 것입니다. 저들보다 빨리 황세손의 안전을 도모해야 합니다."

"하면 우리도 황궁 근처로 이동해야 하지 않겠소? 결국 누가 먼저 황세손을 차지하느냐가 관건일 것 같은데……."

초한상의 말에 철웅이 고개를 끄덕였다.

"그래서 이런 진세를 생각해 보았습니다."

철웅은 한 줌의 백돌에서 몇 개를 꺼내어 황궁 근처로 이동시켰다.

"먼저 신창 양가의 인원이 황궁 안에 있는 도찰원에 은밀히 숨어 있습니다. 초씨 세가의 분들이 이들과 합류해 주십시오."

"금의위를 상대하는 것인가?"

석위강의 말에 철웅이 고개를 끄덕였다. 도찰원에 몸을 웅크릴 수 있는 인원은 한정되어 있다. 신창 양가의 고수 삼십과 초씨 세가의 도객 마흔 명, 그리고 언상이 이끄는 도찰원의 어사 이백. 그들이 맡아야 하는 것은 금의위의 오백 고수였다. 수로는 열세이나 실력으로는 막상막하라고 판단했다.

"무현 진인께서는 척마단, 화산 제자들과 함께 황성 남쪽 정양문 부근에 계셨다가, 궁성 밖의 소란을 맡아주십시오. 그리고… 여러분 모두 결코 궁성 안으로 들어오셔선 안 됩니다."

철웅의 말에 사람들의 시선이 모아졌다. 궁성 안으로 들어선 안 된다니?

"그게 무슨 말인가? 궁성 안에는 친군 오천이 있다고 하지 않았는가?"

"궁성 밖의 일도 쉬운 일은 아닐 겁니다. 수비대만 육천이고 마교의 인물들도 상대해야 할 겁니다. 궁성 안으로 들일 여력이 없습니다."

"이해할 수 없네. 아무리 궁성 밖의 일이 어렵다 해도, 가장 중요한 일은 궁성 안에서의 음모 분쇄이네. 어떤 위험이 도사리고 있을지 모르는데……."

"궁성 안의 일은 저와 연왕부의 이천 정병이 어찌해 보도록 하겠습니다."

"혹시……."

사람들의 시선이 소봉옥에게 향했다. 그녀는 무엇인가를 눈치챈 모양이었다.

"무슨 뜻인지 알겠군요… 일이 잘못되었을 경우, 강호에 그 여파가 미치지 않도록 하려는 거군요."

사람들은 소봉옥의 말을 듣고 나서야 철웅의 뜻을 짐작할 수 있었다. 황성 안에서 강호인들이 분란을 일으키는 것도 큰일이지만, 황제가 기거하는 궁성 안에서 일으킬 문제에 비하자면 큰일이라 할 수도 없었다. 다행히 역모를 막는다면야 모르지만, 실패할 경우…….

"옥영진의 역모가 성공한다 해도, 마교의 손은 들어줄지언정 당장은 강호에 어떤 철퇴를 가하진 못할 겁니다. 하나 여러분이 궁성에 들게 된다면, 큰 빌미를 제공하게 될 것입니다."

얼핏 생각하면 황성에서 싸우나 궁성에서 싸우나 별 차이가 없는 듯했지만, 글자 하나로 생과 사를 가르는 조정에서 그 차이는 결코 작다 말할 수 없었다. 황성에서의 분란은 시비라 덮을 수도 있었지만, 궁성에서의 분란은 황권에 대한 명백한 도전이었다. 역모가 성공하여 옥영진이 황제가 된다면… 그 기회를 놓칠 리 없었다.

"너무 걱정하지는 마십시오. 그리고 만에 하나 마교의 인물들이 궁성으로 난입한다면, 그때는 궁성으로 들어오십시오. 아직 백련교는 국법으로 금한 역모 단체이니, 그들을 막기 위해 쫓았다 하여 벌을 받지는 않을 것입니다. 어쩌면 훗날 상을 받게 될지도 모르지요. 허허.”

철웅은 아무렇지 않다는 듯 웃으며 말했다. 하나 그가 짊어지려는 짐의 무게를 알기에 사람들은 마주 웃어주지 못했다.

“거참, 그럼 억지로라도 마교도들을 몰아 궁성으로 들게 해야겠구먼. 정히 안 되면 내가 몇 놈 잡아 성벽 너머로 던져 버리지 뭐.”

무현 진인의 말에 사람들은 피식 웃음을 터뜨렸다. 마주 웃어주던 철웅을 향해 초한상이 말했다.

“중요한 것은 그들이 언제 거사를 치를 것인지를 알아내는 것이겠구려. 그들의 움직임만 미리 포착할 수 있다면, 그것을 저지할 확률도 높아질 테니.”

“그렇습니다.”

“언가 놈이 잘해주어야 할 텐데…….”

초한상의 말에 철웅이 미소를 지었다. 당장은 도찰원만이 그들의 유일한 눈과 귀였으니, 그를 믿고 기다리는 것이 그들이 할 수 있는 전부였다.

답답한 마음에 바람이나 쐴 겸 내원을 거닐던 석위강의 곁으로 한 사람이 다가섰다. 석위강의 이마에 작은 골이 생겼지만, 살짝 찡그려진 아미와는 달리 평소처럼 자리를 피하거나 헛기침을 하지는 않았다.

“달이 밝군요.”

“음?”

석위강의 시선이 무의식적으로 초한상에게 향했다. 이자가 무슨 바람이 불어 자신에게 대화를 청하는지 모르겠다는 표정이었다.

"시간 참 빠릅니다."

"허허, 자네가 벌써 그런 말을 할 나이가 되었나?"

석위강의 웃음에 초한상의 검미가 살짝 치켜 올라갔지만, 이내 힘없이 본래의 자리로 돌아가고 있었다.

"석 선배와 처음 만난 것이 벌써 삼십 년 전입니다."

"흠… 그러고 보니… 벌써 그렇게 되었군."

초한상의 말에 석위강은 기억을 더듬고 있었다. 새파란 애송이였던 것이 엊그제 같은데.

"선배는 정착하지 않을 겁니까?"

"나도 내 집이 있네."

"일초반식 무공도 모르는 아들 내외의 집 말입니까?"

초한상이 말하는 정착은 무가를 뜻하는 것이었다. 특이하게도 검절이라 일컬어지는 석위강의 본가는 무가가 아니었다. 은거고인이었던 사부를 만나 검을 잡은 것이 지금의 검절을 만들었다. 타계한 사부의 경지는 이미 수십 년 전에 뛰어넘었지만, 아직 석위강의 외호는 검절이 전부였다.

"자네는 세가를 꾸리니 좋던가?"

"편하긴 하더이다. 신경 쓸 것이 제법 많지만, 제대로 된 후계만 정하면 당장 일선에서 물러나도 될 정도로 세가도 안정되었고……."

초한상의 말에 석위강이 고개를 내저었다. 갑갑한 집 안에 틀어박혀 지내는 것이 무엇이 좋다는 것인지.

"일없네. 나는 구속받는 것이 싫으이. 그저 지금처럼 바람을 벗 삼아 떠도는 것이 좋네."

"그래서 이곳 남경까지 찾아오신 겁니까? 할 일이 없어서?"

"허, 그러는 자네는 이곳에 왜 온 것인가?"

초한상의 물음에 석위강이 반문했다.

"저야 언가 놈의 청 때문에 온 것이지요. 덤으로 사위의 체면도 살려줄 겸."

석위강은 피식 웃음을 지었다. 막고위가 철웅을 얼마나 마음에 깊이 담아두었는지 잘 알고 있었기에, 그가 남경에 오고 싶어했을 것임을 짐작할 수 있었다.

"그렇게 체면을 챙겨주는 사람이 어찌 매파에게는 술 석 잔 못 올렸는가?"

"음?"

석위강의 말에 초한상이 무슨 말이냐는 듯 고개를 쳐들었다. 막고위와 초미 사이에 매파가 있었다는 말은 금시초문이었다.

"누가 그러더구먼. 안에 있는 장가 사내가 자네 여식을 어여삐 여겨서 막가 사내와 인연을 맺어주었다고."

초한상의 얼굴이 벌게졌다. 매파에게 정성을 다하지 않음은 혼례를 탐탁지 않게 여긴다는 뜻이었다. 석위강의 말이 사실이라면 실례도 이런 실례가 없었다. 그런 초한상을 바라보던 석위강이 껄껄 웃으며 말했나.

"걱정 말게. 지금이라도 술 한잔 올린다면 저 맘 넓은 장가 사내는 웃으며 잔을 받아줄 걸세."

"지금 놀리시는 겁니까?"

"허허, 맞네. 자네를 놀리는 중일세."

석위강의 농에 초한상이 얼굴을 붉히다 이내 피식 웃음을 터뜨리고 말았다. 지난 삼십 년간 서로의 존재를 애써 무시하고 살았던 두 사람이었다. 하나 말년에 이르러 그러한 것이 얼마나 부질없는 것인지 깨닫고 있는 중이기도 하였다. 하나 파여진 골이 깊어 이제는 골의 시작조차 가물거리는 두 사람. 만날 일은커녕 스칠 일도 없는 두 사람이었지만, 역모라는 중차대한 사건에 직면하고 나서야 비로소 파여진 골의 시작을 찾을 수 있었다.

"들어가세. 자네가 말을 꺼내기 뭣하면 내가 중재를 해줌세."

난국을 앞에 두고서야, 서로 힘을 도와야만 하는 상황이 되어서야 겨우 한 발씩 물러난 두 사람이었다. 하나 그것은 작은 시작일 뿐이었고, 그들 사이 파여진 골을 다시 메우는 것은 시간이 해결해 줄 일이었다.

*   *   *

"준비는 다 되었소?"

"예, 소교주. 이제 사흘 뒤면 모든 일이 끝나게 됩니다."

한수는 호피로 장식된 태사의에 앉아 있었다. 피혁으로 치장하는 것은 교리에 어긋나는 일이었으나 이제 그런 것을 지적할 이가 남아 있지 않았다.

"남은 다섯 원로는 무엇을 하고 있소?"

"아직 여산에 있습니다. 죽은 구마의 제를 끝내고 돌아올 생각인 것 같습니다."

"흠… 주작홍기의 행방은 어찌 되었소? 아직 장철웅 그자를 찾지 못한 것이오?"

"…죄송합니다."

강자량은 한수의 말에 머리를 깊이 숙여 보였다. 분명 남경에서 수하들을 시켜 뒤를 밟게 하였거늘, 하늘로 꺼졌는지 남경의 어디에서도 그의 종적은 발견되지 않았다.

"그자와 함께 석위강까지 남경에 나타났다면, 필시 우리의 계획을 어느 정도 눈치채고 있다는 뜻……."

"그 점은 너무 걱정하지 마십시오. 이미 무련군 오백을 남경 주위로 불러들여 논 상태입니다. 제아무리 검절이라 하더라도 그들 모두를 상대할 순 없습니다."

고개를 숙이고 있던 강자량은 한수의 눈에 어린 비웃음을 읽어내지 못했다. 한수도 듣는 귀가 있었다. 설화에나 나올 법한 검강의 경지에까지 오른 석위강이었다. 어쩌면 수년 내에 천하제일인이라 불릴지도 모르는 이가 남경에 모습을 드러내었는데, 우사라는 자가 고작 일류고수 오백으로 막을 수 있다 하고 있다. 조소가 나오지 않을 수 없었다.

"남은 오마에게 남경으로 가라 전하시오."

"예?"

석위강이 놀라 반문했다. 남경의 일은 대계의 분수령이고, 미래의 백련에 있어 가장 큰 역사로 남게 될 대단원이었다. 한데 그런 자리에 오마를 보내어 전공을 세울 기회를 주려 하다니. 분명 어제까지만 해도 그들은 음지에서 쓸쓸히 죽어갈 운명이었다.

"그들이 나설 만한 자리가 아닙니다. 혹여 그들로 인해 거사라도 그르친다면……."

"검절과 장철웅의 목을 가져오라 전하시오. 그들의 목을 가져오지 못하면… 돌아오지 말라 전하시오."

"……?!"

강자량의 두 눈이 반짝거렸다.

'검절… 그의 경지라면… 최소한 오마 중 셋은 죽게 될 것이다. 차도살인……'

한수를 바라보던 강자량의 등 뒤로 식은땀이 흘러내렸다. 그가 차도살인지계를 생각해 내어서가 아니었다. 그가 보내려는 이는 백련의 원로이자 최고의 고수라는 구마 중 다섯. 그런 이들을 차도살인의 계로 처리하려는 것이다. 어지간한 배짱으로는 그들을 사지로 내몰 생각조차 할 수 없다. 한수는 나날이 강해지고 있었다.

"아… 그들에게 이 말을 꼭 전하시오. 검절과 파검에게 주작홍기가 있다고."

강자량은 고개를 깊이 숙여 보였다. 이제는 오마라고 불려야 할 백련의 원로들. 주작홍기가 가지는 무게를 누구보다 잘 아는 그들이었기에, 아무리 무모하고 이치에 맞지 않는 명이라 해도 따르지 않을 수 없을 것이다. 강자량이 그들에게 보낼 전서의 내용을 고민하던 바로 그 순간,

"누구냐!"

외마디 일갈과 함께 한수의 신형이 사라졌다.

콰지직!

잔영을 따라 시선을 옮긴 강자량의 눈에 천장을 뚫고 날아오르는 한수가 잡혔다. 놀란 강자량이 다급히 몸을 날렸다. 지붕 위로 올라서자 흑의괴인을 쫓는 한수의 모습이 보였다.

'간자?!'

강자량은 다급히 그들의 뒤를 쫓았다. 흑의괴인의 신법도 놀라웠으나 그 뒤를 쫓는 한수 역시 빛살과 같은 속도로 괴인의 뒤에 바짝 붙어 있었다. 숲으로 들고 나무들 사이로 괴인의 모습이 나타났다 사라지기를 반복하고 있었지만, 한수는 나무들 사이를 요리조리 피하며 괴인과의 거리를 좁혀가고 있었고, 이내 괴인의 머리를 타 넘으며 검기를 뿌렸다.

"차앗!"

채챙!

괴인은 다급히 신형을 꺾으며 한수의 검을 막았다. 한수의 검끝이 파르르 떨렸지만, 괴인을 바라보는 두 눈은 미세한 흔들림도 없었다. 괴인의 뒤로 강자량이 내려서자 괴인은 낮은 신음성을 흘리며 손에 쥔 검을 고쳐 쥐었다.

"이것 참. 명색이 순찰교령이란 분이 어찌 쥐새끼처럼 천장에 숨어 남의 얘기를 엿듣고 계셨습니까?"

한수의 유들거림에 강자량이 놀라며 괴인을 다시 봤다.

"혈마?"

혈마는 자신의 정체를 단숨에 간파한 한수를 놀랍다는 눈으로 바라보고 있었다. 그리고 답답한 복면을 벗고는 한수의 유들거리던 얼굴을 쏘아보았다.

"소교주가 어떻게 우리에게 이럴 수 있소?"

"후후, 무엇을 말이오? 검절에게서 주작홍기를 빼앗아 오라는 것 말이오? 하면 어려운 일은 안 하고 쉬운 일만 하려고 하셨소? 명색이 교의 최고 고수들이라면 그에 걸맞는 일을 하셔야지요. 쥐새끼처럼 숨어들어 남의 말이나 엿듣는 일이나 하셔야 어디 구마라는 칭호를 받을 수 있겠소? 아니지, 이제는 오마라고 불러 드려야 하겠군. 후후."

한수는 입가에 미소까지 띠며 우중생을 조롱하고 있었다. 우중생의 눈에 불꽃이 튀었다.

"감히… 우리를 이렇게 업신여기고도 대계를 완성할 수 있다고 생각하는가?"

"하하, 물론이요. 그거야 당연한 일 아니겠소? 대계에 그대들의 자리는 없소이다. 아직도 그 사실을 모르고 있었다니… 그대도 보기보다 멍청하구려."

강자량은 한수의 도발에 내심 놀라고 있었다. 아무리 이 대 일의 상황이라 하더라도 상대는 구마의 일 인인 혈마 우중생이다. 한수는 물론이고 자신조차 필승을 쉽게 점칠 수 없는 절정고수. 한수의 도발이 무모해 보였지만, 의외로 우중생은 쉽게 넘어가지 않았다.

"연화도의 연혼진이 파훼된 것이 내부의 소행이라는 물증이 있다. 멸혼에 사용된 화약이 예정된 양보다 몇 배 많았다는 것도… 내일 교리회의를 주창해 이 일을 명백하게 파헤칠 것이다. 만일 이 일에 그대가 관련되어 있다면……."

"내가 시킨 일이오."

"……?!"

한수의 말에 우중생은 물론 강자량마저 경악한 표정을 짓고 있었다.

"소교주?!"

"왜 그러시오 우사? 무엇이 두려워 그러시오? 연혼진을 파훼하라고 시킨 것도 나고, 화약을 몇 배로 심어 연화도뿐 아니라, 그곳에 있던 정도연합을 몰살시키라 한 것이 바로 나요."

"그… 그런…"

"아, 아직 모르고 계셨구려? 정도연합에 연화도의 위치를 은밀히 가르쳐 준 것도 사실은 내가 시킨 것이오. 미리 나를 따르는 이들만 은밀히 황산으로 이동시키라 지시한 것도 나고. 더 궁금한 것 있소?"

"갈!"

우중생의 얼굴이 분노로 일그러지고 있었다. 설마 했었다. 연혼진이 그리 쉽게 파훼될 리 없었다. 간자들의 눈을 피해 삼천이나 되는 인물들이 몰래 잠입할 수 있는 연화도가 아니었다. 일거에 밀어닥친 정도연합의 움직임도 이해할 수 없었다. 이제는 모두 이해할 수 있었고… 이해할 수 없었다.

"그대가 그러고도 교권을 이양받기를 원하는가? 지하에서 교주가 땅을 치며 후회하고 계실 것이다!"

"나도 그럴 거라 생각하고 있소. 차라리 잘되었지 않소? 살아 이런 꼴을 보지 않았어도 되니. 나도 꽤 오래 참고 있었다오. 이버지기 돌아가실 날만 꼽으면서."

허탈했다. 자신의 뜻에 반한다 하여 수십 년간 백련을 위해 살아왔던 교도들을 헌신짝처럼 내버리다니.

"그대는… 백련의 교주가 될 자격이 없다……."

"나도 백련의 교주 따위에는 관심이 없소."

"……?!"

한수의 말에 우중생이 놀라 눈을 크게 떴다.

"무슨… 뜻인가?"

"말 그대로요. 나는 백련의 교주가 될 생각이 없소. 백련의 교주 자리로는… 천하를 얻을 수 없다는 걸 깨달았으니까."

"설마……."

"사흘 후에 남경을 칠 것이오. 조금 빠르지만… 좌사의 대계와 같지. 하나 나는 황권을 옥영진에게 넘겨줄 생각이 없소. 그대들은 명 황실의 호국교로 만족할는지 모르지만, 나는 천하를 얻을 생각이오."

그들의 주위로 서늘한 바람이 불고 있었다. 우중생은 바람에 흐트러진 머리카락을 좌우로 흔들며 입을 열었다.

"미쳤구나……."

"유언이오?"

한수의 말에 우중생의 미간이 찌푸려졌다. 강자량 역시 전신의 내공을 이끌어 올리며 우중생의 움직임을 주시하고 있었다.

"감히 백련을 네놈 야망의 발판으로 생각하고 있었다니… 너를 베는 것이 교를 위함이다."

우중생이 쥐고 있던 검이 파르르 떨려왔다. 새파란 검신에 푸른 검기가 맺히고 있었다. 검신이 보이지 않을 정도로 파리한 빛의 검기. 하나 한수의 손에 들린 연검은 달빛만을 반사시키고 있었다. 우중생의 어깨가 들썩인다 싶은 찰나, 이미 그의 신형은 한수의 면전에 당도해 있었다. 강자량의 신형이 그 뒤를 바짝 쫓고 있었으나 우중생의 움직임을 따라잡기엔 무리가 있어 보였다. 우중생의 검이 휘둘릴 찰나, 한수의 연검이 우중생의 잔영을 향해 쏘아지고 있었다.

타다다당!

우중생의 검과 한수의 검이 어울리며 푸른 불똥을 튀겨냈다.

'소교주의 무공이 어느새…….'

단숨에 검기를 주입받은 연검이 우중생의 검을 밀어내고 있었다. 한수의 검에 맺힌 검기 역시 우중생의 그것과 비교해 손색이 없을 정도로 밝게 빛나고 있었다. 한수는 유유히 보법을 밟으며 우중생의 공세를 막아내고 있었다.

'놀랍군. 혈마와 동수를 이룰 만큼 발전이 있었단 말인가?'

놀람은 강자량도 마찬가지였다. 너무나 빠른 공수 교환에 끼어들 틈을 찾지 못하고 있었다. 두 사람의 어울림에 공간 따윈 없었다.

"차앗!"

우중생의 검이 극한의 변화를 보이며 한수에게 쇄도하고 있었다. 놀란 강자량이 다급히 장세를 발출하려 했지만, 한수가 보여준 일수에 다시금 장력을 거두어들였다.

타다다당!

우중생의 검이 한수의 하체를 노리며 파고들었지만, 한수의 연검은 연검 특유의 유연함으로 공세를 흘려보내고 있었다. 우중생은 검의 변화만으로는 한수의 수비를 뚫을 수 없다고 판단했고, 판단이 내려짐과 동시에 변을 버리고 쾌에 치중했다. 빠르게 쇄도하는 검의 잔영이 한수의 전신사혈을 노리며 쏘아졌지만, 한수는 유연히 몸을 비틀며 그의 공세를 피해냈다.

'이런 식의 공방이라면 끝이 나질 않는다.'

우중생은 한수의 무공을 인정했다. 갑작스레 급진전한 연유가 궁금했지만, 그런 것을 따질 여유가 없었다. 우중생은 마음을 정해야 했다. 한수를 없애려면 비전의 절기를 꺼내놓아야 했다. 마음을 굳힌 우중생의 눈이 붉게 물들고 있었다. 그의 절기인 혈뢰삼검(血雷三劍)의 전조였다.

'드디어……'

한수는 혈마의 기운이 변하는 것을 느끼며 암암리에 역천금강신공을 운용했다. 우중생의 검이 붉게 물들고 있었다. 검마 능광조차 절기라 칭했던 쾌검의 절정.

"차핫!"

우중생의 입에서 기합성이 터져 나옴과 동시에, 세 가닥의 붉은 검기가 한수에게 쏘아졌다. 혈뢰삼검이라는 이름처럼, 우중생의 검기는 마치 세 가닥의 붉은 벼락이 치는 듯 기이한 각도로 내려쳐지고 있었다. 순식간에 다다른 검기들이 한수의 몸에 작렬하려던 순간, 한수의 눈에서 금광이 폭사되며 일갈이 터져 나왔다.

"카핫!"

한수의 연검에서 뿜어진 금광이 세 줄기의 붉은 검기를 뒤덮어 버렸다. 그 빛이 얼마나 밝았던지 뒤에서 기회를 노리던 강자량마저 고개를 돌려야 했을 정도였다.

푸욱!

살이 꿰뚫리는 낯익은 소리와 함께 사위를 밝혔던 금광이 가셨다.

다급히 고개를 든 강자량의 눈이 경악으로 물들어 있었다. 한수의 손을 떠난 연검이 우중생의 심장을 가르고 등 뒤로 빠져나와 있었다.

"소교주!"

한수의 좌측 어깨와 우측 복부에서 조금씩 피가 새어 나오고 있었다. 하나 그의 입가에는 분명한 승자의 미소가 어려 있었다.

"…이… 이건… 역천……."

우중생은 꿰뚫린 자신의 가슴을 바라보지 않고 있었다. 그의 시선은 믿을 수 없다는 듯 한수를 바라보고 있었다.

"과연… 구마의 무공은 명불허전. 하나 고작 삼성의 역천금강신공으로 감당했으니… 더 이상 두려워할 것이 없구려."

"…백련은……."

말을 잇던 우중생의 몸이 파르르 떨리더니, 이내 바닥으로 고꾸라져 버렸다. 그 덕에 가슴을 반쯤 파고들었던 연검이 완전히 등을 뚫고 나와 버렸다. 백련 최고의 고수라던 구마의 어이없는 패배였다.

"크윽!"

한수의 입가가 고통으로 일그러졌다. 역천금강신공을 운용해 일시지간 반탄강기의 경지를 만들어내었음에도, 결국 세 개의 혈뢰 중 두 개를 허락하고 말았다.

"…역천금강신공의 반탄강기를 뚫고 들어오는 검기라. 후후, 비록 이섬을 허락했지만, 좋은 경험이었다. 절정고수라는 혈마의 무공이 이 정도라면, 앞으로 오성의 경지만 이룩한다 해도 강호에서 내 몸에 상처를 낼 수 있을 자는 없을 것이다."

한수의 상세를 살피던 강자량이 흠칫 놀랐다. 구마의 무공은 가히 구대문파의 장문인과 어깨를 나란히 할 수 있는 실력이다. 그런 절정 고수를 고작 삼성의 성취로 막아내었으니, 오성의 성취로 상대가 없을 것이라는 한수의 말을 믿지 않을 도리가 없었다.

'이것이 백련의 교주에게만 전해진다는 역천금강신공의 위력인 가…….'

강자량은 급히 지혈을 하곤 자신의 장포를 벗어 한수의 어깨에 걸쳐 주었다. 자리에서 일어서던 한수가 웃으며 말했다.

"이자의 시신을 잘 처리하시오. 그리고 사흘 후 남경의 일도 차질없 도록 준비하고."

"알겠습니다."

"옥영진 따위에게 황제의 권좌를 내어줄 수는 없지. 백련으로 일어 선 명 제국이니 백련의 손으로 돌아오는 것이 마땅한 일 아닌가. 하하 하하."

멀어지는 한수를 바라보던 강자량이 낮게 한숨을 쉬었다.

"너무 강해졌다. 갑작스럽게 얻은 힘에 자신감이 과도해졌다. 좌사 의 대계를 이용해 나와 함께 만들었던 대계조차, 이제는 소교주의 뇌리 에 남아 있지 않구나. 오 년만 기다리면 될 것을… 옥영진이 보위에 오 르고 연왕을 치고 난 후 천하를 얻어도 늦지 않은 것을……."

강자량은 고개를 저으며 우중생의 시신을 들쳐 맸다. 그리고 주위를 다시 한 번 살펴보고는 이내 주위의 흔적을 지우고 자리를 떠났다. 그 가 떠난 자리. 황량한 바람이 다시 한 번 흔적을 지우고 떠난 그곳과 멀지 않은 곳에서 한 인영이 부스럭거리며 깨어났다.

"…결국 목숨까지 내놓으셨군요. 이렇게 될 것을 예측하고 이곳에 은신하라 하신 겁니까?"

　강자량이 사라진 곳을 바라보던 패가 낮은 한숨을 남겨놓은 채 산을 내려가기 시작했다.

第八十一章
그를
살리고 싶으냐?

그를 살리고 싶으냐?

모르겠어요, 이것이 사랑인지. 하지만… 후회하지는 않아요

"다시 한 번… 말해 보게."

적유의 말에 패가 고개를 들었다. 어깨에 수북이 내려앉은 먼지가 그가 얼마나 다급히 달려왔는지를 말해 주고 있었지만, 적유의 눈빛은 오직 패의 대답에만 관심이 있을 뿐이었다.

"소교주의 손에 순찰교령이 죽었습니다. 그리고 사흘 후 남경에서 거사를 일으킬 것이라 했습니다."

적유는 의자에 털썩 주저앉았다. 소소가 그의 등 뒤로 걱정스러운 듯한 표정으로 다가왔지만, 그는 무엇엔가 홀린 사람처럼 힘없이 중얼거릴 뿐이었다.

"…반대파의 숙청을 위해 연화도를 버렸다는 말인가? 그 모든 것이 계획이었단 말인가?"

분노도 일지 않았다. 백련을 지켜왔던 수많은 교도들을 그렇게 보냈다는 것도, 정도연합을 일거에 섬멸하겠다는 생각에 삼천이나 되는 인원을 폭사시켰다는 것도, 그 모든 것이 계획이었다는 것도… 도저히 믿을 수가 없었다.

"정녕… 천하를 얻고 싶은 것인가? 정녕… 그렇게 해서 천하를 얻을 수 있다고 믿는 것인가?"

어쩌면 한수의 계획은 충분히 가능성이 있는 것일 수도 있었다. 남경을 함락시키고 황세손을 억류할 수도 있다. 옥영진을 앞세워 연왕을 칠 수도 있다. 이것도 저것도 아니면 모두 죽여 없애고 힘으로 왕조를 세울 수도 있다. 힘만 있다면… 불가능한 일은 아니었다. 하나 그렇게 된다면… 두 번 다시 백련의 이름은 입에 올릴 수 없다. 천심은 민심을 얻지 못한 왕조를 허락한 적이 없다.

"주가가 비록 우리를 배반하고 명을 세웠지만, 그는 천심을 얻었기에 황제가 될 수 있었다. 대계는 천심을 얻는 작업. 주가와 우리가 불구대천의 원수만 아니라면, 이러한 대계는 애초에 필요없는 것일 수도 있었다."

차라리 명 황실과 백련교가 아무런 관계도 없었다면, 이러한 대계는 생각하지도 않았을 것이다. 백련을 탄압하지 않을 왕조. 대계는 그것을 위한 것이었다.

"…소교주는 커다란 잘못을 저지르고 말았다. 수천의 교도들을 죽음으로 내몰았다. 비록 뜻이 맞지 않는다고는 하지만, 삼천이나 되는 정도연합의 군웅들을 몰살시키며 지울 수 없는 굴레를 스스로 뒤집어쓰고 말았다. 이제는 마지막 걸림돌인 원로들마저 위험으로 내몰고 있다. 백련의 미래를… 망치고 있다."

"이것이 미륵의 뜻이라면……."

패의 말에 적유가 고개를 저었다.

"미륵의 뜻은 이런 것이 아니다. 세상을 움직이는 방법이 다르다. 황실은 그들의 방법이 있고, 우리는 우리의 교리가 있다. 미륵을 따르는 자가 세속의 명리를 좇는 순간, 미륵은 이미 미륵이 아닌 것이다."

"하나 우리는 믿었던 황실에 내침을 당했고, 강호의 인물들도 우리를 마교라 칭하며 원수로 대하고 있습니다. 용화세계를 건설함에 그들은 분명한 걸림돌. 차라리……."

"아직도 모르는가? 용화세계를 인간이 건설할 수 있다고 생각하시는가? 힘과 권력으로 만들어질 수 있다고 보시는가?"

적유의 말에 패는 입을 다물었다. 적유가 하는 말을 어디선가 들어본 것 같았다. 잠시 잊고 있었지만… 분명히 기억에 있었다.

'모든 것은 마음. 교리로 칼을 닦아라. 신심 잃은 검으로는 용화세계를 만들 수 없으니.'

패의 귓가로 이정인의 목소리가 들리고 있었다.

"대계에 주가의 멸족이 포함된 것은 그들과 우리의 지난 관계 때문. 대계의 가장 큰 뜻은 우리가 마교라 불리지 않는 세상을 만들고자 함이네. 옥영진이 황제가 되면 어떻고, 다른 이가 황제가 되면 어떠할까? 마음 편히 교리를 읊고, 교단을 세워 미륵을 찬양할 수 있다면 그곳이 바로 용화세계인 것을……. 진정한 환란은 오지 않았네. 미륵은 환란에 강림하시는 분이지 환란을 일으키시는 존재가 아니네."

적유의 한탄에 패는 물론 말없이 앉아 있던 소소마저도 가만히 고개를 끄덕였다. 적유는 한동안 말이 없었다. 그런 그의 귓가로 소소의 목소리가 들렸다.

"아저씨가⋯ 위험하겠죠?"

패는 소소를 외면하고 있었다. 어찌 위험하지 않겠느냐만, 굳이 그것을 소소에게 확인시켜 줄 필요는 없었다. 하지만 적유는 잔인하게도 그녀에게 그것을 확인시켜 주고 있었다.

"위험할 것이다. 아니⋯ 필시 죽을 것이다."

오마, 이제는 우중생마저 죽었으니 사마가 그를 노리고 있다. 하나 사마라 하여 마음을 놓을 수는 없다. 그들뿐이 아니다. 무련군 오백이 있고, 천접영 일백이 있다. 병부와 금의위의 인물들도 그들을 막을 것이다. 승산이 없었다.

"살리고 싶으냐?"

적유의 말에 놀란 것은 소소뿐이 아니었다. 패가 고개를 돌리며 되물었다.

"소교주를 막을 생각이십니까?"

적유는 대답하지 않았다. 그의 마음을 짐작할 수 있는 사람은 오직 그 하나뿐이었다.

'대계는 이미 사라진 것이다. 나와 교주님이 꿈꾸었던 세상은 이제 오지 않을 것이다. 백련은⋯ 마교라는 이름을 벗어버릴 수가 없게 되었다. 하나 소교주를 막을 수도 없다. 엄연히 그는 교의 교권을 이은 자. 그가 가는 길이 곧 백련의 길이다. 하지만 그렇다고 이대로 보고 있을 수도 없다. 그가 가는 길이 백련의 멸망으로 이어지고 있음에.'

소교주는 천하를 원했다. 교권보다도 황권을 원하고 있었다. 어쩌면 그는 백련이라는 이름을 버릴지도 모른다. 천하를 얻는 데 장애가 된다면 충분히 그러고도 남을 사람이었다. 자신에게 보여주었던 모습은 모두 가식이었다. 백련을 위함이라는… 스스로 교를 이끌고 싶다던 그 외침은 모두가 거짓이었고 기만이었다.

'어찌해야 하는가.'

소소에게 한 질문은 자기 자신에게 한 질문이었다. 살리고 싶은가? 백련을 살리고 싶은가? 백련을 살리려면 백련의 길과 반대로 가야 한다. 지금 가고 있는 길을 막아서야만 한다. 백련을 떠나고자 마음먹었던 적유였음에도, 그것은 결코 쉬운 결정이 아니었다. 어떤 결과가 초래될지도 알 수 없었다. 십 년간 준비했던 대계를 막는 일이었고, 교권에 정면 도전하는 행위였다. 자칫 잘못하면 일어서지 못할 타격이 될 수도 있고, 교의 명맥이 끊어질 수도 있었다.

"그를… 살리고 싶으냐?"

적유는 다시 물었다. 그를 바라보던 소소의 고개가 천천히, 아주 천천히 끄덕여지고 있었다. 적유의 입가에 미소가 지어지고 있었다. 불쌍한 것. 그를 살리고 싶은 마음이 얼마나 클 것인가?

'그래… 이것이 그를 살리는 길이고… 교를 살리는 길이다.'

적유는 마음을 정했다. 마음이 정해지자 한시가 급했다.

"부탁하네."

적유는 두 통의 서찰을 적어 패에게 건넸다. 하나는 남은 사나에게 보내는 것이었고, 다른 하나는…

'파검 장철웅 친전.'

패는 서찰을 받고도 말없이 서 있었다. 적유가 그를 바라보고 있었지만, 패의 입이 열린 것은 그로부터 한참이나 지난 뒤였다.

"그는… 그분의 아들입니다."

"……?!"

적유의 눈이 굳어졌다. 패는 그와 눈도 마주치지 못하고 이야기를 이어나가고 있었다.

"…주작홍기가 그분에게 있다는 것을… 진즉부터 알고 있었습니다."

"…왜 말하지 않았는가?"

"…전대 우사께서는… 주작홍기가 세상에 나오는 것을 바라지 않으셨습니다. 저 역시 그분의 뜻에 따라……."

칠 년 전 철웅의 기억을 지우기 직전에서야, 그 존재를 철웅에게 이야기할 수 있었다. 만에 하나… 정녕 만에 하나 때문에, 그 존재를 완전히 묻을 수가 없었다. 차라리 그것의 존재를 미리 밝혔더라면… 그것을 교로 귀속시켰더라면…….

"다 지나간 일… 이제는 오히려 내가 그것을 말려야 할 판이니……."

적유는 웃었다. 그를 탓하지 않았다. 모든 것은 미륵의 뜻이라 했다. 그것을 숨긴 것도… 이제 와 그것이 세상에 나타난 것도.

패는 웃으며 떠났다. 후에 돌아올지 돌아오지 않을지는 모르지만, 그의 뒷모습에 그동안 보였던 삶의 무게는 보이지 않았다. 그가 떠난 후 소소가 적유에게 말했다.

"고맙습니다."

"아니다. 이것은 너를 위함이기도 하지만… 나를 위함이기도 하다."

"죄송합니다."

"음?"

"그분이 위험에 빠지는 것이 두려워… 그분을 떠났습니다. 저를 위함이 아니라… 아버지를 위함이 아니라… 그분을 위해 아버지를 따라나섰습니다. 흑."

소소는 기어이 울음을 터뜨렸다. 다 알고 있는데… 그것이 미안했던 모양이었다.

"그를 사랑했느냐?"

"……."

소소는 쉽게 답하지 못했다. 하나 쉽지 않았던 만큼 분명한 답을 내놓았다.

"모르겠어요. 이것이 사랑인지. 하지만… 후회하지는 않아요."

적유는 가만히 소소를 끌어안고 등을 토닥거렸다. 적유의 온기가 소소에게 전해지며 마음을 편하게 만들어주고 있었다.

"고맙구나. 나도… 너처럼 후회하지 않았으면 좋겠구나……."

두 사람은 진정 아비와 자식이 되어가고 있었다.

*   *   *

황산의 깊은 곳에 한 무리의 전각군이 자리하고 있었다. 하늘을 나는 새가 아니라면 그 위치를 알 길이 없을 정도로 위장이 잘되어 있었지만, 그 규모로만 본다면 그러한 위치에 혀를 내두를 만큼 크고 웅장

했다. 중앙의 전각 앞에는 거대한 연무장이 있었다. 그리고 그 위에는 수천의 인물이 질서 정연하게 도열해 있었다.

"이제… 미륵이 존재함을 천하에 알릴 때가 왔다."

수천의 인물이 도열해 있음에도 바늘 떨어지는 소리조차 나지 않았다. 그들의 사이를 누비는 것은, 오직 상석에서 울리는 한수의 목소리뿐이었다.

"기억을 되살려라. 그동안 우리를 멸시했던 자들의 이름을 떠올려라."

한수의 말에 사람들의 몸에서 살기가 일고 있었다.

"십 년 전 죽어갔던 부모형제의 얼굴을 상기하라."

한수의 눈과 마주치는 눈빛들에는 강한 적의가 빛을 발하고 있었다.

"모든 것은 미륵의 뜻. 세상의 원한을 갚는 것도 미륵의 뜻! 천하에 백련의 깃발을 꽂는 것도 미륵의 뜻! 우리의 손으로 용화세계를 건설하는 것 역시 미륵의 뜻!"

"와아아!!"

수천 명이 내지른 함성에 황산 전체가 들썩거리고 있었다. 그들의 원한과 증오가 황산의 정기를 삽시간에 흩어놓고 있었다.

'내가 천하의 주인이 되는 것 역시… 미륵의 뜻.'

한수는 그들을 바라보며 미소 짓고 있었다. 자신을 따르는 젊은 교도들. 이들 중에는 무공이 높은 자도 있고, 그렇지 못한 자도 있었다. 하나 이들 모두가 자신의 뜻을 따라 검을 뽑아 든 이들이었다.

"이제… 남경으로 출발한다. 그곳에서부터 백련의 이름이 시작될 것이다."

황산 총타에서 출발한 인원은 근 오천에 달했다. 이들은 하나같이 창을 들고 검을 차고 있었고, 그들의 가슴에는 '중(中)'이라는 글이 써진 천이 메어 있었다. 중군도독부의 군사로 분하여 남경으로 향하는 이들. 이들의 발걸음이 안휘성을 울리고 있었다.

*　　　*　　　*

내실에는 단 두 사람밖에 없었다. 철웅도 말이 없었고, 패도 말이 없었다. 내어온 차는 이미 차디차게 식어 있었지만, 차 맛을 음미할 여유는 두 사람 모두 없었다.

"이것을… 알려주는 이유가 무엇인가?"

"……"

철웅의 물음에 패는 대답하지 않았다. 한 장의 서찰이 철웅의 손에 들려 있었다. 그렇게도 바라 마지않았던 백련과 병부의 역모 거사일. 연일 촉각을 곤두세우고 있던 철웅에게, 정녕 귀한 정보가 아닐 수 없었다. 하나 이것을 전해온 자가 백련의 우사라는 것이 마음에 걸렸다.

"내용은 사실입니다."

"이 내용을 의심하는 것은 아니네. 자네가 직접 가지고 온 것이니."

철웅의 말에 패의 가슴 한쪽이 아려왔다. 빈말은 아닐 것이다. 저 사람은 이전에도 그랬었다. 수하에 대한 한없는 신뢰. 그는 아직도 자신을 그의 수하라 생각하고 있었다.

"이것을 나에게 전한 이유를 알고 싶을 뿐이네. 그가 나에게 이러한 사실을 알려줄 이유가 없으니."

"련 내부의 일입니다. 좌사는… 이 일을 막고자 합니다."

철웅은 패를 바라보다가 다시 한 번 서찰을 바라보았다.

"백련의 인원만 무련군 오백, 천겁영 일백… 거기다 금의위 인물들과 일만이 넘는 병부의 군사들까지. 내가 이것을 막을 수 있다고 보는가?"

"막으려고 하셨던 것 아닙니까?"

패의 입가에 가는 미소가 걸렸다. 오랜만에 지어보는 미소. 그것이 상관에 대한 신뢰라는 것을 철웅도 느낄 수 있었다.

"막아야지. 그것이 천리를 거스르는 일임에야."

"예전에… 그러니까 제가 우사를 모시고 있을 때……."

철웅의 눈이 패에게 향했다. 아버지의 이야기. 자신이 모르는 이야기.

"우사께서는 백련의 수뇌이시면서도, 항상 사람들을 걱정하셨습니다. 미륵을 따르든 따르지 않든, 백련의 교도이든 아니든… 전장을 누비던 모습과는 함께 생각할 수 없을 정도로… 천하를 걱정하셨습니다."

"……."

"그분이 끝내 당신에게 자신의 정체를 숨기신 것도 당신을 걱정해서였고, 무덤까지 주작홍기의 정체를 숨겨 가져가신 것도… 천하를 걱정함이셨습니다."

철웅은 가만히 찻잔을 들어 차가운 찻물을 마셨다. 아버지의 이야기. 그의 가슴에 이는 갈증은 차가운 찻물로도 적실 수가 없었다.

"좌사는… 백련을 걱정하고 있습니다. 이대로 마교라는 이름으로 낙인찍혀 언제까지 세상의 적으로 남는 것을 걱정하고 있습니다."

"그간 천하에 많은 아픔을 남겼네."

"명이 일어서기 전부터 쌓였던 은원입니다. 원수를… 잊지 않았을 뿐이지요."

"내 아버지도… 그리 여기셨나?"

"그분도 백련의 교도, 련의 우사셨으니까요."

고개를 끄덕이며 패가 말했다. 철웅은 가슴 한편이 아파오는 것을 느꼈다. 그토록 미워하던 황실을 위해 가장 큰 전공을 세운 대장군. 그가 느꼈을 괴리가 얼마만큼이었을지 상상도 되지 않았다.

"하지만 그분은 천하를 위하셨습니다. 대를 이어 미워하지도 않으셨고. 연왕이 그분께 얼마나 많은 사랑을 받았는지는 잘 아실 겁니다."

안다. 잘 알고 있다. 자신이 모르면 세상 누구도 모르는 일일 것이다. 연왕… 그분은 아직도 자신의 아비를 마음으로 따르며 잊지 않고 있다. 역적임을 모른 채… 마교의 주구였음을 모른 채.

"그분은… 천하를 위하는 길이라면… 태조와도 화친하셨을지 모릅니다. 백련이 마교가 아닌 정교로 남을 수만 있었다면… 능히 그러고도 남으셨을 분입니다."

"…고맙네."

철웅은 패에게 감사해했다. 아비의 과거를 이리 좋게 평해주니, 자식 된 도리로 감사하지 않을 수 없었다. 패는 자리에서 일어섰다.

"그를 막아주십시오. 천하를 향한 칼부림은… 백련의 뜻이 아닙니다."

"…잘 알겠네."

"그럼."

"정녕, 이대로 떠날 것인가?"

철웅의 목소리가 떠나려던 패의 옷깃을 붙잡았다. 하나 패는 가볍게 고개를 끄덕여 그의 손길을 떨쳐 냈다.

"저는 백련의 노예입니다. 주인마저 배반했으니… 이제는 정녕 죄인이 되었지요. 평생… 속죄하며 살렵니다."

패의 말에 철웅은 아무 말도 하지 못했다. 그저 멀어져 가는 패의 등 뒤로 못다 한 한마디를 남기는 것으로 아린 마음을 쓸어내려야 했다.

"잘 가게… 친구……."

또 하나의 인연이 끝나고 있었지만, 아쉬움을 느끼는 것은 나중으로 미뤄두어야 했다. 그에겐 시간이 없었다.

*　　　*　　　*

"뭐? 내일?"

다급한 연락을 받고 모인 사람들은 당혹스러움을 숨기지 못하고 있었다. 철웅은 그런 사람들에게 다시 한 번 이야기했다.

"내일 정오를 기해 저들이 움직임을 개시할 것입니다. 모두… 예정대로 준비해 주십시오."

"한데 그 사실을 어찌 알았는가?"

석위강의 물음에 철웅은 사실대로 고했다. 좌사를 따라나섰던 이가실은 자신의 옛 수하였음을. 그리고 좌사는 이번 싸움을 원치 않는다는 것을. 사람들의 눈에 불신의 빛이 감돌고 있었다.

"흠… 믿을 수 있겠소? 자칫하면 우리 측 전력만 노출시키는 낭패를 볼 수가 있소."

언상의 말에 철웅이 고개를 저었다.

"좌사는 믿을 수 없어도, 그는 믿을 수 있습니다. 그리고 지금은 이 내용을 믿을 수밖에 없습니다."

"하지만……."

"무시하기엔 너무나 다급합니다. 그리고 저들이 우리를 떠볼 이유가 없습니다. 전력의 차이도 그렇고, 굳이 소란을 일으켜 경각심을 일깨울 필요가 없지요."

철웅의 말에 사람들은 반쯤은 수긍하면서도 한편으로는 의심을 지우지 못하는 듯했다. 철웅은 내심 답답했지만, 그들을 탓할 수만도 없는 일이었다.

"일단 내일 우리의 주 목표는 백련의 인물들입니다. 식별이 가능할지는 모르지만, 일단 무공을 가진 자들을 최우선으로 상대해야 합니다."

"그 얘기는 군사들은 가급적 상대하지 말라는 뜻이오?"

초한상의 말에 철웅이 고개를 끄덕였다.

"어차피 그들은 내막을 모르는 자들입니다. 명에 따라 죽고 사는 자들이니… 옥영진민 집아 기사를 막게 된다면, 자연히 헤산시킬 수 있을 것입니다."

철웅의 말에 무현 진인이 물었다.

"한데, 옥영진이 역모를 꾸몄다는 것은 어떻게 밝힐 생각인가? 토설케 하기가 쉽지 않을 텐데."

"그건 저에게 맡기십시오. 생각해 둔 바가 있습니다."

철웅의 대답에 사람들이 의아해했지만, 어차피 궁성 안의 일을 맡기로 한 철웅이었으니 딱히 캐묻지는 않았다. 다시 한 번 일정을 조율한 후 사람들이 돌아갔다. 수하들에게 지시를 내리고 단속시키는 것만도, 남은 시간이 부족할 지경이었다.

홀로 남은 철웅이 내일을 준비하고 있었다. 사부의 묵검이 손에 잡혔다.

'사부님이 걱정하신 대로입니다. 너무 좁고 험해 제대로 나아갈 수 있을지 모르겠습니다.'

천리를 따르라는 것이 이런 것이었는가? 어렵고 지난한 일이라는 말에 내 한 몸 바스러짐은 웃으며 감수하겠다고 생각했었다. 하나 천리는 나 하나의 희생으로 어찌 될 문제가 아니었다. 천리를 따라 흐름은 내가 그 위를 걷는 것이 아니라, 그 흐름이 제대로 흐르게 함이란 것을 알게 되었다.

'순리대로 사는 것이 닥쳐올 운명에 순응하는 것이라 여겼었는데… 비틀린 순리를 바로잡는 것이야말로 진정 그것을 따르는 것이었군요. 나의 모자람이 핑계가 될 수 없으니… 참 어렵습니다.'

묵검 위에 올려진 손가락을 통해 사부의 온기가 전해져 오는 듯했다. 그 온기는 그에게 이렇게 말하고 있었다.

'천리는 네가 따르기를 요구하는 흐름이지만, 천명은 하늘에 의해 선택되어지는 업이다. 하늘이 너를 선택하였다면… 네가 그에 합당한

이라는 뜻이지. 하늘이 정한 운명이니… 해내지 못함은 최선을 다하지 않았음이야. 허허.'

철웅은 사부의 목소리에 피식 웃고 말았다. 반드시 해내야 하는 일. 그것이 천명인 것이라. 철웅은 사부의 검을 한편에 놓고 은빛 창날에 얼굴을 비쳤다.

'아버지의 천명은 무엇이었습니까? 백련의 우사셨으니… 그것이 당신의 천명이셨나요?'

철웅의 마음은 필설로 형용하기가 어려웠다. 아비에 대한 감정은 그 갈래가 끝이 보이지 않았을 만큼 복잡했고 난해했다. 충신과 역적의 두 얼굴. 그리고 그것이 남겨준 예상치 못했던 운명. 그 운명이 가져다준 과거의 고통과 현재의 천명.

'그래도… 아버지를 원망하지 않습니다. 아버지의 아들로 태어난 것을… 후회하지 않습니다.'

아비가 남긴 유품. 자신과 십수 년간을 함께 전장을 누볐던 애병. 그리고 주작기라는 또 다른 이름.

'네 이름이 무엇이면 어떠하랴. 너는 나의 창이고, 내가 너의 주인인데.'

철웅은 주작기를 접어 검은 자루에 다시 넣었다. 그리고 마지막이 될지도 모르는 의식을 거행하고 있었다.

'사부님…….'

철웅은 사부가 남긴 단환을 꺼내어 들었다. 힘든 일을 앞둔 욕심에 두 알을 먹을까도 생각해 보았지만, 이내 고개를 저으며 한 알의 단환을 꺼내어 들었다.

'욕심이란 마물이다. 어렵다고 쉬운 길을 찾는다면, 어찌 길을 온전히 걸었다 말할 수 있을까.'

철웅은 깊은 심호흡을 한 후 단환을 삼켰다.

남경의 동녘으로 날이 밝아오고 있었다. 그 빛을 받은 남경성의 성벽이 붉게 물들고 있었지만, 아직은 어제와 다르지 않은 모습이었다. 아직은.

第八十二章
남경전(南京戰)

남경전
南京戰

그들은 죽음 속에 삶이 있음을 알고 있었다

　　동평서원(東平書院)은 남경 외곽에 위치해 있던 작은 서원이었다. 왕래가 번잡한 저자에서 조금 벗어나 있던 이곳은, 평소와 다름없는 하루를 시작하고 있었다. 원주가 시강(始講)도 하기 전 찾아든 낯선 사내들만 아니었다면, 분명 오늘도 평소와 다름없는 하루가 되었을 것이다.

　　"어찌 찾아오신 분들입니까?"

　　"이곳이 동평서원인가?"

　　"그렇습니다만……."

　　손님을 맞이하던 정 집사의 눈에는 불쾌하다는 빛이 떠올랐다. 이른 아침 찾아온 이는 한눈에 보아도 학문과는 연관이 없어 보이는 평범한 인물이었다. 한마디로 말하자면 배우지 못한 자, 그런 이가 배첩도 없이 불쑥 찾아와서는, 다짜고짜 반말을 해대니 기분이 상하지 않을 수

없었다. 하나,

"이곳 원주는 한림학사를 지낸 고(高) 아무개. 십 년 전 백련의 토벌을 주창한 정주학파(程朱學派)의 일 인."

"그게 무슨… 헉!"

말을 잇던 정 집사가 놀라며 두어 걸음을 물러섰다. 사내의 소매에서 흘러나온 한 자루 검이 새파란 청광을 발하고 있었다.

"…십 년 전의 원한을 갚으러 왔다……."

사내의 살기등등한 목소리에 정 집사가 다급히 내원으로 내달렸지만, 채 세 걸음도 떼기 전에 수급이 잘리며 바닥을 굴렀다. 사내가 내원으로 들어서자 그의 뒤를 따라 십여 명의 사내가 안으로 함께 들었다. 제각각 보기에도 섬뜩한 병기를 들고 있었고, 저마다 고하를 가리기 힘든 살기를 담고 있었다. 사내들은 서두르지 않으며 서원의 곳곳으로 흩어졌다. 그리고 잠시 후, 그들이 향한 곳곳마다 비명성이 터져 나오고 있었다.

"누구요? 크아악!"

"사람 살려! 아악!"

동평서원에 한바탕 난리가 일고 있었지만, 워낙 외진 곳에 위치하고 있었기에 사내들이 떠나고 반나절이 지나서야 이 사실이 관아에 알려지게 되었다. 하나 한나절이 지나도 사건을 처리하기 위한 포두나 포쾌는 찾아오지 않았다. 남경 성내에서 발생한 일만으로도 손발이 부족했으니, 외곽에 위치한 작은 서원의 살인 사건 따위는 뒷전으로 밀려날 수밖에 없었다.

"뭐라고? 남경 성내 곳곳에서 살인과 방화가 일어나고 있다고?"

언상의 물음을 받은 사람은 호덕영이었다.

"벌써 관아에 신고된 것만 열 건이 넘고, 몇 곳은 관병들까지 출동한 모양입니다."

"도대체 어떤 미친 작자들이……."

말을 잇던 언상이 인상을 찌푸렸다. 남경에서 난동을 부릴 만한 미친 작자들이 있다면… 그들뿐이었다.

"마교 놈들, 잔꾀를 부리고 있었군."

"이목을 끌기 위한 술책일까요?"

"관병들을 분산시키려는 속셈이겠지."

어처구니가 없는 일이었지만, 그 효과는 언상도 쉽게 짐작할 수 있었다.

"골치 아프군……."

자신들이야 상대해야 할 관병이 줄어들어 나쁠 게 없었지만, 그래도 무고한 민간인들을 향해 살수를 펼치는 것이 언상의 심기를 불편하게 만들고 있었다.

"그들은 유인책이다. 본진은 은밀히 황성으로 움직이고 있을 것이니, 모두 준비하고 있도록."

막사 안에 모였던 사람들은 칠웅의 말에 고개를 끄덕였다. 황성 남쪽에 만들어진 숙영지 밖에는 이천의 황궁 수비대 정병들이 도열해 있었다. 그들의 감시 속에 둥근 원진을 구성하고 있던 지휘부 막사에 철웅과 그의 수하들이 있었다. 연왕부의 정병들은 태평한 자세로 숙영지의 곳곳에 흩어져 있었다. 군기라고는 찾아볼 수 없는 모습에, 숙영지 외곽에서 그들을 감시하고 있던 남경 수비대의 군사들은 고개를 돌린 지 오래였다. 오합지졸이란 표현이 너무나 잘 어울리는 연왕부의 군사들에게선, 더 이상 감시의 필요성을 느낄 수가 없었다. 그가 바라는 대로였다.

"이곳에서 남문까지는 도보로 일각 거리. 하나 적들은 대로와 이어진 서문을 통해 성으로 침입할 것이다. 우리를 감시하고 있는 자들은 수비대의 병사 이천. 적들이 서문으로 난입하여 궁성에 도달하기 전, 우리는 그들보다 빨리 궁성 안에 들어야만 한다."

"아예 지금 움직이는 것이 어떻습니까?"

양청의 말에 철웅이 고개를 저었다.

"우리가 저들을 쫓아야지, 저들이 우리를 쫓아선 안 된다. 후에라도 황실과 왕자 전하를 위해 움직였다는 명분이 남아야 한다."

철웅의 말에 양청은 쉽게 수긍했다. 차라리 장성 밖의 싸움이었다면 이런 시시콜콜한 것까지 생각할 필요도 없었을 테지만, 지금 그들이 내달려야 할 전장은, 너른 초원이 아니라 황제가 살고 있는 궁성이었다.

"속전(速戰)입니까?"

"속전이되 난전(亂戰)이 되어선 안 된다. 오히려 정전(正戰)과 빠른 전장 이탈에 중점을 두어야겠지."

상직위친군과의 전투를 말하는 것이었다. 황궁을 지나 궁성까지 도달하는 데에는 두 개의 장애물이 있다. 육천의 수비대와 오천의 궁성 상주친군. 그들과의 싸움을 오래 끈다면 궁성으로 난입하는 백련의 움직임을 잡지 못한다. 그렇다고 수비대와 친군을 무시할 수도 없다. 자칫하다기는 꼬리가 잡혀 전력을 온전히 보존할 수가 없다. 이천의 병력을 최대한 보존해야만 궁성의 역도들을 상대할 수 있다.

"일단, 우리를 감시하기 위해 파견된 수비대 이천을 먼저 떼어놓겠습니다."

양청의 말에 철웅이 고개를 끄덕였다. 새롭게 작전을 세울 필요도 없었다. 전쟁이라면 질리도록 치러온 그들이었으니. 양청의 눈짓에 풍호와 노강이 막사를 떠났다. 철웅은 그들의 뒷모습을 바라보다 자리에서 일어났다.

"군장(軍裝)을 다오."

철웅의 말에 일성과 등상사가 일어났다. 그들이 들고 온 갑주는 일반 병사나 장수가 입던 면오갑(綿襖甲:솜으로 만든 두루마기 갑옷)이 아니라, 철편으로 흉부(胸部:가슴)와 견갑부(肩胛部:어깨)를 가린 철갑주였다. 흑색의 철갑주를 바라보던 철웅이 피식 웃으며 입을 열었다.

"녀석들… 쓸데없는 것을 준비했구나."

철웅의 말에 갑주를 들고 있던 일성이 말했다.

"쓸데없다니요. 이거 구하느라 들어간 은자가 얼만지 아십니까?"

"그러니 쓸데없다는 것이지. 갑주란 몸을 보호하기만 하면 되는 것이다."

철웅의 야박한 말에 등상사가 웃으며 말했다.

"너무 그러지 마십시오, 대장. 일성이가 바득바득 우겨 겨우 구하긴 했지만… 저도 이렇게 닮은 갑주를 남경에서 구할 수 있으리라고는 생각지 못했습니다. 제가 먼저 보았다면… 주저없이 샀겠다 싶을 정도로요."

"…고맙구나."

수하들의 청에 철웅은 어색해하면서도 갑주를 몸에 걸치고, 쌍을 이루는 듯 보인 전완갑(前腕鉀)까지 팔뚝에 착용했다. 철웅은 기이한 열기를 두 눈에 담고 자신을 보던 수하들을 바라보다, 이내 자신이 가지고 온 짐 꾸러미에서 그것을 꺼내며 말했다.

"부탁한다."

일성은 말없이 그에게 그것을 받아 들다가 이내 크게 놀라며 입을 벌렸다.

"이… 이건?!"

사람들이 무슨 일인가 싶어 일성을 바라보고 있었지만, 일성은 큰 눈을 껌뻑이지도 못한 채 그것을 바라만 보고 있었다. 하나 이내 정신을 차리곤 경건한 손놀림으로 그것을 펴 철웅의 어깨로 가져갔다. 철웅의 어깨를 감싼 검은 장포. 일견 평범해 보이는 장포였으나 그것을 본 수하들이 놀라 일제히 무릎을 꿇었다.

"모두… 일어나라."

여덟 명의 사내는 철웅의 말에 천천히 무릎을 펴며 일어섰다. 하나 그들의 두 눈은 감히 그를 향하지 못했다. 아니, 그의 어깨를 감싼 그 장포를 마주 보지 못했다.

"이것은… 내 아버지의 장포다."

"……."

"나는 나의 천명이 무엇인지를 생각해 왔다. 나에겐 큰 가르침을 내려주신 분이 계시다. 그분은 내가 가는 길이 천리를 따르는 길이라 하셨다. 하지만 내가 아둔하여 지금 이 순간까지도 천리를 깨닫지 못했고, 천명을 짐작하지 못했다."

철웅의 말이 수하들의 귓전을 파고들고 있었다. 전장의 목소리. 그는 전장의 전신으로 되돌아가고 있었다.

"아직도 나는 나의 천명을 알지 못한다. 하나 내가 천리를 따르고 있음은 느낄 수 있다. 오늘의 싸움은… 나의 천명을 따름이다."

사내들의 몸이 부르르 떨려왔다. 그들의 열기가 온 막사 안을 전염시키고 있었다.

"나를 위해 싸운다 생각하지 마라. 너희가 이 자리에 선 것도, 결국 너희 운명이 너희를 이곳으로 이끈 것이다. 너희와 나의 운명이 서로 만나 결국 오늘의 이 자리를 만들었다 생각한다. 내가 내 아비의 장포를 입고 싸움에 임하는 이유는… 나의 천명 앞에 나의 과거가 떳떳했음을 보여주고 싶기 때문이다. 내 아비는 역적이었으나 결코 천명을 거역치 않은 분이셨다. 이제 내 아비처럼… 나 역시 나의 길을 가고자 한다. 그 길을 함께 걸어주어… 고맙다."

철웅의 말에 사내들이 하나둘 일어섰다. 그들의 눈은 붉게 물들어 있었다. 그들이 바라던 모습. 꼭 한 번만이라도 다시 보고 싶었던 그 모습. 그들의 두 눈은 철웅을 향해 이렇게 말하고 있었다.

'당신을 모시게 되어… 영광이었습니다.'

사선을 넘다 보면 향기를 맡을 수 있게 된다. 힘들고 어려운 싸움일수록 그들의 곁에는 죽음의 향기가 더욱 진하게 맴돈다. 지금 그들의 코끝을 간질이는 죽음의 내음이 누구를 위한 것인지는 알 수 없었지만, 어느 한 사람 두려워하는 기색은 없었다.

필사즉생(必死則生), 행생즉사(幸生則死). 그들은 죽음 속에 삶이 있음을 알고 있었다. 그리고 이제 그것을 가르쳐 준 이를 위해… 기꺼이 목숨을 내놓고 있었다.

*　　　　*　　　　*

시내의 소란은 이내 황궁 안에까지 소문이 전해지고 있었다. 창문만 열어도 성 밖에서 피어오르는 연기가 수십 개는 보이니, 숨기려야 숨길 수도 없는 일이었다. 황궁의 문이 열리며 한 무리의 병사들이 쏟아져 나오고 있었다. 황궁을 수비하는 중임을 맡고 있는 이들이었지만, 코앞에서 벌어지는 난리를 보고만 있을 수는 없었나 보다. 이천여 명의 병사가 남경의 곳곳을 누비며 화재를 진압하고 범인들을 쫓았다. 하나 신출귀몰한 범인들의 행동에 수비대의 병사들은 갈팡질팡하며 남경을 헤매야 했다. 그들이 나오기 위해 열렸던 황성의 서문이 닫히려 하자, 한때의 무리가 서문 앞에 모습을 드러냈다. 그들의 출현에 수문위사는 물론, 성문 주위에 포진하고 있던 금의위 위사들 역시 검을 뽑아 들고는 그들의 앞을 막아섰다.

"웬 놈들이냐?!"

"…하늘의 뜻을 전하러 왔소."

"……?!"

그들을 막아섰던 금의위 위사의 눈이 번뜩였다. 하나 이내 그 눈빛을 지우고는 검을 휘두르며 그들에게 쇄도했다.

"역도가 황성에 난입하려 하다니! 모두 이자들을 막아라!"

금의위 위사의 검이 사내의 면전으로 쇄도했다. 하나 사내는 그의 검을 가볍게 피하며 성문을 향해 달려나갔다. 금의위 위사들의 공세를 피해 근 삼백에 달하는 자들이 성문을 향해 달려나갔다. 그들의 신형은 단숨에 거리를 좁히며 급히 닫혀지던 성문 앞에 다다랐다.

촤악!

"크흑!"

성문을 닫던 수문 위사들은 괴인들의 일수를 받아내지도 못한 채 줄줄이 죽어나가고 말았다. 금의위와 맞설 때는 볼 수 없었던 잔혹한 손속이었지만, 금의위 위사와 괴인들의 엉성한 공방은 보통 사람들의 눈에는 살벌해만 보였다. 물론 보통 사람들에게는.

"역도들을 막아라!!"

금의위 위사들의 공방을 피해 대부분의 괴인들이 성문 안으로 들어서고 있을 때쯤, 대로의 또 다른 한편에서 한 무리의 사람들이 쏟아져 나오고 있었다. 놀란 금의위 위사가 달아나던 괴한들을 바라보았다. 커다란 외침에 놀라 고개를 돌렸던 괴인의 눈이 금의위 위사들을 지휘하던 금의위 부통령 문보생(文寶生)과 마주쳤다. 한데 괴인이 고개를 가로젓자, 금의위 부통령인 문보생의 고개가 가만히 끄덕여졌다.

"금의위는 적도들을 막아라!"

금의위 위사들의 검이 성안으로 달아나던 괴인들에게서, 새로이 나타난 괴인들에게 향했다. 그때 그들을 당혹케 한 목소리가 괴인의 무리 중에서 튀어나왔다.

"나는 도찰원 좌첨도어사 언상이다! 금의위는 길을 터라!"

우뢰와 같은 목소리의 주인공은 바로 권절 언상이었다. 금의위 위사들은 당혹해하고 있었다. 명에는 도찰원의 진입 따위는 없었다. 잠시 허둥대던 금의위 위사들의 귀에 문보생의 외침이 들려왔다.

"적도들의 농간이다! 금의위는 적들을 주살하라!"

금의위 위사들은 차갑게 눈을 굳혔다. 예정된 명은 단 두 가지뿐이었다. 막는다와 제압하라. 막는다는 막지 말라는 뜻이고, 제압하라는 안으로 들이지 말라는 뜻이었다. 한데 문보생은 주살하라고 했다. 명을 따라 금의위가 움직였다. 언상과 도찰원 이백 어사를 향해 다가오던 백여 명의 금의위 위사들. 괴인들을 상대할 때와는 보이지 않았던 살기가 검 위에 내려앉았다.

"신호를 올려라. 이 시간부로… 금의위를 역도로 칭한다."

도찰원 어사들의 품에서 검이 뽑혀져 나왔다. 역도는 즉참이다.

삐이이!

도찰원의 어사 하나가 쏘아 올린 명적이 하늘의 점이 되며 날아갔고, 이백의 어사들이 일백의 위사들을 맞아 신형을 날렸다. 검과 검이 맞부딪치며 수백 개의 불꽃을 황궁의 서문 앞에 수놓고 있었다.

"우리가 돕겠소."

신창양가에서 달려온 양자생(陽子生)이 한발 나섰다. 양가주의 셋째 동생이며 양청에게는 숙부가 되는 인물. 신창양가에서 다섯 손가락 안에 꼽히는 이가 바로 양자생이었다. 그의 뒤에는 서른 명의 창수가 말없이 시립해 있었다. 고요함 속에 폭풍을 숨기고 있다 일컬어지는 이화창의 고수들. 하나 언상은 전장에서 눈을 떼어 서문의 좌우를 바라보며 말했다.

"양 대협께서는 저들을 맡아주시지요."

성벽을 따라 달려오는 한 무리의 인영들. 일백은 족히 넘어 보이던 그들은 변복을 하고 대기하던 금의위의 위사들이었다. 양자생은 고개를 끄덕여 보이곤 서른 명의 수하들과 함께 그들을 향해 달려나갔다.

"이보게. 자네 몫은 저들일세."

"알았네."

언상의 말에 초한상이 답했지만, 그들을 향해 달려나간 것은 초씨 세가의 자랑인 이십팔숙이었다. 성벽의 다른 편에서 달려오던 이들의 수가 이백에 달했지만, 이십팔숙의 패배를 점칠 수 있을 자는 아무도 없었다. 성문 앞의 싸움은 일진일퇴를 거듭하고 있었다. 어느새 합세한 도찰원의 인원만 근 오백. 짐작했던 것만큼, 쉽게 끝나지 않을 싸움이었다. 언상은 이 싸움을 쉽게 끝내야 했다.

"오랜만에 몸 좀 풀어볼까?"

언상은 손가락을 풀며 도찰원 어사들과 금의위 위사들의 싸움이 한참인 곳으로 걸음을 옮겼다. 언상이 다가서자 당황한 금의위 위사 몇이 검을 휘두르며 달려들었다. 물론 달려들던 것보다 더욱 빠른 속도로 땅바닥에 처박혀 일어나진 못했지만.

"저 친구 아직도 청춘이구먼. 우리도 갑시다."

"당신이 좀 알아서 하세요. 꼭 나까지 치맛바람을 날려야겠어요?"

소봉옥의 핀잔에 초한상이 별수없다는 듯 어깨를 으쓱해 보이며 전장의 다른 편으로 걸음을 옮겼다. 그의 뒤를 따르던 막고위가 초미를 바라보며 말했다.

"장모님과 함께 있어요. 절대 싸움에 끼어들지 말고."

"다치지나 말아요. 피 한 방울만 흘려도 당장 달려나갈 테니까."

막고위는 미소를 보이며 초한상의 뒤를 따랐다. 소봉옥은 고개를 흔들면서도 품에서 옥소(玉簫)를 꺼내어 들었다. 핀잔을 주기는 했지만, 여인이라 해서 손 놓고 구경만 할 수는 없었다. 그리고 우두커니 서 있던 석위강을 보며 말했다.

"아니? 선배님은 구경만 하실 건가요? 쉬엄쉬엄 한 팔 거드시면 좀 더 일찍 끝날 텐데. 여기 일을 빨리 정리하고 안으로 들어야죠."

"어, 자네들 먼저 가야겠네. 손님들이 오시는구먼."

석위강의 말에 소봉옥의 눈이 그의 시선을 따라갔다. 그리고 어느새 다가왔는지 우두커니 서서 자신들을 바라보고 있는 세 사람의 노인을 발견할 수 있었다.

'고… 수?!'

소봉옥은 온몸이 절로 긴장됨을 느꼈다. 독보십절의 일좌를 차지하고 있는 소봉옥이었지만, 눈앞의 노인들은 자신의 눈으로도 쉽게 고하를 측정치 못할 고수들이었다. 그녀의 손에 들렸던 옥소가 파르르 떨려왔다.

"오랜만이오, 검절."

"허허, 당신에게 인사를 다 받다니… 오래 살고 볼 일이오, 백마."

석위강의 눈에서 불꽃이 일고 있었다. 검절 석위강의 전의를 불태우게 만든 세 노인. 백마 종리강과 검마 능광, 그리고 독마 갈시경. 백련의 전설적인 고수 삼 인의 등장이었다.

*　　　*　　　*

"어? 저놈들이 언제 갑주를 입었지?"

은밀히 연왕부 정병들의 동태를 염탐하던 병사 하나가 조용히 뒷걸음질치며 물러서고 있었다. 그런 병사의 목을 조르는 두터운 팔이 있었다.

"억울해하지 마라. 원래 제일 먼저 죽는 게 척후다."

우두둑!

풍호의 손에 목이 꺾인 병사가 힘없이 주저앉았다. 풍호와 노강은 날랜 수하 십여 명씩을 대동하고, 본진의 주변에 포진해 있던 척후들을 소리 없이 제거하고 있었다. 그리고 성문에서 육안으로 확인되지 않는 마지막 척후의 목을 꺾어내는 순간, 그들의 고막으로 한줄기 휘파람 소리가 들려왔다.

삐이이!!

'신호다!'

풍호와 노강은 수하들과 함께 발길을 돌렸다. 그들이 사라지고 난 후, 궁성의 망루에서 외마디 외침이 들려왔다.

"한 무리의 병사들이 접근하고 있습니다!"

망루의 경비를 맡고 있던 조장 하나가 다급히 망루로 달려왔다. 그리고 다소 우스꽝스러운 모습에 실소를 터뜨리고 있었다.

"뭐야? 연왕부 놈들이잖아? 저놈들 왜 저렇게 꽁지가 빠져라 도망쳐 오고 있지? 어? 뭐야? 저놈들 뒤를 쫓는 건 우리 수비대 아냐?"

자욱한 흙먼지를 헤치며 연왕부의 이천의 병사들이 미친 듯이 달려오고 있었다. 질서도 없고, 규율도 없어 보이는 한심한 모습이었기에 망루의 조장은 껄껄거리며 웃어댔다.

"하하! 저놈들 아무래도 우리 수비대와 시비가 붙었다가 낭패를 당하고 도망쳐 오는 것 같은데? 멍청한 놈들, 하필 도망쳐 온다는 것이 황성이더냐? 야! 성문 닫으라고 해라!"

망루의 조장이 외치자, 성벽 위의 병사가 성문으로 달려갔다. 한데 한참을 기다려도 성문은 닫히질 않고 있었다.

"뭐 하는 거야? 벌써 코앞까지 왔구만!"

조장이 신경질을 부리며 성문으로 직접 내려갔다. 하나 성문에 다다르려는 찰나, 옆구리를 파고드는 강렬한 통증에 비명을 지르고 말았다.

"우으으읍!!"

살아생전 마지막 내지른 비명이었지만, 노강의 거친 손에 틀어 막힌 입에선 답답한 신음만이 흘러나오고 있었다. 활짝 열린 성문으로 이천의 병사들이 들이닥쳤다. 그리고 그들이 들어서자 성문이 닫히며, 이천의 황궁 수비대 전력을 떨어뜨려 버렸다.

"어서 가자!"

철웅은 병사들을 이끌고 서둘러 황세손이 있는 곳을 찾았다. 하나 전각들의 좌우로 나타난 수많은 병력들. 어느새 그들의 주위로 수천의 상직위친군 병사들이 포위를 구축하고 있었다.

"조구!"

"궁수대 앞으로!"

연왕부 정병의 앞 열이 갈라지며 시위를 당긴 궁수대가 모습을 드러내었다. 이미 성문을 통과하며 진영을 구축한 포진. 궁수대는 시야가 확보됨 과 동시에 시위를 놓았다.

슈슈슈슉!

"크아악!"

전면으로 포진해 있던 삼백 궁수대의 일진이 일시에 강궁을 쏘아대자, 포위망을 구축하던 친군 백여 명이 일시에 고꾸라지며 포위망에 구멍이 생겼다.

"황역! 충겸!"

철웅의 명이 떨어지자마자 궁수대의 양 옆으로 이백 기에 달하는 기마대가 갈라진 포위망의 양쪽 끝으로 달려나갔다. 흐트러진 진세를 회복하기도 전에 달려든 기마대의 말굽에 포위망은 사정없이 무너져 내렸다. 포위의 후미가 조여오며 연왕부의 군세를 압박하고 있었지만, 철웅은 지체 없이 진군을 명했다.

"보병 전속 전진! 기마대는 궁수대를 엄호해라!"

일천의 보병이 창을 앞세우고 일시에 달려나가기 시작했다. 근 삼천에 달하던 친군의 포위망이었지만, 연왕부 정병들의 전광석화 같은 움직임에 정신을 차릴 수가 없었다. 하나 수적 열세를 극복하기란 어려운 법이었다. 황망한 정신을 가다듬은 친군이 연왕부 군세의 뒤를 쫓았다. 정렬하고 말 것도 없었다. 이미 연왕부 병력의 후미는 난전에 말려들고 있었다. 하나 철웅은 그마저도 예상한 듯 빠르게 명을 내렸다.

"조구! 후미를 엄호해라! 일성! 후위대 오백과 함께 진로를 차단해라!"

오백의 전력으로 삼천의 병력을 차단하라는 말도 안 되는 명이었지만, 그 명에 이견을 달아야 할 일성은 입가에 미소까지 지으며 미친 듯이 달려나가고 있었다.

"일당십도 아니고, 일당육이다! 여섯 놈 못 베고 죽는 놈은 나한테 죽을 줄 알아!"

일성의 외침에 병사들이 함성을 지르며 친군의 진영으로 돌격을 감행했다. 하나 상대는 황성을 책임지는 전력이었다. 대명 최강의 군세라 할 수도 있는 삼천을 상대하기엔, 오백의 인원은 턱없이 부족하기만 했다. 성문을 차단하고 황급히 뒤를 따른 풍호와 십여 명의 병사가 그들의 포위망 뒤로 다가서고 있었다.

'저자다!'

친군을 지휘하고 있는 자. 친군의 복장은 아니었으나 그가 이들의 지휘자가 확실했다. 풍호가 십여 명의 병사에게 무언가를 속삭였다. 병사들의 눈에 놀람이 일었지만, 이내 무엇인가를 결심한 듯 고개를 끄덕였다. 그리고 그들이 달려나갔다.

"차앗!"

등을 내보이고 있던 친군의 뒤로 열 명의 병사가 군도를 휘두르며 난입했다. 난전에 얼마나 열중했는지, 여섯 명의 동료가 베이고 나서야 뒤쪽에서 치달려 오는 풍호 일행을 감지한 친군이었다. 포위망 속에 또다시 작은 포위망이 구성되고 있었지만, 그때는 이미 너무 늦고 말았다. 전각의 계단 위에서 친군을 지휘하던 병부시랑(兵部侍郎) 왕치우(王治右)는 병사들의 포위를 뚫고 자신에게 달려드는 혈인에 놀라 뒷걸음질치고 있었다. 풍호는 열 명의 병사가 죽음으로 놓아준 길을 뚫고 나와 왕치우의 면전까지 다가갔다.

"이 새끼!"

붉은 피로 얼룩져 마치 나찰상과 같은 풍호의 모습에, 왕치우는 혼비백산하고 있었다. 하나 이내 계단에 발이 걸려 넘어지며 풍호에게 덜미를 잡히고 말았다. 풍호의 입에 잔인해 보이는 미소가 걸리며 검이 휘둘리려는 찰나, 검을 들었던 풍호가 갑자기 몸을 떨며 움직임을 멈추고 있었다. 눈을 질끈 감았던 왕치우가 눈을 뜨자 풍호의 가슴을 뚫고 나온 세 개의 창이 보였다. 그의 뒤를 쫓던 친군들이 던진 창에 그만 등을 꿰뚫리고 만 것이었다. 풍호의 얼굴이 고통으로 일그러지고 있었고, 그 모습에 왕치우는 안도의 한숨을 내쉬고 있었다. 하지만…

"흐흐, 원래… 제일 먼저 죽는 게… 대가리야……."

풍호의 미소는 붉었다. 들었던 검을 가슴으로 가져와 그대로 왕치우의 앞으로 고꾸라졌다. 왕치우는 풍호의 검에 가슴이 꿰뚫려 절명하고 말았다. 풍호의 눈은 감기지 못했다. 그의 눈은 칼끝을 아래로 향한 채 서 있던 일성의 모습을 담고 있었다.

'대장… 이제야… 빚을 갚습니다… 부디…….'

일성의 입가에 가는 미소가 걸렸다. 그의 주위에는 오백 명의 연왕부 정병이 시신이 되어 쓰러져 있었다. 남은 친군의 수가 이천이 되지 못해 보이는 듯하니, 적어도 한 사람당 두 명씩은 데리고 간 모양이었다. 일성의 주위로 쓰러져 있던 친군의 수도 십여 명이나 되었다. 하나 그걸로 끝이었다. 일성의 몸이 앞으로 고꾸라지며 시신들 위로 몸을 뉘었다.

'원래… 제일 먼저 죽는 놈이 너나 나 같은 놈들이야. 바보 같은 놈들…….'

풍호의 입가에는 미소가 지워지지 않고 있었다. 하나 부릅뜬 두 눈은 마지막까지 누구를 그리고 있었는지 끝내 감기지 못했다.

철웅은 자신을 바라보고 있던 풍호의 눈을 느끼지 못했다. 자신의 앞을 가로막은 이천의 친군들을 헤쳐 나가는 것만으로도, 그는 충분히 힘겨웠다.

*　　　*　　　*

싸움은 어느 한쪽으로도 쉽게 승기를 내어주지 않고 있었다. 이미 도찰원의 어사 중 절반이 죽었고, 금의위의 시체도 백여 구나 되었지만, 아직도 싸워야 할 적은 많았다. 눈앞의 백마처럼.

"파검은 어디 있소?"

"잘 찾아보시오. 여기 어디 있겠지."

검절과 백마의 대화는 짧았다. 십 년 전의 구원을 잊지 않은 듯, 석위강의 눈에는 전의와 노기가 타오르고 있었다. 하나 종리강은 그의 눈빛을 외면하며 다시 물었다.

"파검을 찾아보시게."

종리강의 말에 능광과 갈시경이 좌우로 갈라섰다. 그들이 갈라서자 석위강이 한 발 물러나며 검을 뽑았다.

"미안하지만, 성문은 닫혔소."

석위강의 말에 종리강의 백미가 꿈틀거렸다. 하나 이내 한숨을 지으며 고개를 내저었다.

"나는… 그를 해치려는 것이 아니요."

"허어, 농담이 지나치시오."

석위강의 검에 은은한 백광이 흐르고 있었다. 종리강은 그 모습에 공력을 일으키려다가 포기하고는 입을 열었다.

"믿지 않는다니… 하는 수 없지. 이보게들."

종리강의 말에 능광과 갈시경의 신형이 싸움의 한복판으로 쏘아져 나갔다. 석위강은 아차 싶었지만, 눈앞의 백마를 두고 등을 보일 수는 없었다. 다행히 소봉옥이 옥소를 들고 능광의 뒤를 쫓는 것이 느껴졌다. 소봉옥이라면 아무리 검마라 하더라도 쉽게 당하지는 않을 것이다. 한데 검마의 기운이 뻗치는 것이 느껴짐에도 소봉옥의 움직임은 느껴지지 않았다.

'설마?!'

석위강이 놀라 물러서며 거리를 벌리곤 고개를 돌렸다. 소봉옥은 땅에 발이 붙은 듯 전장을 바라보며 서 있었다. 능광이 허공에서 검기를 뿌리고 있었다. 그의 독문절기인 추혼검법(追魂劍法)이 틀림없었지만, 그의 검이 쫓는 혼령은 도찰원 어사들의 것이 아니라 금의위의 것이었다.

"이게 무슨 짓이오?!"

석위강이 백마를 바라보며 낮게 입을 열었다. 종리강은 그런 석위강을 바라보며 태연히 말했다.

"믿지 못하겠다니… 믿게끔 한 것뿐이오. 오늘의 일은… 백련의 뜻이 아니오."

"뭣이?!"

석위강은 기가 차 말도 나오지 않았다. 백련의 뜻이 아니라면 저들이 모두 미치기라도 했다는 말인가? 하나 종리강의 표정은 그것이 진실이라 소리치고 있었다.

"…설명을 부탁드려도 되겠소?"

"미안하오. 창피스러운 일이라 말씀드리기가 힘드오. 하나 내 아우들은 이번 역모를 돕기 위해 온 것이 아니라, 막기 위해 온 것이오."

"왜……?"

궁금함을 참기가 너무나 어려웠다. 하나 강제로 백마의 입을 열기란 불가능하다는 것을 잘 알고 있는 석위강이었다. 이미 십 년 전에 한번 백마에게 굴욕적인 패배를 당해야 했던 석위강이었다. 이후 절치부심하여 검강의 경지에까지 올라서게 되었지만, 아직은 이 노괴물에게 필승을 장담하기는 어려웠다.

"내가 아무 말도 하지 않는다면 끝까지 믿지 못할 듯하니… 우리가 파검을 찾는 것은 주작홍기 때문이오."

"역시……."

석위강은 눈빛을 굳히며 백마를 바라보았다. 그들이 파검을 찾을 이유가 그것 말고 또 있을까? 석위강은 너도 어쩔 수 없구나라는 듯한 표정으로 백마를 바라보고 있었다. 하나 백마가 파검을 찾을 이유는 그것 말고 또 있었다.

"그가 주작홍기를 돌려준다면 좋겠지만… 강제로 빼앗을 생각은 없소."

"지금… 뭐라고 하셨소?"

석위강은 뒤통수를 얻어맞은 듯한 충격을 받았다. 이 늙은 노마가 지금 무슨 소리를 하고 있는 것인가? 주면 받겠지만, 빼앗지는 않겠다? 너무나 어이없는 말에, 오히려 의심이 들지 않았다.

"그에게 확인하고 싶은 것이 있소. 그를 찾는 이유는… 그것뿐이 오."

석위강은 백마의 눈을 바라보고 있었다. 이 노괴물의 진신절기인 단철마벽(丹鐵魔壁)이 마음까지 가리는 효험이 있는 것인지, 그의 눈에서 거짓의 느낌은 찾을 수가 없었다. 성문 밖의 싸움은 이미 종장을 향해 가고 있었다. 과연 구마의 명성은 명불허전이었다. 검마의 손에 죽은 금의위만 서른 명이 넘고 있었다. 갈시경은 오히려 다른 사람이 다칠까 독술을 펼치지도 못한 모양이었다. 하나 그의 독문병기인 세우침(貰羽針)만으로도 금의위 스무 명은 충분히 처리한 듯 보였다. 당황한 것은 오히려 목숨의 구원을 받은 양가 사람들과 도찰원의 인물들이었다. 이십팔숙 중 여섯이 죽었고, 양가의 제자들 열일곱이 불귀의 객이 되었다. 도찰원은 거의 금의위와 양패구상한 상태였으나 그럼에도 금의위의 인물들은 이백 가까이나 남아 있었다. 만약 검마 능광과 독마 갈시경이 도와주지 않았다면, 제자들이 얼마나 더 희생되었을지 알 수 없었다. 의외의 인물들에게 받은 의외의 도움이었다.

"이제… 성문은 열린 것이지요?"

석위강은 종리강의 말에 답하지 않았다. 하나 잠시 후 굳은 목소리로 답하곤 성문으로 향했다.

"믿음은 한 번뿐이오. 만약 그에게 허튼수작을 부린다면… 믿음이 깨졌을 때의 대가를 톡톡히 치르게 해주겠소."

第八十三章
밝혀진 역모

밝혀진 역모

진정한 싸움은 지금부터였다

"폐하! 어서 이쪽으로!"

수십 명의 인물이 꼬리를 물며 달아나고 있었다. 그 선두에는 이제 갓 약관을 넘긴 듯 보이는 젊은 청년이 상복을 입은 채 달리고 있었다. 황자징과 제태는 황세손인 주윤문을 양쪽에서 보필한 채 어디론가 달아나고 있었다. 멀리서는 아직도 사람들의 비명 소리가 끝없이 들려오고 있었다.

"어찌… 어찌하여 이런 일이……."

윤문은 신하들의 호위 속에서 신세를 한탄하고 있었다. 황제인 할아버지가 죽자마자, 천하의 민심이 흉흉해지기 시작했다. 윤문은 이것이 자신의 부덕함 탓이라 여기고 있었다. 세간의 소문이 황제의 귀에까지 올라오는 일은 거의 없었건만, 어찌 된 일인지 윤문에게만은 그러한 소문들이 아무런 여과 없이 전달되고 있었다.

"다 내가 부덕한 탓이오. 천심을 잃은 탓이오……."

다급히 달아나는 와중에도 윤문의 한탄은 끝이 없었다. 그들은 궁궐의 심처로 향했다. 그곳에서 그들을 맞이한 사람은 다름 아닌 옥영진이었다.

"오오, 상서께서 나를 구하러 오셨구려."

"전하, 신 옥영진, 전하를 해하려 하는 자들을 벌하기 위해 입궁하였나이다."

윤문의 얼굴에 화색이 돌았다. 옥영진은 그 비대한 몸에 어울리지 않는 보석으로 잔뜩 치장된 패검을 차고 있었으나 적도들에게 쫓기던 차였는지라 그런 우스꽝스런 모습이 눈에 들어올 리 없는 윤문이었다.

"상서, 어서 군사를 풀어 저들을 내쫓으시오. 내 가슴이 뛰어 숨을 쉴 수가 없구려."

"전하, 아무런 염려 하지 마오소서. 이미 남경에 주둔 중인 친군을 성으로 들라 일렀고, 신과 함께 온 이들이 강호의 고수들이오니, 더 이상 전하의 심기를 거스르는 자는 신이 용서하지 않을 것이옵니다."

옥영진의 말에 윤문이 무릎까지 꿇고는 그의 손을 덥석 잡아 들었다.

"고맙소… 정녕 고맙소… 상서가 아니었으면, 나는 어찌 견뎠을지 싶소."

"전하……."

고개를 숙이고 있던 옥영진의 입가엔 득의의 미소가 번지고 있었다. 그리고 참으로 용케도 꼭 필요한 시점이 되자 그들이 들이닥쳤다.

콰지직!

"헛? 저자들이 예까지……."

황자징과 제태가 놀라 황세손을 등 뒤로 숨겼다. 그들이 자신의 등 뒤로 숨자 옥영진이 당당히 나서며 외쳤다.

"네놈들은 누구냐? 감히 황궁에 침입하여 천자의 권위를 우롱하다니… 내 너희의 목을 베어 만천하에 황실의 위엄을 보이겠노라."

옥영진은 마치 자신이 황제라도 되는 양 한껏 목청을 끌어내어 호통을 쳤다. 들이닥친 괴인들은 백여 명. 궁궐을 포위하고 있던 자들까지 합하면 근 삼백여 명에 이르렀다. 윤문은 그들과 눈조차 마주칠 수가 없었다. 자신의 앞에서 죽어간 친군들의 모습이 아직도 두 눈에 선했다. 저들이 칼을 휘두를 때마다, 어김없이 목 하나가 허공을 날았다. 난생처음 보는 무서운 자들이 한두 명도 아니고 삼백 명이나 몰려들었으니, 심약한 윤문으로서는 오줌을 지리지 않은 것만도 칭찬받을 만했다. 괴인들이 다가서자 옥영진의 뒤에 있던 이십여 명의 검수가 그 앞을 막아섰다.

'음… 지금쯤 대기 중이던 친군이 들이닥쳐야 하는데…….'

옥영진은 고개를 갸우뚱거리고 싶은 것을 억지로 참았다. 오천의 친군 중 일천을 저들에게 희생양으로 던져 주었다. 그리고 저들을 이곳까지 유인하고 난 후, 남은 사천의 친군으로 저들을 몰아내는 것이 예정된 계획이었다.

'음… 왕치우 이놈은 도대체 무엇을 하고 있는 것인가? 쓸모없는 것 같으니…….'

옥영진은 친군의 지휘를 맡았던 병부시랑 왕치우의 욕을 하고 있었다. 물론 그가 이미 황천의 고혼이 되었다는 것을 안다면 어떤 표정을 지었을지 모르지만, 어쨌든 지금은 당당히 가슴을 펴고 괴인들을 맞이 했다. 당황한 것은 괴인들도 마찬가지였다. 자신들의 임무는 황제를 이곳까지 몰아오는 것이 전부였다. 그 이후의 일은 도주만이 남아 있을 뿐. 한데 도주로를 터주어야 할 친군이 모습을 드러내고 있지 않으니… 한데 그때 밖에서부터 매우 소란스러운 소리가 들리기 시작했다.

'옳지, 이제야 오는 모양이구나.'

옥영진은 들이닥친 괴인들을 바라보고 있었다. 괴인들 역시 밖에서 반응이 오자 주춤거리더니 이내 썰물 빠지듯 사라져 버렸다. 윤문은 가슴을 쓸어내리며 큰 숨을 내쉬었다. 옥영진은 이런 윤문에게 쐐기를 박을 결심을 했다.

'저들이 일패도지하는 모습을 보여주어야겠다. 마지막에 나의 위엄을 보여준다면, 나를 믿는 마음이 흔들리지 않을 것이다.'

옥영진은 마음을 굳히곤 윤문에게 말했다.

"전하, 신이 나아가 저들을 몰아내겠사옵니다."

"오, 그래 주시겠소?"

"한데, 전하께서 제 등 뒤에 서 계셔주신다면, 신은 천군만마를 등에 업은 듯할 것입니다. 부디 저들의 앞에서 전하와 황실의 위엄을 보여 주소서."

윤문이 놀란 토끼 눈을 하고는 옥영진을 바라보았다. 하나 옥영진의 눈과 마주치곤 하는 수 없다는 듯 고개를 떨구고 밖으로 나갔다. 옥영진은 위풍당당한 걸음으로 문을 박차고 나갔다. 그러나,

"헉?!"

"아… 아니?"

옥영진과 윤문, 그 뒤를 따라나선 황자징과 제태마저 경악을 금치 못한 채 입을 벌리고 있었다. 아름다운 대리석으로 치장되어 있던 궁성의 바닥에 피로 만들어진 내가 흐르고 있었고, 화려한 빛깔로 칭송받아 왔던 전각들 사이로 시체가 쌓여 산을 이루고 있었다. 그리고 그곳의 중앙엔 그가 있었다. 검은 갑주와 검은 장포를 두르고, 피를 한껏 머금은 창을 들고 전신처럼 버티고 서 있는.

"…대장군?!"

옥영진의 입에서 새어 나온 한마디. 좌중을 압도하는 기세를 뿌리며 서 있던 사내. 옥영진의 목소리에 그의 고개가 조금씩 돌아가고 있었고, 옥영진에게 향한 흉포한 눈빛이 그의 사지를 갈기갈기 찢어내고 있었다.

*　　　　*　　　　*

'미치겠군……'

강자량은 궁의 은밀한 곳에 숨어 사태의 추이를 지켜보고 있었다. 모든 일이 순조롭게 진행되고 있었다. 비록 예상치 못했던 반격이 있었지만, 대계의 완성에는 그리 큰 지장을 줄 것 같지 않았다. 일부러 무련군의 남은 이백과 천겁영의 일백은 밖으로 빼돌려 놓았다. 무련군은 그렇다 치더라도, 천겁영은 자신의 휘하가 될 이들이었으니. 하나 문제는 궁성 밖이 아니라 궁성 안에 있었다. 그들을 지켜보다가 궁성으로 든 강자량은 경악할 수밖에 없었다. 궁성의 친군들이 예상치 못했던 적들과 이미 싸움을 벌이고 있는 것이었다.

'연왕부의 병력이 움직이다니… 전혀 예상치 못했다.'

연왕부의 정병 이천은 문제 될 병력이 아니었다. 그들을 이끌고 온 자도 그리 눈길을 끌 만한 인물이 아니었다. 게다가 황성과 궁성에 배치된 병력만 일만이 넘는다. 여차하면 무련군 일백만 보내도 충분히 처리할 수 있을 것이라 여겼다. 한데 그들이 대계의 걸림돌이 되고 있었다.

'결국… 네놈이 모든 걸 망쳐 놨어…….'

강자량은 연왕부의 정병들을 이끄는 이가 누구인지 알고는 분노에 치를 떨었다. 당장 달려나가 쳐 죽이고 싶었다. 잘못하면 완성 직전의 대계가 물거품이 될 수도 있었다. 하나 강자량은 끝내 나서지 못했다. 그가 나서기 직전 또 하나의 악재가 겹쳤다.

'이 멍청한 자야, 어쩌자고 황세손을 끌고 나온 것이냐?'

강자량은 궁궐의 문이 열리는 것을 보고 다급히 몸을 숨겼다. 좌사가 저자를 멀리한 이유를 알았다. 저자는 어리석고 욕심도 많았으며… 운마저도 없었다. 잠시만 참았으면 될 일이었다. 장철웅과 살아남은 연왕부의 정병을 때려죽이고 사라졌다면, 억지로라도 이야기를 꿰맬 수가 있었다.

'휴우… 이렇게 된 이상, 차라리 소교주의 뜻대로 이대로 모두 죽여 버릴까?'

여반장이었다. 방금 전의 일전으로 몇 명의 무련군이 죽었지만, 장철웅을 따르는 자들은 고작 세 명만이 살아남았다. 저들을 없애고 옥영진과 황세손도 함께 처리해 버릴까 하는 생각이 들었다. 모든 것을 다시 시작하는 것이었다.

'좋아. 이렇게 된 이상 모든 것은 하늘의 뜻.'

강자량은 도박을 하기로 결정했다. 그는 어둠 속에서 조용히 몸을 빼냈다.

"너는… 이정인이 아니구나! 그래… 이정인의 아들 이세민! 네놈은 이세민이 분명하렷다!"

옥영진은 벌게진 얼굴로 호통을 쳤다. 무슨 연유로 치는 호통인지는 모르나 그의 흥분은 쉽게 가라앉지 않을 것 같았다. 하나 철웅의 흥분도 그에 못지않았다. 그의 두 눈은 붉게 충혈되어 있었다.

'그래… 너와는 정녕 악연이구나. 내 아비가 너로 인해 돌아가시고, 이제는 나를 따르던 수하마저 모두 앗아갔구나……'

철웅의 좌우에는 양청과 등상사만이 남아 있었다. 노강은 전신에 활을 맞고 죽었다. 위충겸은 단신으로 말을 몰아 적진 한가운데에 뛰어들고 말았다. 그의 희생으로 촌각이나마 시간을 벌 수 있었지만, 그는 장창의 파도 속으로 사라져 갔다. 황역은 마지막까지 살아남았다. 그리고 방금 전 궁궐에서 뛰쳐나오던 마교 고수의 손에 허리가 양단되었다. 비록 철웅이 그의 원수를 갚긴 했지만, 그런다고 죽은 이가 살아 돌아오지는 않았다. 양청의 장창은 단창이 되어 양쪽에 하나씩 나눠 쥐고 있었다. 다리가 떨려 금방이라도 주저앉을 것 같았지만, 차갑게 변한 두 눈은 독기로 가득 차 있었다. 등상사의 상태도 과히 좋지 않았다. 어떻게 다쳤는지 왼쪽 눈에서 피를 흘리고 있었다. 검수로서는 치명적인 부상이었지만, 아직은 살아 있었다. 궁성에 만들어진 수많은 시체의 산과 강. 결국 연왕부의 이천 정병은 친군 오천과 동귀어진하고 말았다. 기뻐해야 할 대승이었지만, 누구도 기뻐하지 않았다.

여섯 구의 무련군 시체는 철웅의 창이 만들어낸 것이었다. 그리고 남은 삼백여 명도 이렇게 만들어야만 살아남을 수 있었다. 최대한 억지를 부려보면, 한 오십 명까지는 어찌해 볼 수 있을 것 같았다. 그리고 남은 이백오십 개의 검은 자신의 몸으로 받게 될 것이다.

'다른 건 다 참아도… 네놈 앞에서 그렇게 죽을 수야 없지.'

철웅은 장창을 고쳐 잡았다. 그의 전신에서 가는 실이 뿜어져 나와 바람에 날리는 듯했다. 무련군 고수들이 놀라 한 걸음 물러섰다. 하나 철웅은 그들의 움직임에 반응하지 않았다. 그는 오직 그 한 사람만을 바라보고 있다.

"네놈이 여기가 어디라고 함부로 설치는 것이냐?! 오호라! 이제 보니 네놈도 저들과 한통속이구나! 전하, 물러서십시오. 저자는 분명 이들과 함께 들어온 역도가 분명하옵니다."

옥영진은 호들갑스럽게 윤문을 등 뒤로 밀어냈다. 윤문은 힘없이 밀려났지만, 고개를 빠끔히 내민 그는 그들의 움직임을 하나도 빼놓지 않고 두 눈에 담고 있었다.

"아직도 미몽에서 깨어나지 못했는가?"

"뭐… 뭣이?"

철웅의 차가운 한마디에 옥영진이 놀라 주춤 뒤로 물러났다.

"지난 삼십 년 동안 오직 이날만을 기다렸는가?"

옥영진은 눈을 굳히며 철웅을 노려보았다. 마치 한마디만 더 하면 베어 없애 버리겠다는 듯. 하나 철웅은 그런 그의 눈빛을 애처롭게 느끼고 있었다.

"황제의 자리가 그렇게 탐이 나던가?"

옥영진의 눈에서 불꽃이 튀었다. 하나 그는 탐욕스러울지언정, 어리석지는 않았다.

"역적의 자식이 못하는 소리가 없구나! 핏줄은 속일 수 없는 것이라더니, 너도 니 아비를 닮아 역적의 도당이 되었구나!"

옥영진의 일갈에 철웅은 인상을 굳히고 있었다. 감히 아비를 욕보이려 하다니… 하나 철웅은 다시 한 번 참았다. 아직은 화를 낼 때가 아니었다.

"이제는 어찌할 것인가? 내가 친군을 모두 섬멸하였으니, 이젠 이 마교의 주구들을 무슨 수로 몰아낼 것인가? 그대의 일갈에 이들이 물러간다면 지나가던 개가 웃지 않겠는가?"

철웅은 입가에 미소까지 띠며 옥영진을 조롱했다. 옥영진의 눈이 좌우로 굴렀다. 그리고 무언가 좋은 생각이 떠올랐다는 듯 철웅을 바라보며 음흉한 미소를 지었다.

"오호라… 이제 보니 네놈이 이 적도들의 수장이로구나! 좋다 내가 네놈의 목을 베어버리면 이들도 자연히 물러갈 터! 죄인은 순순히 목을 내놓거라!"

옥영진의 억지에 한숨이 나올 지경이었지만, 옥영진의 명을 받은 이들은 그리 장난스럽게 생각하지 않는 모양이었다. 옥영진의 뒤에서 그를 호위하던 열 명의 사내가 검을 들고 앞으로 나왔다. 그들은 철웅을 보며 점차 살기를 띠고 있었다.

"비열한 자……."

철웅이 씹어뱉듯 말하자, 옥영진은 내심 섬뜩함을 느끼며 마른침을 삼켰다. 열 명의 고수가 철웅을 포위하며 다가섰다. 양청과 등상사가 긴장하며 철웅의 좌우로 병기를 내밀었지만, 철웅은 그들이 다가오고 있음에도 미동조차 하지 않았다. 만만치 않아 보여 단숨에 끝낼 생각이었는지, 원형으로 둘러싸고 있던 열 명의 검수가 동시에 검을 떨쳐냈다. 양청과 등상사가 병기에 힘을 주곤 있었지만, 지금의 상태론 일 검을 막는 것조차 무리였다. 그때 철웅이 외쳤다.

"엎드려!!"

양청과 등상사가 다급히 엎드렸다. 그리고 그들이 사라진 공간으로 철웅의 창이 긴 은빛 궤적을 그려 넣었다.

쉬이익!

"크으윽!"

"크으."

그저 창끝을 잡고 한번 휘두른 것 같았는데, 어찌 된 일인지 열 자루의 검이 모두 허공으로 치솟아올라 버렸다. 손아귀가 찢어진 열 명의 사내가 두어 걸음씩 물러서 있었다.

'빨라졌다. 그날보다 훨씬 빨라졌다. 궤적의 흐름 중간에 열 번의 변화가 있었다. 저자는 단 일 초식으로 열 자루의 검을 모두 상대한 것이다…….'

강자량은 놀랐다. 혹시 자신과 싸울 때 전력을 다하지 않았던 것인가 의심이 들 정도였다. 물론 옥영진의 놀람에야 비할 바가 아니었지만.

"너… 너……."

자신의 수하들, 아니, 돈으로 사들인 고수들이 이렇게 허무하게 패할 줄은 몰랐다. 이제야 조금씩 철웅이 두려운 존재로 생각되기 시작한 모양이었다. 철웅에게 말하는 옥영진의 아래턱이 조금씩 푸들거리고 있었다.

"옥영진… 모두 끝났다. 너의 역심도 이제는 끝이다. 내가 너를 벨 것이다. 이제 너를 도와줄 이는 아무도 없다. 너를 도와줄 이가 있다면… 네가 적도라 부르던 네 역모의 동조자들뿐."

철웅의 눈이 삼백 명 가까이 되는 무련군 사내들을 바라보고 있었다. 그들은 아직 자리를 떠나지 않고 있었다. 강자량의 전음이 그들의 발목을 붙들고 있었기 때문이다. 철웅이 천천히 걸음을 옮기며 옥영진에게 다가가고 있었다. 철웅의 걸음을 따라 양청과 등상사도 함께 걸음을 옮기고 있었다. 옥영진은 그들이 조금씩 다가오자, 자신도 모르게 뒷걸음질치고 있었다. 그의 육중한 몸에 밀린 윤문이 모깃소리만큼 가는 목소리로 말했다.

"상서… 저들을 어찌할 것이오? 혹시 상서가 정녕 저들과 내통하여……."

윤문의 말에 옥영진은 입술을 깨물었다. 아무리 눈치가 둔한 자라 하더라도 이쯤 되면 자신을 의심하지 않을 수 없을 것이다. 뒤돌아보지 않아도 황자징과 제태가 자신을 어떤 눈빛으로 보고 있을지 눈에 선했다. 옥영진은 욕심이 많은 자였다. 그가 가진 욕심 중의 제일은…

"가… 가까이 오지 마라!"

"헉?! 상서!!"

오래 살고자 하는 욕심이었다. 윤문의 목에 칼을 겨눈 옥영진의 모습에 철웅은 안도의 한숨을 쉬었다. 드디어 옥영진이 역모를 꾸몄다는 결정적인 증거를 찾아내었다. 그 자신의 자백만큼 확실한 증거는 없으니까. 하나 그것으로 끝이 아니었다.

"상서, 이제 그만하면 된 것 같소."

어둠에서 나온 목소리. 철웅의 눈빛이 차가워지며 목소리의 임자를 찾았다.

'우사…….'

철웅의 눈빛을 고스란히 받으며 강자량이 걸어나왔다.

"끝내 우리 일을 방해하는군."

"그것이… 나의 천명이니까."

강자량의 입가에 조소가 걸렸다.

"천명이라… 그럼 이제 그대가 죽는 것도 천명이겠군. 내가 그대의 목숨을 거둔다면… 내가 그대의 천명이 되는 건가?"

강자량은 천천히 걸음을 옮겨 철웅에게 다가섰다. 양청과 등상사가 흠칫 한 발을 물러섰으나 굳건히 서 있던 철웅의 모습에 얼굴을 붉히곤 다시 한 발을 내디뎠다. 강자량의 양수에 흐릿한 기운이 뭉쳐지고 있었다. 봄 아지랑이 같은 모습이었지만, 그것이 얼마나 위험한 것인지 철웅은 잘 알고 있었다.

"자, 이제 죽어야겠지? 섬서의 파검 나리."

강자량의 손에 일던 기운이 소용돌이치고 있었다. 강자량은 양손을 뻗어 그 두 기운을 철웅에게 쏘아 보냈다.

콰아앙!

철웅은 창끝에 진기를 모으고 있었다. 두 개의 기운을 쳐내기 위해 선 그로서도 막대한 진기가 필요했다. 일전의 싸움에서 그러지 못했기에 내상마저 입었었다. 하지만 그의 창은 끝내 휘둘리지 못했다. 흐릿한 잔영처럼 나타난 인영이 그 두 개의 장세 앞에 내려섰다.

쾅쾅!

기운이 폭발하며 세찬 바람이 몰아쳤다. 철웅이 얼굴을 가렸던 팔을 내리며 그의 장세를 막아낸 자를 바라보았다. 그의 뒷모습은 낯설기만 했다.

"그대가 파검인가?"

노인의 목소리. 강자량의 장세를 막아낸 것은 한 노인이었다. 장내에 나타난 것은 그 노인뿐이 아니었다.

"우리가 조금 늦었군."

검절 석위강을 비롯해 도절 초한상과 옥절 소봉옥 부부, 권절 언상까지 철웅의 곁에 내려섰다. 그리고 낯선 노인의 곁으로 두 사람이 내려서 있었다. 철웅은 그들을 몰랐으나 강자량은 알고 있는 눈치였다.

"백마… 이게 무슨 짓이오?!"

강자량의 입에서 노기로 떨리는 음성이 흘러나오고 있었다. 하나 백마라 불린 노인은 별일 아니라는 듯 고개를 저었다.

"주작홍기의 주인을 찾으라는 명을 받았소. 아직 주작홍기를 찾지 못했으니 이 사람을 해치는 것은 잠시 미뤄두셔야겠소."

백마의 말에 강자량은 인상을 구겼다. 하나 장내에 나타난 인물들의 면면을 확인하고는 감히 경거망동하지 못했다.

'젠장… 독보십절 중 넷, 구마 중 셋… 무련군 삼백이면 막상막하!'

계산은 어렵지 않았다. 하나 그것은 계산일 뿐, 정작 어떠한 결과가 나올지 자신할 수 없었기에 행동이 조심스러울 수밖에 없었다. 그의 상념이 이어지든 말든, 백마 종리강은 철웅에게 향했다.

"자네가… 주작홍기를 가지고 있는가?"

"백련의 분이십니까?"

"백마라고 불리는 늙은이일세."

"…주작홍기는 제가 가지고 있습니다."

철웅은 잠시 생각을 하다가 고개를 끄덕이며 답했다. 하나 종리강의 다음 질문에는 그도 쉽게 답하지 못했다.

"자네가… 정말 그 사람의 아들인가?"

"……?!"

좌중의 인물 모두의 시선이 종리강과 철웅에게 향했다. 종리강은 철웅의 아비에 대해 잘 아는 듯 말하고 있었다. 더욱 놀라운 것은 철웅의 대답이었다.

"…예. 제가 그분의 아들입니다."

"…주작홍기를… 보여줄 수 있는가?"

"백마!!"

강자량의 외침은 그에게 아무런 영향도 미치질 못했다. 철웅은 가만히 주위를 둘러보았다.

"주작홍기를 가져가실 생각입니까?"

"…그대가 준다면……."

"제가 드리지 않는다면?"

"…누구도 가져갈 수 없도록, 내가 자네를 지켜주겠네."

백마의 말이 가져온 충격은 실로 엄청났다. 강자량은 너무 놀라 말을 잇지 못했고, 석위강과 철웅마저도 너무 놀라 그를 바라보기만 할 뿐이었다. 오히려 백마의 말을 덤덤히 받아들인 사람은 함께 온 능광과 갈시경뿐이었다.

"믿어도… 되겠습니까?"

"내 목을 걸지."

천하에 백마가 자신의 목을 걸며 약속했다. 도대체 주작홍기에 이토록 집착하는 이유가 무엇인지 알 수가 없었다. 하나 그가 이렇게까지 이야기하는 이상 보여주지 않을 수도 없었다.

'이 세 사람이 적으로 돌아선다면……'

철웅은 낮게 한숨을 쉬며 창을 건넸다.

"역시 이 창이 주작기였군. 피에 절어 못 알아볼 뻔했어."

철웅은 잠시 심호흡을 한 후 어깨에 메어두었던 장포를 풀러냈다. 그리고,

찌이익!

"아니? 대장?!"

양청이 놀라 철웅의 팔을 붙잡으려 했다. 그 장포는 평범한 장포가 아니었다. 죽은 북평대장군의 신물과도 같은 장포. 장성 너머에선 이미 전설이 되어버린 공포의 이름이었다. 한데 그것을 찢고 있었다. 다른 사람도 아닌… 그의 아들이. 하나 양청은 그의 팔을 붙잡지 못했다. 찢어진 장포 속에 있던 붉은빛. 검은색의 장포가 사라지자, 그곳에는……

"이것은… 정녕 주작홍기가 틀림없구나……"

백마의 눈시울이 붉어지고 있었다. 그의 품에 안긴 붉은색의 깃발. 전대 우사와 함께 사라졌던 백련의 신물 주작홍기가 드디어 세상에 모습을 드러내는 순간이었다. 한데,

"백마, 그것을 이리 가져오시오. 교주의 명이오."

궁궐의 한편에서 모습을 드러내는 사람들이 있었다. 좌군도독부의 표식으로 정체를 숨긴 백련교도들. 오천에 달하는 그들이 삽시간에 궁성의 한편을 장악해 버렸고, 그 선두에는 새로운 백련의 교주 한수가 있었다.

'이자들이 지금 무얼 하고 있는 거지?'

옥영진은 윤문을 잡은 채 장내의 상황을 주시하고 있었다. 어찌 된 영문인지 벌써 도착했어야 할 상직위친군이 오지 않고 있었다.

'그들 이만의 군세라면 이들을 능히 물리칠 수 있으련만……'

옥영진은 이들이 서로 견제하는 틈을 타 조심스레 뒷걸음질쳤다. 강자량은 이미 그의 움직임을 눈치채고 있었지만, 일부러 그들이 달아나는 것을 잡지 않았다. 그들의 모습이 궁궐의 안쪽으로 사라지자 강자량은 전음으로 무련군 둘을 보내 뒤쫓게 했다.

'멍청한 놈. 네가 가면 어디로 간단 말이냐.'

강자량의 이목은 다시금 백마와 한수를 번갈아 보고 있었다.

"어서 이리 가져오시오."

"……."

한수의 거듭된 명에도 백마 종리강은 움직이지 않았다. 오히려 고개를 돌려 철웅을 바라보았다.

"이것을… 돌려주시겠는가?"

백마의 목소리에는 간절함이 담겨 있었다. 하나 그럴 수는 없었다. 사연은 알 도리가 없으나 이대로 내어줄 수는 없었다.

"불가합니다."

"……."

철웅은 흠칫 놀라 종리강을 다시 보고 있었다. 그는… 웃고 있었다.

"죄송합니다. 그가 주지 않으니 드릴 수가 없군요."

"…빼앗아 오시오."

"죄송합니다. 힘으로 빼앗지 않겠다 이미 약조를 하였습니다."

"그렇소?"

한수가 강자량을 바라보았다. 강자량은 그가 원하는 바를 짐작할 수 있었다.

"빼앗아라!"

그들을 둥글게 포위하고 있던 삼백의 무련군이 동시에 한 걸음을 내디뎠다. 하나 백마와 검마, 독마가 신형을 움직여 철웅을 중심으로 품자 형의 대형을 이루자 무련군은 다시 한 발을 물러설 수밖에 없었다.

"백마… 교주의 명을 거역하는 것이오?"

"그에게서 주작홍기를 지켜주겠다 약조하였습니다."

"하하하. 이보시오, 백마. 지금 그걸 말이라고 하는 것이오? 내 분명 주작홍기를 빼앗아 오라 명을 내렸거늘……."

한수의 눈이 차갑게 변하고 있었다. 그리고 강자량에게 소리쳤다.

"우사! 교주의 명을 적절치 못한 이유로 어기는 경우 어떤 형에 처해지는가?"

한수의 외침에 강자량이 기다렸다는 듯 입을 열었다.

"일반 교도일 경우 교단에서 파문되며 손을 자르거나 발목을 잘라 사죄케 합니다. 교에 지대한 공헌이 있는 자의 경우… 파문과 함께 무공을 전폐합니다."

한수의 눈이 다시 백마에게 향했다. 하나 백마는 요지부동이었다. 그것은 검마나 독마 역시 마찬가지였다. 그들에게 그런 것은 아무런 위협이 되지 못하는 듯했다. 한수는 자신의 이마를 짚으며 혼잣말처럼 중얼거렸다.

"권주를 마다하고 벌주를 마시겠다니… 모두 주살하라."

한수의 명이 떨어지자 무련군과 오천의 교도가 물밀 듯이 밀려들었다. 사람들은 철웅을 중심으로 다급히 원진을 구성하며 전신을 긴장시켰다.

난세의 향배를 결정할 진정한 싸움은 지금부터였다.

第八十四章
위난평정(危難平定)

위 난평정
危難平定

그는 그렇게 세월 속으로 사라져 가고 있었다

궁성 안에서 시작된 격전 소리는 황성을 넘어 남경의 저자에까지 들려오고 있었다. 사람들은 저마다 난리가 났다며 걱정을 했고, 또 다른 사람들은 호기심 어린 눈으로 성에서 일어나고 있는 일을 상상했다. 하나 누구도 성문을 두드리거나 가까이 가지 않았다. 그들에게는 황제가 필요한 것이지 누가 황제가 되느냐는 그리 중요한 일이 아니었다.

철웅은 십여 명의 무련군에 둘러싸인 채 창을 휘두르고 있었다. 제아무리 삼백의 인원이라 하더라도 한 사람을 공격할 수 있는 인원은 일정할 수밖에 없었다. 하나 그럼에도 쉽게 포위를 뚫지 못하는 이유는, 그들이 행하고 있는 독특한 차륜검진 때문이었다.

'기본은 삼열이다. 일열 공세, 이열 보조, 삼열 대기. 그리고 이들의

자리가 몇 호흡의 간격으로 뒤바뀐다.'

일류고수 열을 단숨에 격파할 방법은 없다. 게다가 그들이 서로를 보완하며 검진을 이루어 달려든다면 더욱더. 그나마 철웅의 사정이 조금 나은 것은 그가 사용하는 병기가 장병기라는 점이다. 그렇게 보면 가장 힘들게 싸워야 할 사람은 바로 권절 언상이었으나 그도 쉽게 낭패를 보지는 않을 것 같았다.

"차앗!"

권절의 권격은 일 장 가까이나 된다. 지근거리에서 맞으면 어지간한 보검 못지않으나 일 장 밖에 있는 자라 하더라도 웬만한 권사들의 타격보다 강한 충격을 받게 된다. 그는 과묵한 성격과는 달리 현란한 권세를 뿌리며 무련군 고수들을 압도하고 있었다. 다른 검절이나 도절, 옥절도 상황은 비슷했다. 상대하던 무련군들이 하나둘 피를 토하고 쓰러지고는 있으나 아직 쓰러뜨려야 할 적이 태산만큼 남아 있었다. 백마 등의 삼마는 삼재진을 이루며 방어만 하고 있었다. 아무리 명을 어겼다 하더라도 상대는 교의 교도들. 교의 원로 된 자들로 차마 젊고 어린 교도들에게 살수를 쓸 수는 없었다.

"그대가 주작홍기의 주인이라 말하시오."

철웅은 두 자루의 검을 좌우로 흩어버리고 있었다. 그중 하나는 가슴을 베어낼 수도 있었지만, 때마침 들린 백마의 전음 때문에 신경이 분산되어 좋은 기회를 놓쳤다. 등 뒤로 밀려오는 검세가 제법 날카로웠다. 철웅이 시기 적절하게 막아내고는 있지만, 양청과 등상시는 이제 한계에 다다른 것이 눈에 확연하게 들어왔다. 다급히 창을 길게 잡고 내려쳐 뒤에서 다가오는 검들을 막아냈지만, 때마침 날아든 검을 피하지 못하고 등상사의 허벅지가 길게 베이고 말았다.

'이… 이런.'

더 이상은 버틸 수가 없었다. 몸이 자유로운 상황이라 해도 활로를 찾을 수 있을까 말까 한 상황에 상처 입은 수하가 둘이나 있었다.

"그대가 그것의 주인이라 말하면… 이 상황을 역전시킬 수도 있소."

"저에게 바라는 것이 무엇입니까?"

철웅은 창을 크게 회전시켜 후방의 거리를 얻은 후 빠르게 전음을 보냈다. 백마라는 노인은 주작홍기와 깊은 관련이 있다. 그리고 자신의 아비가 누구인지도 알고 있는 눈치였다. 이런 상황에서 자신이 주작홍기의 주인이라 말하라는 것은 원하는 것이 있다라고밖에는 설명할 수가 없었다. 그리고 백마는 그가 듣고 싶어하던 말을 조심스레 꺼내고 있었다.

"좌사와 우리는 이번 대계를 인정하지 않소."

그것은 이미 알고 있었다. 패가 직접 전해준 말이니. 한데 그것과 자신이 무슨 연관이 있단 말인가?

"주작홍기로 대계를 멈출 수가 있다는 뜻입니까?"

"그런 셈이지."

철웅은 양청을 허리에 끼고는 창을 휘둘러 무련군들의 하체를 쓸어갔다. 미쳐 피하지 못한 자 서넛이 바닥을 굴렀지만, 발목을 다쳐 운신이 어렵게 되자 바닥을 구르며 검을 찔러왔다. 천웅이 ㄱ 검을 쳐내고 양청이 단창을 찔러 넣었다.

"그럼 주작홍기를 가져가시면 되지 않습니까?"

"아까 듣지 못했는가? 우리는 주작홍기를 가질 수가 없다네. 교의 원로라 해도 소교주의 명을 듣지 않을 수가 없다네. 하나 교를 떠나 버리다면, 주작홍기를 사용할 수가 없지."

철웅은 하체를 노리던 검을 피해 창을 바닥에 찔러 넣었다. 그리고 창으로 검을 걸어 옆에 있던 무련군을 향해 던져 버렸다. 미처 피하지 못한 자의 복부 깊숙이 주인 잃은 검이 박혀들었고, 무기를 잃은 주인 역시 철웅의 창에 목을 꿰뚫려 버렸다.

"허억… 그 말씀은… 제가……."

"그렇네. 자네가 주작홍기의 주인이라 선언하기만 한다면, 우리가 자네의 편에 설 수 있네."

철웅의 숨이 차 오르기 시작했다. 이미 스무 명도 넘는 자의 목숨을 거두었다. 하나 아직도 무련군은 많이 남아 있었고, 그들의 뒤에는 오천이나 되는 백련교의 무리가 기다리고 있었다.

"저는… 백련의… 사람이……."

"자네는 이미 백련의 사람이네."

철웅의 창이 간발의 차이로 빗나갔다. 목을 스친 무련군이 다급히 신형을 뒤로 뺐지만, 철웅은 그를 쫓을 생각도 하지 않고 백마를 바라보고 있었다.

"이보게! 위험……."

백마의 다급한 외침이 들렸지만, 철웅은 그를 바라보던 눈을 떼지 않고 창을 휘둘렀다.

푸욱.

"커헉!!"

목을 꿰뚫린 무련군 사내가 철웅의 창에 꿰인 채 버둥거렸지만, 철웅의 전신에서 이는 기운은 일시지간 주변의 모든 움직임을 정지시켜 버렸다.

"지금 뭐라고 했습니까?"

"…자네는 백련교도일세. 좋으나 싫으나."

철웅이 창을 떨쳐 내자 목을 꿰뚫렸던 사내가 저만치 나가떨어져 버렸다. 처음으로 무련군들의 눈에 두려움이라는 감정이 피어오르고 있었다. 그의 모습을 보고는 다급히 검절이 달려와 주변의 검들을 쳐냈다.

"자네, 왜 그러나?"

"…수하들을 부탁드립니다."

철웅은 차가운 한마디를 남긴 채 걸음을 옮기고 있었다. 백마가 그를 기다리고 있었다. 몇몇 무련군이 그를 향해 검을 휘둘렀지만, 철웅은 일변한 기세는 그의 손속 역시 잔인하게 만들었다. 여섯을 베고 나자 철웅은 백마와 나란히 설 수 있었다.

"내가 왜 백련교도인지 설명해 주십시오."

"자네는 우사의 아들이네. 우사라는 직책은 백련의 삼대 봉공으로 교주와 더불어 교권을 지탱하는 큰 지주이지. 이러한 중임을 맡은 사람의 경우 그 자식들은 당연히 백련의 자식으로 인정되네."

검마와 독마가 그들의 대화가 끊어지지 않도록 엄중히 보호하고 있었다.

"나는… 인정할 수 없습니다."

"자네가 인정하고 안 하고가 중요하지 않네. 지금 이 싸움을 멈출 수 있는 건 자네뿐이라는 이야기를 하는 것이니."

"그것이… 사실입니까?"

"물론. 만약 자네가 주작홍기의 주인이라는 것만 인정한다면, 우리가 나서 자네가 우사의 아들임을 증명하겠네. 그럼 우리는 성화령을 피울 수 있네."

철웅은 성화령을 알지 못했지만, 좌사의 화정, 우사의 주작홍기와 더불어 교의 삼대 신물로 불리는 기보였다.

"성화령이 피어오르면, 교의 모든 대내외적 분쟁은 중지되네. 일종의 대회의가 시작되는 것이지. 그럼 천하에 산재해 있는 비밀 교단의 령주들이 총단으로 모이네. 그들이 모인 자리에서 소교주의 지난 악행을 고발한다면, 모든 것은 끝이 나네."

자신의 세력을 모으기 위해 형제와 같은 교도들을 강호 정도연합과 함께 연화도에서 폭사시켜 버렸다. 이것 하나만으로도 문책이 가능하건만, 황제의 위를 노리고 십 년간 준비했던 대계를 자신의 임의대로 수정했다. 백련교에 있어서는 천고의 대죄였다.

"만약 소교주가 그것을 거부한다면……."

"아까 강자량의 말을 듣지 못했는가? 교의 중임을 맡는 자가 교주의 명을 어긴다면 무공을 전폐하고 교적에서 삭제된다네. 교주의 경우는 교리를 어기게 된다는 조항으로 바뀌지만… 형벌은 마찬가지네."

난전이 거듭되는 공간 속에서 철웅과 백마만이 정지해 있는 듯했다. 철웅의 시선이 주변을 맴돌았다. 검절의 검에서 일던 파르스름한 검기가 많이 쇠약해져 있었다. 그의 주변에 쌓인 시체로 인해 그에게 다가가려면 시체를 치우며 나아가야 할 정도였으니, 그 내공의 소모는 미루어 짐작할 수 있었다. 초한상과 옥절은 서로 등을 맞대고 선 지 오래였다. 언상의 주위 이 장은 되어 보이던 포위망이 어느새 일 장도 채 되지 않고 있었다. 모두 지쳐 가고 있었다. 무련군의 수도 눈에 띄게 줄어들었지만, 그들이 모두 쓰러지고 난 후엔 다른 사람들도 몸을 건사하지 못할 성싶었다.

'내가 이 자리에서 주작홍기의 주인을 인정하게 된다면… 나는 마교도가 된다.'

마교도가 어떤 존재인지, 어떤 대접을 받는 존재인지 누구보다 잘 알고 있는 철웅이었다. 마교도의 이름으로는 천하에 발 디딜 곳이 없다.

'혁련 어른……'

강호의 정기를 위해 평생을 바친 사람이었다. 자신과 친분이 있다는 것만으로도 누를 끼치게 될 것이다.

'재희……'

매화조령은 당연히 회수될 것이고, 화산파의 장로라는 신분도 사라지게 될 것이다. 화산파의 제자인 재희와도… 더 이상의 인연을 기대하기 힘들다.

'전하……'

친왕이 마교도와 가까이 지낸다는 것은 치명적인 약점이다. 몸만 떠나서 될 문제가 아니다. 친우였다는 기억조차 가져선 안 된다.

'나……'

이제 세상 모든 곳에서 나란 존재를 밝힐 수가 없다. 파검이라는 명호는 마교의 주구라는 뜻이 될 것이다. 그동안 쌓아왔던 모든 친분이 부정될지도 몰랐다. 아니, 그들이 부정하지 않아도 스스로 먼저 부정해야만 한다. 그것이 그들을 위하는 일일 테니.

'사부님… 이것이었군요. 저를 가여워하신 이유가 바로 이것이었군요. 하늘은… 하늘은 오늘을 위해 저를 준비한 것일까요? 그간의 고통스러웠던 과거가… 바로 오늘을 위한 안배였던 것인가요?'

눈물도 나지 않았다. 자신이 너무나 불쌍하고 가여운데… 눈물이 나지 않았다.

'천명은… 정녕 잔인한 것이었군요. 괴롭고… 슬프고… 피하고 싶음에도… 결코 그래서는 안 되는 것이니……'

백마는 조용히 눈을 감았다. 보지 않아도 철웅의 격한 감정이 가슴으로 전해져 오는 듯했다.

'사부님… 언젠가 제게 말씀하셨지요. 천리는 인간이 따질 수가 없는 것이다. 그렇기 때문에 그렇게 된 것이 아니라, 그렇게 된 것은 그렇게 되기 위함이었다라고요. 이제는 조금 알 것도 같습니다.'

손가락이 작은 옥패를 쓰다듬었다.

'재희… 참으로 고마웠소. 나 같은 이를 마음에 담아주어… 참으로 고마웠소. 나의 욕심은……'

마지막 욕심을 떠올리는 것조차 그녀에게 죄스러웠다. 이제 그는 다시 돌아오지 못할 곳으로 떠나려 하고 있었으니. 철웅은 품에 넣었던 주작번을 꺼내어 들었다.

'백련의 우사……'

주작기의 한쪽에 주작번을 걸었다.

'북평대장군……'

주작기의 아래에 다른 한쪽을 걸었다.

'나는…….'

철웅의 손에서 완전한 모양의 주작홍기가 모습을 드러내고 있었다. 그리고 그것이 완전해졌음을… 천하에 알려야 했다.

"내가… 내가 바로 주작홍기의 주인인 이세민이다!!"

외마디 장소성에 사람들이 흠칫 놀라 찰나지간 검을 거두었다.

"그게 무슨 소린가?!"

검절이 날아와 철웅의 곁에 내려서며 그의 어깨를 잡아 흔들었다. 이 무슨 말도 안 되는 소리란 말인가. 섬서의 파검인 그가… 주작홍기의 주인이라니. 놀람은 그 한 사람에게서 그치지 않았다.

"닥쳐라!"

사인교를 박차고 날아오른 한수가 허공을 격하며 철웅을 향해 쇄도했다. 철웅 역시 주작홍기를 뒤로 빼며 반격할 준비를 하고 있었다. 하나 한수의 앞을 가로막은 것은 백마 종리강이었다.

퍼퍼퍼퍽!

"크흑!"

한수는 허공에서 종리강과 십여 합을 겨룬 후에야 바닥에 내려섰다. 한수의 눈에 놀람과 분노가 차오르고 있었다.

"백마! 이게 무슨 짓이오?!"

"그는 주작홍기의 주인. 그를 함부로 대하는 것은 교의 원로로서 용납할 수 없습니다."

"닥치시오! 저자가 어찌 주작홍기의 주인이 될 수 있단 말이오? 저자는 이교도요! 저자에게는 아무런 자격도…….'

"이 사람은… 전대 우사의 아들입니다."

또 한 번의 청천벽력. 옆에 서 있던 석위강의 신형이 휘청거렸다. 다급히 달려온 언상과 초한상이 그를 부축했다. 석위강은 간신히 마음을 진정시키고 나서야 입을 열 수 있었다.

"이보게… 저자의 말이… 사실인가?"

"…사실입니다."

철웅의 대답에 석위강의 눈이 질끈 감겼다.

'어찌 이런 일이… 어찌……'

언상과 초한상의 눈에 작은 불신이 싹트고 있었다. 그토록 믿었건만… 파검의 정체가 백련교도였다니……. 철웅은 그들의 시선에 대꾸하지 않았다.

'이것은 시작일 뿐이다.'

석위강은 믿지 못하겠다는 눈으로 철웅의 등을 바라보고 있었다. 그리고 그만큼이나 불신의 눈빛을 하고 있던 한수가 타오르는 눈으로 백마를 쏘아보며 말했다.

"이자가… 전대 우사의 아들이라는 증거를 대시오. 내가… 아니, 우리 모두가 납득할 만한 이유."

"내가… 우리 형제가 그 증인이오."

백마는 어이없어하던 한수를 두고 뒤로 돌았다. 그리고 경건한 자세로 오체투지를 했다. 그 누구도 아닌… 철웅을 향해.

"일대 무격 종리강이 주작홍기를 알현하나이다."

"일대 무격 능광이 주작홍기를 알현하나이다."

"일대 무격 갈시경이……."

충격은 계속되고 있었다. 구마가, 백련교의 최고 고수들이라 불리던 이들이 다름 아닌 무격이었다니.

"…일어들… 나시오."

어색하게 입을 연 철웅의 허락에 세 사람이 자리에서 일어섰다. 그리고 이내 뒤를 돌아 큰 소리로 외쳤다.

"나는 일대 무격으로서, 전 우사의 아들 이세민이 주작홍기의 주인임을 인정하오! 그리고 주작홍기가 현세하였으니 화정과 더불어 성화령의 불꽃을 피울 것이오. 이는 좌사께서도 이미 승인하신 일이니, 전 교도는 지금 이 시간부로 교의 대내외적 쟁투를 모두 중단하시오!"

"불가!!"

한수가 사납게 외치며 고개를 흔들었다. 이게 무슨 말도 안 되는 소리란 말인가? 이제야 대계가 완성에 다다랐는데…….

"더불어 이번 성화령회에서는 소교주의 교권 박탈을 건의할 것이오! 자신의 사리사욕을 채우기 위해 본 교의 비밀 총단이었던 연화도를 분사시킨 죄! 명리를 탐하지 말라는 교리를 어기고 천하의 패권을 얻고자 한 죄!"

한수가 경악한 표정으로 뒷걸음질치고 있었다. 모든 것이 파괴되고 있었다. 백련의 꿈도… 한수의 꿈도……. 이대로 물러설 수는 없었다.

'모든 것이 너 때문이다!'

한수의 눈에서 살광이 폭사되고 있었다. 종리강이 그 낌새를 채고 검마, 독마와 함께 철웅의 앞을 막아섰다. 하나 한수의 금빛으로 변한 눈은 그들 뒤의 철웅에게 쏘아지고 있었다.

"모든 것이 너 때문이다. 너로 인해 대계가 무너지기 시작했고, 결국 백련의 미래가 너로 인해 사라지게 되었다. 천하의 패권을 다투지 않

고, 백련의 명맥을 이어갈 수 있다 생각하는가? 언제까지 지하의 어두
컴컴한 석실에서 오지 않을 미륵이 강림하기를 바랄 것인가? 천하를
얻어 우리의 손으로 용화세계를 건설하는 것이 왜 나쁜가? 내 형제, 내
자식들이 밝은 세상에서 떳떳이 살아가는 것을 원한 것이 왜 나쁜 것
인가?!!"

한수의 눈에서 시작된 금광이 전신으로 번져 나갔다. 역천금강신공
을 알아본 종리강이 다른 형제들과 함께 전신의 내력을 극성으로 끌어
올렸다.

"모든 것이 너 때문이다! 죽어라! 백련의 저주와 같은 자여!!"

한수의 손에 들린 연검조차 금빛으로 물들고 있었다. 능광이 한 발
나서며 극성의 추혼검법으로 맞섰다.

콰광!

"크흑?!"

능광과 한수 모두 두어 걸음을 물러섰지만, 능광은 기혈을 진정시키
지 못했고 한수는 또다시 신형을 날렸다. 백마 종리강의 양 손바닥이
하얀 백색으로 물들어가고 있었다. 천하제일기공이라는 극성의 단철
마벽이 한수의 연검과 부딪쳤다.

타다다다당!

종리강의 쌍장이 수백의 잔영을 남긴 채 뻗어나가며 한수의 연검과
부딪쳤다. 백마와 한수가 접전을 벌이고 있을 그때 강자량이 은밀히
철웅의 등 뒤로 다가섰다. 석위강은 기운을 잃은 채 물러나 있었고, 초
한상과 언상은 의도적으로 그를 피하는 듯했다.

'너만 죽으면……'

강자량의 강맹한 일장이 철웅의 등을 향해 쏘아졌다.

"죽어라!!"

절체절명의 순간, 철웅은 넋을 잃고 망연자실하고 있었고, 그의 주위에 있던 사람들 역시 강자량의 기습을 눈치채지 못하고 있었다. 강자량의 기합성에 정신을 차린 철웅이 다급히 뒤를 돌아보았지만, 이미 강자량의 묵빛 장력은 그의 면전까지 쇄도해 있었다.

퍼벙!!

철웅은 충격의 여파로 이 장여를 날아갔다. 하나 바닥을 굴렀던 철웅은 이내 낮은 기침과 함께 일어서고 있었다. 그리고 일어선 그의 곁으로 무현 진인이 내려섰다. 무현 진인의 일장이 강자량의 장세를 상쇄시켜 버린 것이었다. 하나 다가선 무현 진인은 괜찮느냐는 말조차 꺼내지 않았다. 그도 지금의 상황을 이미 알고 있는 눈치였다.

퍼펑!

한 걸음 물러선 한수의 입에서 가는 핏물이 흘러내렸다. 하나 가슴을 부여잡고 세 걸음이나 물러선 종리강의 모습에 비하면 실로 양호한 편이라 할 수 있었다.

"이제는 네 차례다, 장철웅… 아니, 이제는 이세민이라고 불러야 하나?"

한수의 얼굴은 귀기마저 느껴질 정도로 차갑게 변해 있었다. 철웅은 손에 쥔 주작홍기를 굳게 쥐며 다가오는 한수를 맞이했다.

"후후, 이제 더 이상 그대를 지켜줄 이는 없다. 백련 최고의 고수라는 백마저 나에게 패배한 이상… 나를 막을 자는 아무도 없다."

한수를 바라보던 철웅의 입에서 차가운 목소리가 흘러나왔다.

"누구에게 기대어 살아오지 않았다. 앞으로도… 그럴 것이다."

철웅의 말에 무현 진인이 눈을 감았다. 그는 스스로 선택한 길을 가려는 것이다. 이 모든 싸움이 자신 하나로 끝날 수 있었기에, 그는 그 길을 선택한 것이었다. 천하인의 손가락질을 두려워했다면, 친분있는 자들의 외면을 두려워했다면… 차라리 그가 그런 사람이었다면… 무현 진인은 그가 그런 사람이 아니었다는 것이 안타까웠다. 조금만 더 평범했더라면.

"죽어라!"

한수의 반 토막 난 연검이 철웅의 면전을 향해 금광을 뿌렸다. 그의 기세가 얼마나 강렬했던지, 주변의 무련군들은 절로 뒷걸음질을 쳐야 했다. 바로 그때, 누구도 한수의 금빛 검기를 막아서지 못할 것이라 여겼던 바로 그때. 철웅이 창을 곧추세우고 한수를 향해 달려나가려던 순간, 철웅의 시야를 가리는 인영들이 있었다.

"비켜라!"

한수가 휘두른 검에 그 인영은 가슴이 갈라지며 맥없이 나가떨어졌다. 하나 그 뒤를 이은 또 한 인영은……

푹!

"음?"

한수의 눈이 움찔거렸다. 복부 깊숙이 들어갔던 칼이 빠지질 않았다. 자신에게 달려든 사내. 양청이 칼을 배에 꽂은 채 몸을 숙이고 한수의 팔을 굳게 잡고 있었다.

"이… 이거 놔라!"

"대장… 대장……."

"이… 이 버러지만도 못한."

한수의 손이 양청의 천령개를 향해 내려쳐지려던 순간, 양청의 입에서 외마디 절규가 터져 나왔다.

"대장!!"

퍼억!

한수의 손에 양청의 머리가 터져 나가며 무너져 내리고 있었다. 그리고 손이 자유로워진 한수가 다시금 앞을 바라본 순간 한수는 자신을 향해 날아드는 한줄기 은빛 유성을 볼 수 있었다. 그리고 그것이 그의 마지막이었다.

푸욱!!

한수의 눈이 부릅떠졌지만, 그의 입에서는 아무런 소리도 나오지 않았다. 목이 꿰뚫린 한수의 눈에는 분노, 고통, 원망, 슬픔 등의 감정이 떠올랐다 사라지고 있었다. 하나 그러한 감정의 잔재가 모두 사라지고 마지막에 남아 있던 감정은… 억울함이었다.

한수의 신형이 무너져 내리자 사람들이 하나둘 서로를 쳐다보기 시작했다. 오천에 달하는 사람들이 남아 있건만, 그들은 무엇을 어떻게 해야 할지 갈피를 잡지 못하고 있었다. 그때 그들의 뒤에서 외마디 외침이 들렸다.

"소교주의 원수를 갚자!"

"그… 그래! 소교주의 원수를 갚자!!"

하나둘 그 목소리에 호응하더니 이내 철웅을 중심으로 다시금 포위하기 시작했다. 철웅은 처음 들려온 목소리의 주인공이 강자량인 것을 알고는 쓴웃음을 지었다. 하나 이미 그 어디에서도 그의 모습은 보이지 않았다. 사방에는 한수의 죽음에 광분한 오천의 백련교도들이 자신들을 향해 칼을 들이대고 있었다. 철웅은 그들을 바라보며 입술을 깨물었다. 한데 그들의 귓가로 사람들의 외침이 들려왔다.

"마교도를 척살하라!"

"강호의 정기를 위해!!"

서문을 통해 수백의 인영들이 달려오고 있었다. 그 선두에는 붉은 가사를 걸친 십팔혈승을 비롯한 척마단이 있었고, 그 뒤를 화산파의 매화검수들이 따르고 있었다. 백련교도들이 어리둥절하고 있을 때, 이번에는 북문 쪽에서 사람들의 함성이 들려왔다.

"와아!!"

각양각색의 인물들. 하나 자신들을 향해 달려오는 신법을 보니 고수의 풍모를 보이지 않는 자가 없었다. 그들의 선두에는 태산으로 떠났던 곽부가 있었다.

"대장!! 대장!!"

곽부의 우렁찬 목소리가 들려왔다. 그리고 그 목소리의 뒤편으로 혁련용의 모습이 보이고 있었다. 북문으로 들이닥친 일백의 고수들은 혁련용이 가르친 인연자들이었다. 북쪽과 서쪽에서 들이닥친 이들의 기세는 가히 성난 파도와 같았다. 오천 대 삼백의 대결이었지만, 머리를 잃어버린 백련교도들은 몇 번의 부딪침도 견디지 못하고 일패도지하고 말았다. 사방에서 도광이 번뜩이고 있었지만, 그들의 중심에 서 있던 그들은 그러한 움직임에서 완전히 소외되어 있었다.

백마 종리강이 한수의 시신에서 주작홍기를 뽑아냈다. 종리강은 한수의 시신을 잠시 내려 보다가 이내 걸음을 옮겨 철웅에게 다가갔다.

"여기 있소."

철웅은 주작홍기를 받아 들었다. 한수의 피를 머금어 더욱 붉게 빛나는 모습. 철웅은 주작홍기를 바라보았다.

"같이 갑시다."

종리강의 말에 철웅이 고개를 가로저었다. 종리강은 안타깝다는 듯 입을 열었다.

"아직 우리는 손가락질받는 마교도요. 천하에 그대가 마음을 붙일 만한 곳은 없을 것이오."

종리강의 거듭된 청에도 철웅은 고개를 저을 뿐이었다. 그들 사이로 무현 진인이 나섰다.

"가세. 비록 이렇게 되었지만, 그래도 화산에서 자네를 어찌할 사람은 없네. 있다면 내가 먼저 요절을 낼 터."

무현 진인은 철웅의 진심을 짐작하고 있었기에 더욱 안쓰러웠다. 스스로 굴레를 뒤집어쓴, 하나 누구도 그의 진심을 알아주지 못하는… 하나 철웅은 무현 진인의 청도 거절하고 있었다.

'제가 정착하는 곳은 세상의 손가락질을 받게 된다는 것을 아시지 않습니까.'

철웅의 눈빛이 그렇게 말하고 있었다. 무현 진인은 입 안이 씁쓸해짐을 느꼈지만, 그의 뜻을 꺾지는 못했다. 그런 철웅에게 다가온 사람은 곽부였다.

"대장… 잠시만 기다리시오. 시신만 거두고… 함께 갑시다."

"너는 돌아가야 하지 않느냐?"

"백정 놈이 돌아갈 곳이 어디 있소? 나까지 싫다고 하진 마쇼. 나도… 어디 가서 환영 못 받는 건 마찬가지니, 그냥 비슷한 사람들끼리 늙어갑시다. 크크."

곽부의 웃음 위로 눈물이 흘러내렸다. 양청, 등상사, 일성, 황역, 조구, 위충겸, 풍호, 노강… 아홉이 함께 와 하나만 살아남았다. 이제 자신을 기억하는 이는 곽부 하나뿐이다.

"그래… 같이 가자꾸나. 어디 가서 나무를 하면 배야 곯겠느냐."

작은 마차에 여덟 구의 시신을 싣고 그들은 떠났다. 남아로 태어나 이름 석 자 남겼으니 더 바랄 것이 없으랴만, 사람들이 모르는 짐을 진 그는 그렇게 세월 속으로 사라져 가고 있었다. 그것이 강호에서 본 그들의 마지막 모습이었다.

그 후...

···나는 이미 나를 버렸다
나를 버렸는데 내 것이 어디 있겠느냐

"형님."

"음?"

"근데 우리가 가는 게 잘하는 짓일까?"

"그게 무슨 소리냐?"

"아니… 그렇잖소. 몇 년 동안 소식 하나 없다가 갑자기 찾아가면……."

"허허, 우리가 못 갈 데 가느냐? 덩치는 산만한 녀석이……."

"뭐, 그렇다는 거요, 아참, 근데 형수는 회산에 보내고 온 거요?"

"그래. 아무래도 이번에는 시일이 조금 오래 걸릴 듯싶어서."

"쩝, 오래 걸릴 게 뭐 있수? 그냥 가서 대충 대가리만 몇 놈 잡아 족치면 되지."

"글쎄다. 요즘 들리는 전황이 너무 좋지 않더구나."

"아, 그거야 왕야 곁에 우리같이 유능한 장수가 없어서 그런 거 아니오."

"허허, 녀석."

"그 도연인가 뭔가 하는 땡중이 영 머리를 못 쓰나 보던데……."

"그래도 그 사람 지략이 보통이 아니다. 또 왕야 곁에는 독절 어른이 계시니……."

"독절 영감만 있소? 듣자 하니 권절인가 하는 그 양반도 몸을 의탁했다던데……."

"음? 그 소식은 금시초문이구나."

"아, 형님이야 내가 뭔 말을 해도 금시초문이지. 만날 산에서 도나 닦는 양반이… 마양수가 급살을 맞았답디다. 그래서 예전부터 눈여겨보던 왕야께서 냅다 낚아챈 거지. 크크."

"허… 그런 일이 있었구나."

"그건 그렇고, 아기 이름은 지었수?"

"미리 지어놓고 왔다."

"뭐라고 지었소?"

"사내라면 청."

"쩝. 궁상맞게… 왜 하필 청이야. 그럼 딸이면?"

"…소소."

"……."

"해가 벌써 저렇게 넘어갔구나. 서둘러야겠다."

"그러지 뭐. 근데, 형님은 어째 빈손이오? 그 좋은 창, 칼 다 두고?"

"…나는 이미 나를 버렸다. 나를 버렸는데 내 것이 어디 있겠느냐. 사람들이 나를 기억하는 것도 원치 않고, 나에게 무언가를 기대하는 것도 바라지 않는다.

　왕야께서도 그저 웬 늙은 병사 하나가 옛 충정을 잊지 못해 돌아온 거구나 하고 생각해 주셨으면 싶구나……."

大尾

작가 후기

첫 번째 이야기의 마침표를 찍습니다.

부족한 글이었습니다.

하지만 저에게는 넘치는 글이었습니다.

여러분에게도 넘치는 글을 보여 드리기 위해 오늘도 쓰고 내일도 씁니다.

이제 그 두 번째 이야기를 쓰기 위해 노병을 보내려 합니다.

한 맺힌 벙어리와 함께 돌아오겠습니다.

세상의 모든 남자들에게 이 책을 바칩니다.

감사합니다.

FANTASTIC ORIENTAL HEROES

청 어 람 신 무 협 판 타 지 소 설

2005년 고무판(WWW.GOMUFAN.COM)
「장르문학 대상」최고의 영예, 대상(大賞) 수상작!

좌검우도전(左劍右刀傳) / 이령 지음

한칼에 세상이 갈라지고,
한걸음에 무림이 격동친다!

『좌검우도전』
(左劍右刀傳)

강한 자(强漢者)가 뿜어내는 거대한 힘과
강인한 매력에 빠져든다!

"너는 반드시 힘을 가져야 한다. 네 의지로… 세상을 뒤엎어 버려라."

"강자를 약자로 만들고, 명예를 똥칠하고, 돈을 빼앗아라.
협의도(俠義道)가, 마도(魔道)가 얼마나 더러운 것인지 알려주어라."

"오냐, 아무것에도 얽매이지 말고 네 마음대로 세상을 휘저어라.
너의 이름은 수강호(讐江湖)가 아니더냐? 강호를 향해 마음껏 복수하거라!
유오독존(唯吾獨尊)! 그것이 나의 소원이다."